마도천하

박현 **新무협** 판타지 소설

FANTASTIC ORIENTAL HEROES

魔道
天下

마도천하 1

박현 新무협 판타지 소설

초판 1쇄 찍은 날 § 2007년 6월 18일
초판 1쇄 펴낸 날 § 2007년 6월 28일

지은이 § 박현
펴낸이 § 서경석

편집장 § 문혜영
편집 § 서지현 · 심재영

펴낸곳 § 도서출판 청어람
등록번호 § 제1081-1-89호
등록일자 § 1999. 5. 31
어람번호 § 제2-1231호

주소 § 경기도 부천시 원미구 심곡1동 350-1 남성B/D 3F (우) 420-011
전화 § 032-656-4452 팩스 § 032-656-4453
http://www.chungeoram.com
E-mail § eoram99@chollian.net

ⓒ 박현, 2007

ISBN 978-89-251-0760-8 04810
ISBN 978-89-251-0759-2 (세트)

박현 新무협 판타지 소설

마도천하

FANTASTIC ORIENTAL HEROES

[천금마옥]

目次

또 하나의 애물단지를 선보이게 됐습니다.

마도천하!

제목 그대로 마인들 이야깁니다.

남들과 전혀 다른 생각을 가진 사람들.

남들과 전혀 다른 삶을 살고 싶은 사람들.

그런 사람들을 대신해, 묵자후를 비롯한 마인들이 강호를 종횡하며 꿈을 이루어가는 이야깁니다.

전작인 장강수로채를 쓰던 와중에 떠올라, 지난 2년 동안 저를 그토록 못살게 만들었던 작품입니다만 그 느낌이 제대로 전달되었는지는 잘 모르겠습니다.

다만 한 가지 알려 드리고 싶은 것은, 이번 작품은 현재의 무협 트렌드와는 궤가 많이 다른, 휴머니티가 내재된 마인들 이야기라는 점입니다.

또한, 삶을 긍정적으로 바라보는 정파 쪽 인물이 주인공이 아닌, 삶을 주관적으로 바라보기도 하고 편향적으로 바라보기도 하는 마도 쪽 인물이 주인공이다 보니, 삶을 대하는 자세나 가치관에 몰입하기보다는 각 캐릭터들의 성격이나 비전(vision)에 몰입한 경우가 많습니다. 또 그러다 보니 배경이나 설정 등에 있어 몇몇 무리한 시도가 들어가 있기도 합니다.

하지만 그에 대한 호오(好惡)는 독자님들께 맡기고, 전 그저 제 소설의 각 등장인물들이 무얼 말하고 어떻게 행동하고 싶은지를 헤아려 그에 맞게 이야기를 전개해 나가려 합니다.

모쪼록 실망보다는 기대가 크길 바라며, 특별히 이 지면을 빌어 두 분 작가님께 깊은 감사를 드리고자 합니다.

저 역시 뒤늦게 안 사실이지만, 본 작품의 제목인 마도천하는 이미 유소백 작가님께서 1999년에 같은 제목으로 작품을 출간하신 적이 있었습니다. 그리고 본 작품의 도입부 부분은 장담 작가님께서 쓰신 진조여휘와 비슷하다고 지적하시는 분들이 계시더군요. 그래서 두 분 작가님께 전화를 드리고 양해를 구했습니다만, 이유 여하를 막론하고 두 분 작가님께 폐를 끼친 것 같아 죄송한 마음 금치 못하겠습니다.

그리고 전작이 너무 길어진 데다가 신작 역시 늦어지는 바람에 괜한 마음고생을 안겨 드린 서경석 대표이사님과 문혜영 편집부장님께도 깊은 감사를 드립니다.

또한 본 작품이 나오기까지 많은 격려와 성원을 보내주신 문피아 (http://www.munpia.com) 독 자 님 들 과 모 기 (http://mogi.dasool.com) 독자님들, 그리고 금강님을 비롯한 연무지회의 동료, 선후배 작가님들께도 깊은 감사를 드립니다. 그 외에도 전작을 구입해 주신 독자님들과 신작을 기다리시는 독자님들, 본 작품을 집필하는 데 많은 도움을 주신 분들께도 제 마음을 실어 깊은 감사를 드립니다.

그 외에도 하소연하고 싶은 말들과 감사드리고 싶은 말들이 끊임없이 떠오르지만, 그 모든 건 마음속에 담아두기로 하고, 지금부터 각박한 현실에서 벗어나 거침없이 세상을 누비고 싶은 사람들. 그들을 대신해서 세상 밖으로 뛰쳐나온 묵자후와 천금마옥 마인들의 이야기를 시작하겠습니다.

과연 그들이 꿈꾸는 삶은 어떤 삶인지, 그리고 그들이 바라는

마도천하란 과연 어떤 것인지 지금부터 흥미롭게 지켜봐 주시면
감사하겠습니다.

2007. 6.
뜨거운 여름 독자님들의 건강과 건승을 기원하며
대구에서 박현(朴晛)이 인사드립니다.

引言

이 이야기는 이십 년을 끌어왔던
정사대전 이후의 이야기이다.

序 1

사부들이 말했다.

이천 개의 입을 모아 말했다.

―이제 마도의 미래는 네 어깨에 달려 있다.

.

.

…….

나는 그 비통한 음성들을 결코 잊을 수 없다.

序 2

"와아아아!"

전쟁이 끝났다.

그 처절했던 전쟁이 드디어 끝났다.

광활한 벌판.

피어오르는 연기와 즐비한 시체들 가운데서 뭇 군웅들은 열렬한 환호성을 질렀다.

병장기를 흔들며, 서로를 얼싸안으며 감격에 겨워 하는 그들 뒤로는 지치고 피로한 기색의 흑의인들이 망연자실한 표정으로 눈물을 흘리고 있었다.

"크흐흑! 주군……!"

"어찌 이럴 수가……!"

흑의인들.

흔히 마인(魔人)이라 불리는 그들은 도저히 현실을 받아들일 수 없었다.

분명 자신들이 이기고 있었는데, 그래서 승리가 바로 눈앞에 있다고 확신하고 있었는데…….

지나간 일은 되돌릴 수 없다.

눈앞의 결과 역시 마찬가지다.

철혈마제(鐵血魔帝) 곽대붕(郭大鵬).

삼십대 중반의 나이로 강호에 출도해, 폭풍 같은 행보로 전 중원(中原)을 긴장시켰던 마도의 하늘.

그는 이미 목 잃은 시체가 되어 황량한 들판 위에 쓰러져 있다. 그리고 그의 목을 베어버린 정파의 영웅이 번갯불 같은 눈빛으로 좌우를 둘러보며 한 손을 번쩍 치켜들고 있다.

"와아아아아!"

또다시 우레 같은 함성이 메아리쳤다.

장장 이십 년을 끌어왔던 정사대전.

그 길고 치열했던 전쟁은 일만 마인을 휘하에 거느리고 천하를 공포의 도가니로 몰아넣었던 철혈마제가 화산파 속가제자 출신으로 정파 최절정고수 중의 한 사람인 뇌존(雷尊) 탁군명(卓君明)에게 목을 잃어버림으로써 그 대단원의 막을 내리게 됐다.

그날 오후.

아직 격전의 열기가 채 가시지 않은 전장에, 단전이 폐쇄되고 사지가 결박된 마인들이 피눈물을 흘리며 어디론가 끌려갔다. 그리고 그들의 비참한 심정을 헤아린 듯 먹구름이 온 하늘을 뒤덮었다.

제1장

천금마옥

魔道天下

좌아아! 철썩!

파도가 넘실거리는 짙푸른 바다.

그 끝없는 망망대해에 사시사철 짙은 안개에 휩싸여 있는 거대한 섬이 하나 있다.

사면이 온통 칼날 같은 바위로 이루어져 왠지 모를 섬뜩한 기운을 풍기는 섬.

그 황량하고 음산한 섬에 일진광풍이 휘몰아치자 파도가 거센 물보라를 일으켰다. 뒤이어 저 수평선 너머에서 시커먼 먹구름이 피어오르자 주변에서 놀고 있던 갈매기들이 화들짝 놀라 허공으로 날아올랐다.

끼룩! 끼룩!

요란한 울음소리를 내며 이리저리 날아다니던 갈매기들.

바람결에 안개가 흩어지고 그 사이로 섬이 제 모습을 드러내자 모두 그곳을 향해 힘찬 날갯짓을 했다. 그러나 그들이 미처 섬에 다다르기도 전에,

피융!

섬 어딘가에서 새하얀 검기(劍氣)가 날아와 갈매기들을 산산조각 내버리고 말았다. 그로 인해 갈매기들의 시신이 후두두 떨어져 내리자 암초 밑에 숨어 있던 상어들이 그 잔해를 집어삼키기 시작했다.

하지만 토막 난 갈매기들의 시신 정도로는 성에 차지 않았던지 상어들은 곧 자기들끼리 피비린내 나는 살육전을 벌였다. 그러다가 어느새 다가온 먹구름이 몇 줄기 빗방울을 떨어뜨리자 언제 그랬냐는 듯 다시 수면 아래로 사라졌다.

쏴아아!

비는 거세게 바다를 두드렸다. 더불어 하늘 빛이 점점 심상치 않게 변해가더니 저 먼 하늘에서 번개가 수도 없이 번쩍였다. 뒤이어 천지를 뒤흔드는 뇌성벽력과 함께 섬 가장자리에 있던 일 장 높이의 비석 위에 한줄기 벼락이 떨어졌다.

순간 비석에 거미줄 같은 금이 갔고, 비석에 새겨져 있던 글귀가 폭우 속에 그 모습을 드러냈다.

천금마옥(天禁魔獄).

무림절대금지(武林絶對禁地). 침입자 사(死)!

누군가가 지력(指力)으로 새긴 듯, 다섯 자 깊이로 파인 경고문이었다.

그 경고문은 뇌성벽력이 지축을 울리는 동안 비석과 함께 와르르 허물어져 내렸다.

그때 쏟아지는 빗소리를 뚫고 누군가의 음성이 들려왔다.

"젠장! 하필이면 번개가 저기 떨어질 게 뭐람?"

"그러게 말일세. 맹주께서 친히 세우신 비석이 무너져 버렸으니 이 일을 어쩌면 좋지?"

처음의 목소리가 퉁명스레 들려왔다.

"어쩌긴 뭘 어째? 다시 비석을 보내달라고 해야지."

"젠장! 평생 수련한 무공으로 갈매기 떼나 상대하는 것도 서러워 죽겠는데 이젠 번개 때문에 아쉬운 소리를 해야 한단 말인가? 정말 이 짓도 못해먹겠군."

폭우 속에서 두런두런 대화를 나누고 있는 이들.

그들은 회색빛 무복 차림에 긴 장검을 차고 있었다. 또한 대화를 나누는 와중에도 날카로운 눈빛으로 사방을 훑고 있었는데, 그들 주위로는 폭우가 얼씬도 못하고 있었다. 그로 미루어 대단한 공력의 소유자들인 듯했지만, 그런 그들도 등 뒤에서 흘러나온 호통 소리엔 감히 태만치 못했다.

"모두 잡담 그만! 우리가 이런 외진 곳에서 근무하고 있다지만 우리가 맡은 일은 현 강호에서 가장 중요한 일이다! 모두 긴장을 풀지 말고 경계에 만전을 기하도록!"

듣는 이로 하여금 소름이 돋게 만드는 음성.

그 음성을 끝으로 아무 소리도 흘러나오지 않았다.

섬은 또다시 쏟아지는 폭우와 밀려오는 파도, 지축을 흔드는 천둥소리에 휘말려 심한 몸살을 앓았다.

*   *   *

어두운 공간.

흡사 지옥의 무저갱을 연상시키듯 짙고 어두운 공간에 희미한 소음이 울렸다. 뒤이어 '끼이익!' 하는 소리와 함께 허공에서 한줄기 빛이 스며들자, 숨 막히는 정적만이 모든 것을 지배하고 있는 것 같던 공간에 작은 변화가 일어났다.

먼저 동굴 벽에 매달려 있던 박쥐들이 한꺼번에 깨어나 일대 소란을 일으켰고, 동굴 깊숙한 곳에서 희미한 불꽃이 피어오르더니 그 사이로 몇 개의 손이 뻗어 나와 동굴 이곳저곳을 날아다니고 있는 박쥐 떼를 단숨에 낚아채 버렸다.

끼이익, 끽끽!

박쥐들의 비명 소리가 애처로이 울려 퍼지는 가운데, 어스름한 불꽃이 한 무리의 사내들을 비췄다.

각자 편한 자세로 앉아 박쥐를 산 채로 뜯어 먹고 있는 이들.

모두 초라하고 피폐해 보였지만 눈빛 하나만큼은 시퍼렇게 날이 서 있는 사내들이었다.

그중 한 사람이 위쪽을 쳐다보며 중얼거렸다.

"오랜만에 천장이 열리는 걸 보니 벌써 보름인가 보군."

그의 중얼거림처럼 천장이 반쯤 열려 있고, 그 사이로 뭔가가 내려오고 있다.

끼이익, 끼이익!

거친 쇳소리를 내며 하강하고 있는 물체는 사각으로 된 거대한 철망이었다.

저 위에서 도르래로 내려 보낸 듯 천천히 아래로 내려오던 철망은 동굴 중간쯤에 이르러 한차례 요동을 쳤다. 그러자 철망 아래쪽이 덜컥 열리며 그 안에서 뭔가가 와르르 쏟아져 내렸다.

철망 안에서 쏟아진 건 대부분 비위를 역겹게 만드는 상한 음식들이었다. 그러나 사내들은 이미 그에 익숙한 듯 아무 관심도 보이지 않고 고개를 뒤로 젖히거나 양손을 치켜드는 등, 감회 어린 표정으로 천장만 바라보고 있었다.

후두둑, 툭, 툭!

천장이 열리면서 함께 스며든 비.

그 감촉을 만끽하고 있는 중이었다.

그러나,

끼기긱, 철컹!

철망이 사라지자 천장은 속절없이 닫혀 버렸다.

사내들은 아쉬운 표정으로 볼멘소리를 냈다.

"제기랄! 실로 오랜만에 대하는 비였는데……."

그때 저 뒤에서 요란한 발자국 소리가 났다. 또 한 무리의 사내들이 나타난 것이었다.

그들은 장내에 도착하자마자 좀 전의 사내들처럼 갈망 어린 눈빛으로 천장을 바라보다가 이내 한쪽으로 도열하기 시작했다. 그러자 이전의 사내들도 먹고 있던 박쥐를 던져 버린 뒤 그 대열에 동참했다.

…….

동굴에는 잠시 침묵이 흘렀다.

누구를 기다리는 걸까?

꽤 많은 시간이 흘렀지만 아무도 움직이는 사람이 없었다.

그 모습이 지루하게 느껴졌는지 바닥에 숨어 있던 딱정벌레가 슬그머니 고개를 치켜들었다. 바로 그때,

쿵! 쿵!

동굴 저 안쪽에서 묵직한 발자국 소리가 났다. 뒤이어 어슴푸레한 역광을 받으며 한 사람이 나타났다.

그의 체구는 실로 어마어마했다.

무려 칠 척에 달하는 키에 비대(肥大)한 살집을 출렁이고

있었다. 또한 피처럼 붉은 입술에 하늘을 향해 바짝 들려 올라간 코, 거기다 축 늘어난 살집 아래 숨은 작은 눈으로 인해 마치 거대한 곰이 사악한 돼지 머리를 쓰고 이 땅에 환생한 것 같았다.

하지만 그보다 놀라운 것은 그의 양팔이 어깨에서부터 싹둑 잘려 나가 있다는 사실이었다.

더구나 그의 전신에선 시체 썩는 냄새가 끊임없이 흘러나오고 있었는데, 어느 누구도 그에 대해 인상을 찌푸리거나 나무라는 사람이 없었다. 오히려 눈을 내리깔며 그의 시선을 피하기에 급급해했다.

그런 반응을 보며 괴인이 씨익 미소를 지을쯤,

스윽, 스윽.

어디선가 바닥을 쓰는 듯한 소리가 들려왔다.

그 소리를 듣자 사내들은 더욱 긴장한 표정을 지었다.

잠시 후 또 한 사람이 장내에 나타났다.

그는 푸르뎅뎅한 안색에 얼굴 반쪽이 흉측하게 얽어 있는 쉰 살가량의 괴인이었다. 게다가 쭉 찢어진 눈에 종잇장 같은 입술을 지니고 있었는데, 끔찍하게도 그의 하체는 무릎 아래에서부터 댕강 잘려 있었다. 그래선지 양팔로 바닥을 기며 다가오고 있었는데 그 속도가 장난이 아니었다. 눈 깜짝할 사이에 장내에 이르러 기괴한 눈빛으로 좌우를 둘러보고 있었다.

그를 보자 먼저 와 있던 덩치가 인사를 건넸다.

"형님, 오랜만에 뵙습니다."

"음? 아우도 와 있었군."

"예. 모처럼의 회합일 아닙니까?"

"그래, 벌써 그렇게 됐군."

두 사람은 서로 친한 사이인 듯했다. 주변 사람들이야 공포에 떨든 말든 자기네끼리 인사를 나누고 있었다.

그때, 또 다른 발자국 소리가 들려왔다.

이전과 달리 강인하고 힘찬 발자국 소리였다.

그 소리는 가볍고 경쾌한 발자국 소리와 함께 들려왔는데, 그 소리를 듣자 먼저 와 있던 괴인들이 휙 고개를 돌렸다.

이번에 나타난 사람은 의외로 한 쌍의 남녀였다.

사내는 부리부리한 눈에 각진 턱을 지닌 사십대가량의 중년인이었고, 그 옆에 서 있는 사람은 삼십대 후반가량의 여인이었다.

그들 역시 이전의 괴인들처럼 정상적인 몸이 아니었다.

사내는 오른손이 팔꿈치 아래에서부터 싹둑 잘려 나가 있었고, 왼쪽 눈마저 퀭하니 뚫려 칙칙한 안광만 흘리고 있었다. 그리고 그 옆에 서 있는 여인은 새치름한 눈에 늘씬한 몸매를 지녔지만, 얼굴 전체에 바둑판 같은 칼자국이 그어져 있고 아랫배가 동산만큼 부풀어 있어 예전의 미모를 전혀 알아볼 수 없었다. 그럼에도 불구하고 뭇 사내들을 홀리는 요기(妖氣)가 흘러나오고 있었으니 실로 기이한 일이 아닐 수 없었다.

그 두 사람이 등장하자 장내에 팽팽한 긴장이 흘렀다.

무엇 때문일까?

이유는 금방 밝혀졌다.

"흐흐흐, 생사도(生死刀)답게 과연 간이 배 밖으로 튀어나왔군. 여기가 어디라고 감히 얼굴을 들이밀어? 그것도 배불뚝이 마누라까지 데리고 말이야."

비대한 덩치가 두 사람을 향해 폭언을 퍼붓자 두 발 잘린 괴인 역시 섬뜩한 눈빛으로 두 사람을 쏘아봤다. 그러자 숨막히는 살기가 사방으로 번져 갔고, 그에 놀란 사내들이 허겁지겁 뒤로 물러났다.

하지만 중년인은 무심한 표정으로 괴인들의 살기를 받아넘겼다.

"두 분 선배, 이제 그만 합시다. 벌써 지겨울 만큼 싸우지 않았습니까?"

중년인의 말투는 꽤 공손한 편이었다. 하지만 그 말투가 오히려 두 사람의 분노를 자극한 듯 비대한 덩치가 뺨을 씰룩였다.

"뭐라고? 지겨울 만큼 싸워? 흐흐… 형님, 방금 이놈이 하는 말 들으셨습니까? 주제도 모르고 건방을 떠는군요."

두 발 잘린 괴인이 고개를 끄덕였다.

"그렇군. 이제껏 오냐오냐하며 봐줬더니 콧대가 아주 하늘을 찌르는군. 아무래도 오늘은 끝장을 봐줘야겠어."

그 말과 함께 두 발 잘린 괴인이 천천히 몸을 일으켰다.

그가 양손으로 바닥을 짚으며 자세를 바로잡자마자 강렬한 살기가 뻗어 나와 중년인을 압박했다. 그러자 곁에 있던 여인이 빽 소리쳤다.

"무풍수라(無風修羅) 선배! 흡혈시마(吸血屍魔) 선배! 두 분 또 왜 이러시는 거예요? 그만큼 연세들이 드셨으면 사리 분별을 할 줄 알아야지, 한두 번도 아니고 대체 왜 자꾸 억지를 부리시느냔 말이에요?"

"뭐라고? 억지라고?"

"그럼 아닌가요? 우리끼리 싸워봤자 남는 게 뭐가 있다고 자꾸 시비를 거시는 거예요?"

그 말에 비대한 덩치가 느물거리듯 말했다.

"흐흐, 이년이 찢어진 입이라고 함부로 나불대는군. 남는 게 없다니? 네년은 눈을 장식으로 달고 다니느냐? 시체가 남잖아. 저렇게 크고 싱싱한 시체가 말이야. 거기다 네년 몸뚱이까지 함께 남을 텐데 남는 게 없긴 뭐가 없단 말이냐?"

덩치의 대답에 여인은 기가 막힌 듯 한동안 말을 잇지 못했다. 그러다가 낯빛을 굳히며 막 고함을 지르려는 찰나, 옆에 있던 중년인이 한 발 앞으로 나서며 먼저 입을 열었다.

"시마 선배, 이미 경고드렸을 텐데요. 더 이상 이 사람을 모욕하거나 형제들을 음식 취급 하면 가만두지 않겠다고."

그 말과 함께 중년인에게서 패도적인 기운이 흘러나왔다.

괴인들은 그 기세에 놀라 순간적으로 흠칫한 표정을 지었
으나 이내 냉정을 회복하며 자존심 상한 표정으로 중년인을
노려봤다.

"흐흐, 네놈이 알량한 무공을 믿고 큰소리치는 모양인데,
어디 마음껏 까불어봐라. 어차피 명년 오늘이 너희 두 연놈의
제삿날이 될 테니까."

그 말과 함께 두 발 잘린 괴인이 덩치에게 신호를 보냈다.
그러자 덩치가 괴소를 흘리며 앞으로 나아왔다. 중년인의 시
야를 묘하게 가려 합공을 펼치려는 의도였다.

여인은 그 모습을 보고 재차 소리쳤다.

"정말 기가 막히는군요! 선배라는 작자들이 후배를 상대로
합공을 펼치려 하다니? 당신들은 자존심도 없나요?"

그 말에 두 발 잘린 괴인이 흉광을 번뜩이며 말했다.

"클클클, 저년이 우릴 바보 취급 하는군. 우리가 저놈과 싸
우고 있을 동안 네년은 놀고만 있다더냐? 그리고 더러운 정파
놈들 앞에서 무릎을 꿇어버린 비겁자 따윈 내 후배로 둔 적이
없다!"

여인은 긴 한숨을 내쉬었다.

"휴우, 무풍수라 선배. 자꾸 엉뚱한 핑계만 대지 말고 우리
를 이렇게 대하는 이유가 뭔지 진짜로 한번 말씀해 보세요."

"흐흐, 이미 예전에 말해줬을 텐데? 저놈이 정파 놈들에게
무릎을 꿇는 순간 놈은 더 이상 파천혈룡단(破天血龍團)의 단

주도, 일격필살(一擊必殺)의 생사도도 아닌, 형제들의 목숨을 팔아넘긴 배신자에 불과하다고. 그래서 내 눈에 흙이 들어가기 전까지는 이곳에서 숨 쉴 자격이 없다고."

"그럼 철혈마제께서 돌아가시고 수하들 역시 떼죽음당하고 있는 상황인데도 계속 싸웠어야 옳단 말인가요?"

"아무렴! 싸웠어야지! 그랬다면 우리가 이 모양 이 꼴이 되진 않았을 것이다! 그리고 너희 역시 이런 취급을 당하지 않았을 테고!"

"흥! 하나만 알고 둘은 모르시는군요. 만약 그랬다면 우리 모두 시체가 되어 벌써 구천을 떠돌고 있을걸요?"

그 말에 괴인이 눈꼬리를 떨며 소리쳤다.

"말도 안 되는 소리! 우린 마도인이다! 목숨이 다하는 그 순간까지 절대 자존심을 굽히지 않는 마도인이란 말이다!"

"정말 놀고 계시는군요. 그럼 선배들께선 왜 항복하셨어요?"

순간, 괴인의 안색이 흠칫했다.

그는 잠시 대답을 미루다가 뺨을 붉히며 대답했다.

"우린 놈들에게 항복을 한 게 아니다. 그저… 전투 불능의 상태에 빠져 정신을 잃었을 뿐이다."

여인이 재차 한숨을 쉬며 고개를 설레설레 내저었다.

"하아, 정말 지나가던 개가 배를 잡고 웃을 일이군요. 그래, 당신들이 항복한 건 어쩔 수 없는 일이었고, 가가께서 무룹을 꿇은 건 비겁한 행위였단 말인가요?"

"당연하지!"

괴인이 눈도 깜박이지 않고 고개를 끄덕이자 여인은 그만
분통을 터뜨리고 말았다.

"정말 말귀가 통하지 않는 늙은이군요! 마정대전(魔正大戰)
때 가가께서 얼마나 치열하게 싸웠는지, 그래서 얼마나 많은
적을 쓰러뜨렸는지 똑똑히 지켜보셨으면서도 그런 소리가 입
밖으로 나와요?"

어찌나 화가 치밀었던지 여인은 눈물까지 글썽거렸다. 그
러나 괴인은 여전히 조소만 흘릴 뿐이었다.

"클클클, 그래, 네 말대로 그 광경을 지켜봤지. 무당파 제
자 놈에게 한 팔을 잃어버린 뒤 그 자리에서 냉큼 무릎을 꿇
어버리는 기막힌 광경을 똑똑히 지켜봤지."

"이이익! 그전에 두 사람이 서로 약속한 것은 기억에도 없
단 말인가요?"

"아무렴. 그딴 건 기억에도 없다. 오직 정파 놈들 앞에서
개처럼 무릎을 꿇고 있는 저놈 모습만 보였을 뿐!"

"하아, 정말 대화가 안 되네요."

여인이 허탈한 표정으로 고개를 설레설레 내젓자 중년인
이 그녀의 어깨를 감싸 안으며 말했다.

"이제 그만 됐소. 두 분이 내 목숨을 원하신다고 하니 상대
해 드리면 그뿐이오."

그 말에 괴인들이 인상을 찌푸렸다. 특히 비대한 덩치는 자존심이 상한 듯 뺨을 부르르 떨었다.

"뭣이라? 상대해 드리면 그뿐이라고? 오냐, 이 하룻강아지 같은 놈아! 정 그렇다면 어디 네 실력을 보여봐라! 어흥!"

노호성과 함께 덩치가 중년인을 덮쳐 갔다. 겉보기와 달리 무섭도록 빠른 공격이었다. 그러나 중년인의 좌수(左手)가 바람을 가르는 순간, 덩치의 안색이 확 일그러지고 말았다.

어느새 그의 가슴팍이 길게 찢겨 나간 때문이었다.

"좋아, 좋아! 일격필살의 생사도라더니 팔 병신이 되었어도 그 감각은 여전하군."

덩치는 입술을 핥으며 비릿한 미소를 흘렸다. 그러자 그의 상처가 무서운 속도로 아물어가기 시작했다.

하지만 중년인은 이미 그럴 줄 알았다는 듯 눈 하나 깜짝하지 않았다.

"선배의 둔겁탄마공(遁怯彈魔功) 역시 여전하오."

"아니, 아니야. 예전 같았으면 이런 상처조차 입지 않았겠지. 뿐인가? 내 팔만 성했더라도 넌 이미 죽은 목숨이야."

덩치가 흉광을 번뜩이며 중년인을 노려보고 있을 때였다.

스스슷.

갑자기 덩치 뒤쪽에서 미약한 바람 소리가 났다. 동시에 두 발 잘린 괴인이 유령처럼 솟구쳐 오르며 중년인을 향해 장력을 뿌리려 했다. 바로 그 순간,

"흥! 그럴 줄 알았다, 늙은이!"

여인이 앙칼진 호통을 터뜨리며 양 소매를 떨쳤다. 그러자 그녀의 소매 속에서 빛살 같은 암기가 번쩍였다.

"이런 망할 년! 감히 나에게 암기를 뿌려?"

괴인은 당황한 표정으로 급히 신형을 틀었다. 순간, 암기가 기이하게 방향을 틀더니 이번에는 덩치의 명문혈을 향해 날아갔다.

"이런 썩을 년!"

덩치 역시 오만상을 찌푸렸다. 하지만 그는 몸을 피하는 대신 재차 공력을 끌어올렸다. 그러자 그의 근육이 철갑처럼 굳어갔고, 암기가 팅팅 소리를 내며 맥없이 바닥으로 떨어졌다. 바로 그때,

쉬익!

갑자기 중년인이 덩치를 향해 날아갔다.

그가 벼락같은 손길로 미간을 쪼개오자 덩치는 기겁성을 토하며 급히 신형을 틀었다. 그 찰나의 순간, 중년인은 방향을 틀어 괴인의 머리 위를 덮쳐 갔다.

"이런 발칙한!"

괴인은 노성을 터뜨리며 연달아 장력을 뿌렸다. 하지만 경황 중에 펼친 장력이라 별다른 위력을 발휘하지 못했다.

"제기랄!"

괴인은 할 수 없이 동굴 벽을 후려치며 훌쩍 중년인을 피해

버렸다. 그런데 그때,

"호호호! 잘 걸렸다, 늙은이!"

갑자기 등 뒤에서 짜랑짜랑한 웃음소리가 들려왔다. 동시에 별빛 같은 광채가 괴인의 망막으로 쏟아져 들어왔다.

쉭, 쉭, 쉭!

미처 예상치 못한 폭우 같은 암기 세례였다.

그러나 괴인은 추호도 당황하지 않았다.

"이깟 실력으로는 어림도 없다!"

괴인은 냉랭한 표정으로 종유석을 연거푸 후려쳤다. 그러자 종유석이 통째로 떨어져 내리며 태반의 암기를 막아냈다. 그리고 나머지 암기들은 괴인의 옷자락을 스치며 아득한 어둠 속으로 사라졌다.

여인은 아쉬운 표정으로 중년인 옆에 내려섰다.

"흥! 큰소리 뻥뻥 치더니 꼴들 좋군요."

괴인들의 몰골은 과연 여인의 비웃음을 살 만했다.

비대한 덩치는 옷자락이 갈기갈기 찢겨 시커먼 배가 드러나 있었고, 두 발 잘린 괴인은 산발한 머리카락에 흙먼지를 잔뜩 뒤집어쓰고 있었다.

그러나 괴인들은 전혀 기가 죽지 않았다.

"흥! 그깟 실력으로 기고만장할 필요 없다! 진짜 싸움은 바로 지금부터니까!"

그 말과 함께 두 발 잘린 괴인이 눈을 번쩍 치켜떴다. 순간,

괴인의 두 눈에서 섬뜩한 기광이 흘러나왔다.

뭐랄까, 먹이를 낚아채기 직전의 살모사 같은 눈빛이랄까?

괴인의 눈동자가 찰나간에 사라지고 그 자리를 분홍색 기류가 대신 채워 버렸다.

여인은 그 모습을 보자마자 얼른 중년인 앞을 막아섰다.

"이런 미친 늙은이! 내겐 안 통한다는 걸 알면서도 섭혼술을 써?"

말은 그렇게 했지만 괴인을 노려보는 여인의 표정은 잔뜩 굳어 있었다.

괴인은 그 모습을 보고 입꼬리를 말아 올렸다.

"클클클! 누가 그래, 내 섭혼술이 안 통한다고?"

괴인이 흉소를 터뜨리며 점점 공력을 높여 나가자 여인의 눈빛이 급격히 흔들렸다.

"이… 치졸한 늙은이……!"

그때였다.

갑자기 중년인이 앞으로 나섰다.

"정말 끝장을 보자는 말씀이시오?"

중년인이 눈을 감은 상태로 묻자 괴인이 재차 미소를 흘렸다.

"그럼 이제껏 장난인 줄 알았더냐?"

"정 그렇다면… 할 수 없구려."

중년인은 나직한 탄식을 흘리며 좌수를 치켜들었다. 그리고 왼발을 앞으로 내밀며 자세를 한껏 웅크렸다. 그러자 바람도 불지 않는데 중년인의 옷자락이 거세게 펄럭였다.

"아……."

여인은 나직한 신음을 흘리며 중년인의 뒷모습을 바라봤다.

그때 덩치가 히죽 웃으며 다가왔다.

"흐흐흐, 이렇게 되면 네년은 내 차진가?"

덩치가 입술을 핥으며 목을 좌우로 움직였다. 그러자 우두둑 하는 기음과 함께 덩치의 몸이 급격히 커지기 시작했다.

여인은 그 모습을 보고 굳은 표정으로 양손을 치켜들었다.

긴장된 순간,

누구라도 아차 하면 생사가 엇갈리게 되는 순간이었지만, 주변에 있던 이들은 어느 누구도 말릴 생각을 않았다. 그 이유는 이 자리에 모여 있는 이들 모두가 강자존(强者存)의 법칙을 철칙으로 아는 마인들이었기 때문이다.

하지만 그 법칙에 예외가 있었으니, 싸우는 양 당사자보다 무위가 훨씬 더 뛰어난 사람이 중재에 나서면 서로 싸움을 그쳐야 했다. 그리고 마침, 그 조건에 딱 들어맞는 사람이 등장했다.

철그렁! 철그렁!

멀리서 들려온 묵직한 쇠사슬 소리.

모두의 안색이 일순간 급변했다.

서로 대치하고 있던 네 사람 역시 마찬가지였다.

"대장로(大長老)를 뵈오!"

이윽고 장내에 쩌렁쩌렁한 음성이 울려 퍼졌다. 이미 도열해 있던 사내들이 어느 한곳을 향해 극공의 예를 취하기 시작한 것이다.

'빌어먹을! 하필이면 이럴 때……'

두 괴인은 마지못한 표정으로, 중년인과 여인은 공손한 태도로 다른 이들과 함께 예를 취하기 시작했다.

갑작스런 등장으로 장내의 분위기를 완전히 바꿔 버린 사람.

그는 치렁치렁한 백발이 바닥에 닿고 얼굴 전체에 화상을 입은 강퍅한 인상의 노인이었다.

특히 시커먼 쇠사슬이 그의 비파골을 뚫고 바닥으로 길게 늘어뜨려진 가운데, 보기에도 섬뜩한 네 자루의 검이 그의 전신에 틀어박혀 있었다. 그중 한 자루는 심장에 박혀 있었는데도 노인의 안색에는 전혀 변화가 없었다.

그것만 봐도 보통 인물이 아님을 알 수 있었지만, 노인이 고개를 들자 진물 가득하던 눈에서 가공할 안광이 흘러나왔다.

"모두 다 모였는가?"

게다가 노인이 입을 열자 동굴 전체가 우르릉 떨렸고, 사방에서 돌가루가 떨어졌다. 그 기세에 질려 좌중은 일제히 숨을 죽였고, 노인의 등 뒤에서 누군가가 대답했다.

"예, 다 모인 것 같습니다."

그러고 보니 노인은 혼자 나타난 게 아니었다. 등 뒤에 네 사람을 동반하고 있었다.

그들 역시 하나같이 강렬한 인상을 풍기고 있었는데, 어떤 이는 은발 은염에 인자한 미소를 짓고 있었지만 한쪽 다리가 잘려 나가 목발이 그 자리를 대신 채우고 있었다. 다른 이는 깡마른 체구에 문사풍의 얼굴을 하고 있었지만 두 눈이 뻥 뚫려 나간 상태로 좌우를 둘러보고 있었다.

그리고 나머지 두 사람은 흐릿한 안개에 전신이 휩싸여 있거나 오 척 단구에 통통한 뺨을 가진 노인이었는데, 둘 다 한쪽 손목이 싹둑 잘려 나가 있었다.

그들 모두 비정상적인 모습들을 하고 있었지만 그 신분만큼은 대단했다.

특히 맨 앞에 서 있는 엄청난 위압감의 노인은 옛 철마성의 대장로 신분으로, 그 별호를 혈영노조(血影老祖)라 했다.

그는 이곳 마인들의 정신적인 지주 역할을 맡고 있었는데, 정파인들 사이에서는 불사마제(不死魔帝)로 알려져 있었다.

그가 익힌 무공이 워낙 불가사의해서 아무리 치명적인 부상을 입어도 목숨만은 잃지 않았기 때문이다.

그리고 혈영노조 왼쪽에 서 있는 은발 은염의 노인은 음풍마제(陰風魔帝)라 불렸는데, 그 역시 옛 철마성의 장로였다.

그는 미소 띤 얼굴과 달리 독랄한 심성의 소유자로 알려져 있었고, 옛 철마성 시절부터 혈영노조와 잦은 의견 충돌을 빚곤 했다.

혈영노조 오른쪽에 서 있는 문사풍의 노인은 철마성 총군사(總軍師) 출신으로 그 별호를 마뇌(魔腦)라 했다.

신기하게도 그는 두 눈이 뻥 뚫린 상태에서도 끊임없이 다른 용모로 변신하고 있었다. 그래서 하루에도 수십 번씩 변하는 그의 본모습이 어떤지는 그의 부모만 알고 있다고 했다.

그들보다 약간 뒤쪽에 서 있는 이들 역시 옛 철마성의 핵심 고수들이었다.

그중 전신이 흐릿한 안개에 휩싸여 있는 괴인은 귀검(鬼劍)이라 불렸고, 오 척 단구에 통통한 뺨을 가진 노인은 폭마(暴魔)라 불렸다.

그들은 각각 암습 전문인 암혼당(暗昏堂)과 화기(火器) 전문의 벽력당(霹靂堂)의 당주 직을 맡고 있었다.

이들 다섯 명이 바로 두 발 잘린 괴인인 무풍수라와 비대한 덩치인 흡혈시마, 그리고 독안(獨眼)의 중년인인 생사도와 함께 금옥 팔마존(八魔尊)이라 불렸다.

이들 중 최고 고수는 당연히 혈영노조였다.

혈영노조는 모두 모였다는 마뇌의 대답에 천천히 손을 치켜들었다. 그러자 불빛이 한층 밝게 피어오르더니 동굴 안의 정경이 일목요연하게 드러났다.

동굴의 규모는 예상외로 엄청났다.

비록 외형은 어떨지 몰라도 내벽은 호리병 모양으로 생겨, 아래로 내려갈수록 점점 더 크고 넓어졌다. 그래서 괴인들이 발을 딛고 선 곳쯤에 이르러서는 그 넓이를 도저히 측량할 수 없을 정도였다.

거기다 오랜 세월에 걸쳐 형성된 종유석들이 아름드리 숲을 이루는 가운데, 크고 작은 동굴들이 미로처럼 뚫려 있었다. 그리고 동굴 중앙에는 방원 십 장 규모의 온천이 자리하고 있어 간간이 석벽을 타고 흐르는 물방울을 볼 수 있었다.

또한 빛이 미치지 않는 곳에는 천신이 깎아놓은 듯한 기암절벽들이 즐비하게 늘어서 있고, 그 아래에는 깊이를 알 수 없는 무저갱이 거미줄처럼 뻗어 있었다. 그리고 그 무저갱은 이곳 괴인들에게 있어 혐오와 저주의 대상이었다.

그 이유는 무저갱 틈 사이로 희뿌연 연기와 매캐한 냄새가 끊임없이 흘러나온 때문이었다. 그로 인해 동굴 안에는 항상 메스껍고 탁한 공기가 흘러 도저히 사람이 살 수 없을 지경이었다.

그나마 다행인 것은 온천 뒤쪽으로 중원에서는 전혀 볼 수 없는 거무튀튀한 대나무들이 군락을 이루고 있고, 그 주변으로 이름을 알 수 없는 각종 식물이 자라고 있어 그나마 숨을 쉴 수 있다는 사실이었다.

또한 동굴 중앙에 있는 온천과 종유석 아래에 고인 지하수로 인해 그나마 갈증을 달랠 수 있었고, 동굴 이곳저곳에 숨어 있는 박쥐들과 바닥을 기어다니는 벌레들, 그리고 가끔 출몰하곤 하는 이름 모를 독충들로 인해 열악하나마 허기라도 달랠 수 있었으니 그 역시 다행이라면 다행이었다.

이런 척박하고 음습한 동굴에는 무려 이천 명에 이르는 마인들이 살고 있었다. 아니, 정확히 말하자면 감금되어 있었다.

과거, 이십 년 동안 싸워왔던 정사대전. 그 패전의 희생양이 바로 이들이었다.

그날, 정파인들은 승리의 함성을 지르며 각자 집으로, 사문으로 돌아갔지만 마인들은 갈 곳이 없었다.

그들이 갈 수 있는 곳은 단 한 곳, 감옥밖에 없었다. 그것도 보통 감옥이 아니라 탈출이 절대 불가능한 유배지 같은 감옥이었다.

정사대전 때 너무 많은 마인을 사로잡아 고민에 빠진 정파인들.

그들은 궁리 끝에 바다 한가운데에 있는 섬을 찾아, 그곳 분화구를 파내고 거대한 감옥을 만들었다. 그곳이 바로 이곳 천금마옥이었다.

하늘이 마인들을 가두었다는 뜻으로 천금마옥이라 불리게 된 이 동굴은 크게 세 구역으로 나눠져 있다.

위계질서가 철저한 마도인들답게 동굴 전체를 천(天), 지(地), 인(人) 세 구역으로 나눈 것이다.

그중 금옥 팔마존 같은 초절정고수들이 머무는 곳이 바로 천급(天級) 구역이었다.

천급 구역은 동굴 가장 깊숙한 곳에 위치해 있다.

그곳은 동굴에서 흘러내린 종유석과 아래쪽에서 올라온 석순이 만나 돌기둥[石柱]을 이룬 곳으로, 다른 곳에 비해 지하수가 풍부한 편이었고 공기 또한 좋은 편이었다.

그리고 냉면사신(冷面邪神)이나 잔지괴마(殘肢怪魔) 급의 고수들이 머무는 곳은 지급(地級) 구역이었다.

그곳은 유등이 미치지 않는 곳으로, 천신이 깎아놓은 듯한 기암절벽들 너머에 위치해 있었다.

마지막으로 무정귀(無情鬼)나 탈명객(奪命客) 등, 대부분의 마인들이 머무는 곳이 바로 인급(人級) 구역으로, 동굴 중앙에서 그리 멀지 않은 곳에 위치해 있었다.

그런데 동굴 중앙에 있는 온천과 대나무 숲 주변에는 아무도 머무르지 않았다.

그 이유는 온천과 대나무 숲 주변이 바로 이곳의 유일한 산소 공급원이나 마찬가지였기에 다들 출입을 자제한 때문이었다. 그러나 음식이 내려올 때는 예외였는데, 그때는 한 달에 두 번 정도 열리는 천금마옥의 회합일이었기 때문이다.

동굴 중앙을 제외하면 모두 모일 수 있는 공간이 드물었기에 온천 주변을 회합 장소로 정한 것이다.

"그럼 지금부터 대회합을 시작하겠다."

무려 이천 명에 이르는 마인들의 회합.

어찌 생각하면 뭔가 엄청난 사건이 벌어지거나, 강호의 운명을 뒤바꿀 만한 중대한 논의가 오갈 것이라고 예상하는 사람이 많겠지만 그건 아니었다.

그저 조별로 일어나 각자 조사한 이곳 환경에 대한 보고와 분석이 이어졌다. 그리고 가끔 정파인들에게 당한 내공 금제를 어떻게 하면 보다 쉽게 풀 수 있는가에 대한 논의들이 오갔다.

어찌 보면 무척 실망스럽겠지만, 대회합이 이렇게 흘러갈 수밖에 없는 이유는 이미 오 년 전에 너무 많은 비극을 겪은 때문이었다.

그중에서도 가장 처참했던 사건은 초창기에 벌어진 집단 탈출 건(件)이었다.

당시만 해도 다들 정사대전에서의 패배를 납득하지 못하고 있던 터라 정파인들에 대한 적개심이 들끓고 있었다.

그때 음풍마제가 집단 탈출을 계획했고, 많은 마인들이 그에 호응했었다. 하지만 그 결과는 모두에게 참담한 절망감만 안겨주었다.

하긴 내공이 전폐되거나 미미하게 회복한 상태에서 의욕만 앞서 있었으니 어찌 보면 당연한 결과인지도 몰랐다.

더구나 탈출 계획 자체도 너무 엉성했다. 별다른 대안도 없이 그저 천장에서 내려오는 철망을 타고 밖으로 빠져나간다는 계획밖에 없었으니 애초부터 성공할 가능성은 채 일 할도 되지 않았다.

하지만 그런 단순한 계획이 많은 이들에게 호응을 받은 이유는 역설적으로 너무나 단순한 때문이었다.

원래부터 복잡한 걸 싫어하는 마인들의 생리와, 정파인들에 대한 복수심이 한창 들끓고 있을 때였기에 다들 분위기에 휩쓸려 미친 듯이 빠져든 것이었다.

그렇게 아무 생각 없이 시작된 탈출 시도.

첫 희생자는 어이없게도 가장 먼저 철망 위에 뛰어오른 사람이었다.

그는 철망에 독이 발려 있는지도 모르고 덜컥 뛰어올랐다가 순식간에 한 줌 핏물로 변해 버렸다.

그 뒤에도 많은 이들이 줄줄이 죽어갔고, 그나마 동료들의 시체를 밟고 겨우 천장에 닿은 이들. 그들이라고 무사할 리는 없었다.

갑자기 천장에서 암기가 빗발치더니, 무시무시한 고수들이 나타나 마구 검기를 뿌려대기 시작했다. 그래서 미처 햇빛도 보기 전에 또다시 십여 명의 고수가 목숨을 잃고 말았다.

그때 혈영노조를 비롯한 나머지 고수들이 급히 나서지 않았다면 음풍마제 역시 목숨을 잃고 말았으리라.

혈영노조 전신에 박힌 네 자루의 검이나, 마뇌 등의 사지가 잘려 나간 것도 바로 그때 입은 상처 때문이었다.

물론 그 이후에도 탈출 시도는 계속됐다. 이전과 달리 철저한 계획하에 진행되었지만 단 한 번도 성공하지 못했다.

그 이유는 마인들 대부분이 본신 내공을 회복하지 못한 상태였기에 탈출 직전에 이르렀어도 제대로 된 저항 한 번 못해 보고 번번이 목이 달아나 버리고 만 때문이었다.

그때부터 마인들은 생각을 바꿨다.

천장으로의 탈출은 도저히 불가능하니 땅굴을 파기로 한 것이다.

그러나 그 역시 모두에게 암담한 좌절감만 안겨주었다.

이곳 지반이 너무 굳고 강해 도저히 일 장 이상을 파 내려갈 수 없었는 데다 땅을 팔 연장조차 없기 때문이었다. 그로 인해 마인들 사이에서는 한동안 비분과 탄식이 흘러나왔고, 그런 감정들로 인해 몇 번의 격투가 벌어지기도 했다.

다들 치솟는 살기를 억누르지 못하다 보니 욱하는 감정이 부딪쳐 격렬한 싸움으로 번진 것이었다.

그러나 그들의 격투는 서로의 목숨이 오가는 생사결(生死決)까지는 아니었다. 이미 생사고락을 같이한 동료들이다 보니 서로의 무위를 짐작해 어느 정도 선에서 손을 멈춘 것이다.

그래서 이곳에 갇힌 지 오 년이 지났지만 격투로 인해 목숨을 잃은 사람은 채 열 명도 되지 않았다. 그리고 그런 싸움도 언젠가부터 시들해졌다. 같은 편끼리 싸워봤자 남는 게 없었기 때문이다.

아무튼 그런 일들을 겪고 난 뒤부터 마인들은 또다시 생각을 바꿨다. 이렇게 무기력하게 세월을 보내느니 차라리 이곳 지형을 분석해 지반이 약한 곳부터 파 내려가기로 한 것이었다. 또한 만약의 사태에 대비해 내공 회복에도 심혈을 기울이기로 했다.

그렇게 보낸 세월이 벌써 오 년.

그나마 내공 회복에는 약간의 성과가 있었지만 지형 분석에는 별다른 진척이 없었다. 아니, 오히려 암담한 분석만이 줄을 이었다.

그중에서도 가장 가슴 철렁했던 건 이곳이 해저 화산일지도 모른다는 분석이었다. 그것도 이곳 마인들 중에서 가장 박학다식한 마뇌 공손추(公孫推)의 의견이었으니 다들 말 못할 충격을 받았다.

그가 말하길, 이곳 토양을 분석해 본 결과, 그리고 동굴 곳곳에 뻗어 있는 무저갱과 온천의 성분을 분석해 본 결과, 지하에 엄청난 화맥(火脈)이 도사리고 있을 확률이 높다고 했다. 왜냐하면 자신들이 감금되어 있는 곳이 바다 한가운데이니 바다 한가운데에 화맥이 존재한다는 말은 곧 이곳이 해저 화산일 확률이 높다는 것이었다.

그 말을 듣고 난 뒤 마인들은 한동안 무력감에 시달렸다.

그러나 이곳에서 평생을 보내고 싶은 사람은 아무도 없었으니 다시 힘을 내 지형 분석과 내공 회복에 박차를 가했다. 그리고 회합 때마다 각자 조사한 바를 토대로 이곳을 탈출하기 위한 여러 가지 방안을 모색하기로 한 것이었다.

오늘도 마찬가지였다.

여느 때처럼 각 구역에 대한 보고와 분석이 이어졌다. 그러다가 오 척 단구의 괴인 폭마(暴魔) 막여립(莫呂立)이 자기가 머물고 있는 동굴 주변에 대해 이야기하고 있을 때였다.

"으음……."

갑자기 희미한 신음이 흘러나왔다.

그것도 여인의 신음이었다.

이곳에서 여인은 단 한 사람뿐.

과거 군영당(群英堂) 당주 직을 맡아, 정파 요인들에 대한 정보를 총괄하고 있던 여인 마도요화(魔道妖花) 금초초(琴瑽瑽)였다.

그녀가 갑자기 아랫배를 감싸 안으며 신음을 흘리기 시작하자 모두의 시선이 그녀를 향했다.

"금 매, 갑자기 왜 이러는 거요? 정신 차리시오!"

금초초가 비명을 지르자 생사도 묵잠(墨潛)은 급히 그녀를 끌어안았다. 그러나 그의 표정은 석고상처럼 무뚝뚝했고, 금초초의 비명은 갈수록 높아만 갔다. 그 모습이 답답해 보였는지 한참 열변을 토하고 있던 폭마가 신형을 날려 왔다.

"이런! 벌써 출산하려는 모양이네. 뭐 하고 있는가? 어서 제수씨를 업고 날 따라오게! 그리고 다들 뭘 보고 있어? 어서 뜨거운 물을 준비해!"

그 말이 떨어지자 장내가 갑자기 부산스러워졌다.

다들 어리둥절한 표정으로 금초초를 바라보다가 서둘러 몸을 움직이기 시작한 것이다.

제2장

탄생

魔道

道

天下

"아악! 아아아악!"

날카로운 비명이 동굴을 뒤흔들었다.

벌써 네 시진째.

금초초는 금방이라도 숨이 넘어갈 듯한 표정으로 연신 비명을 지르고 있었다.

난산(難産)이었다.

그것도 지독한 난산이었다.

원래 금초초의 출산 예정일은 두 달 뒤였다. 그런데 흡혈시마 등과 시비가 붙는 바람에 출산일이 앞당겨지고 말았고, 그 때문에 산통이 의외로 길어지고 있었다.

폭마는 안타까운 표정으로 그 모습을 지켜보다가 슬그머니 묵잠을 불러냈다.

"이보게, 아무래도 안 되겠네. 마음의 준비를 해둬야겠어."

"그게… 무슨 말씀이신지?"

"산통이 예상외로 심하네. 이대로 가다가는 산모가 위험할 것 같아. 그러니… 안타깝더라도 아기는 포기해야 될 것 같네."

"아기를… 포기해야 된다구요?"

묵잠이 의외의 말에 놀라 잔뜩 목소리를 낮출 때였다.

"안 돼요!"

갑자기 날카로운 고함 소리가 들려왔다.

금초초였다.

산고에 시달리고 있으면서도 용케 대화를 엿들은 모양이다.

"막 선배, 안 돼요. 절대 아기만은 안 돼요!"

금초초가 힘겹게 몸을 일으키며 거듭 소리치자 폭마는 곤혹스런 표정으로 묵잠을 바라보다가 천천히 금초초에게 다가갔다.

"이보게, 금 당주. 그렇게 흥분할 게 아니라 내 말을 좀……."

"아뇨! 제가 그토록 바라왔던 아기예요! 죽어도 안 돼요!"

"허허, 그게 아니라……."

"맞고 아니고 간에 무조건 낳을 거예요! 그러니 제발 안 된다는 말씀만은 말아주세요! 네?"

"허허, 이것참."

금초초가 거듭 애원하자 폭마는 난처한 표정으로 고소(苦笑)만 흘렸다. 그러자 옆에 있던 묵잠이 중재에 나섰다.

"금 매, 아기는 둘째 치고 일단 당신 목숨이 위험하다지 않소? 그러니 차분히 마음을 가라앉히고 진지하게 고려해 봅시다."

그러나 금초초는 강하게 고개를 내저었다.

"아뇨! 전 버틸 수 있어요! 이겨낼 수 있다구요! 그러니 제 말대로 해주세요! 안 그러면 평생 가가를 원망할 거예요!"

"금 매……."

묵잠이 재차 설득하려 했지만 금초초는 이미 고개를 돌린 뒤였다.

"막 선배, 선배도 아시잖아요. 제가 이 순간을 얼마나 기다려 왔는지……. 하루 이틀도 아니고 무려 오 년이에요. 자그마치 오 년 동안 오직 이날만을 기다려 왔다구요."

"아네. 자네가 얼마나 아기를 기다렸는지 그 누구보다 내가 더 잘 알지. 그러나 고집 부린다고 될 일이 아니야. 아무리 아기가 소중하다고 한들 자네 목숨만 할까? 그러니 마음을 비우고 다음 기회를 노려보세나."

하지만 설득이 전혀 통하지 않았다.

"아니요! 다음이란 없어요! 선배도 아시잖아요, 이곳 환경이 어떤지?! 그러니 이번에 실패하면 더 이상 방법이 없어요!"

"허허, 이것참……."

"선배, 제 성질 아시잖아요? 그러니 제발 제 말대로 해주세요! 네?"

거듭된 애원에 폭마는 재차 한숨을 내쉬었다.

"휴우! 누가 금 당주 성질을 모르겠나? 한 번 원한을 맺으면 땅 끝까지 쫓아가 복수하고, 한 번 은혜를 입으면 열 배로 갚아준다고 하여 사갈마녀, 혹은 마도천사라 불리지 않던가?"

"다행히 아시는군요. 만약 아기에게 손을 댔다가는 그날로 저랑 원수질 각오를 하세요. 아셨죠?"

그 말과 함께 금초초가 힘겹게 미소를 지어 보이자 폭마는 어쩔 수 없다는 표정으로 고개만 설레설레 내저었다.

그러나 아기는 도무지 태어날 생각을 않았다. 때문에 산모는 물론이고 주변 사람들 모두 초조한 심정으로 밤을 새워야 했다.

다음날이 되어도 아기는 태어나지 않았다.

산모는 이미 탈진 상태에 이르렀고, 기다리던 사람들 역시 파김치가 되어 이제나저제나 하며 목만 길게 빼내고 있었다.

그렇게 날이 밝아 이틀째가 되었다.

산통은 계속되었고, 아기는 여전히 태어나지 않았다.

이제 산모는 비명을 지를 기력조차 없어 간헐적인 경련만 일으키고 있었다. 그러다 보니 묵잠 등은 피가 마르다 못해 심장이 바짝바짝 타 들어가는 기분이었다.

그런 심정은 밖에서 기다리고 있는 이들 역시 마찬가지였다.

"휴우! 대체 어떤 녀석이 태어나려고 이리 애를 먹이나 그래."

"그러게 말일세. 듣자 하니 대장로께서도 걱정이 되셨는지 어제저녁부터는 묵 단주 처소에 머물고 계신다더군."

"나도 들었네. 산모가 탈진 상태에 이르러 팔마존 중 몇 분이 돌아가면서 기를 불어 넣어주고 있다며?"

"그렇다네. 하지만 하혈이 너무 심해 다들 걱정하고 있다더군. 이러다가 정말 무슨 일이 나는 건 아닌지 모르겠어."

"이 사람이 벼락 맞을 소리를?"

"아, 미안하네. 말이 헛나왔어. 하도 걱정이 되다 보니……."

"이 사람, 헛말이라도 그런 말은 삼가도록 하게. 그건 그렇고, 부디 금 당주께서 아무 탈 없이 출산하셔야 될 텐데……."

"그러게 말이야. 이왕 애를 태웠으니 부디 천하를 뒤흔들 사내대장부를 낳으시기를……."

그렇게 순산을 기원하며 모두가 발을 동동 구르고 있을 때였다.

"이보게, 도저히 안 되겠네. 내 금 당주에게 평생 원한을 사는 한이 있더라도 손을 써야겠네."

갑자기 폭마가 자리에서 일어났다.

"막 선배……."

"말리지 말게. 벌써 이틀이 지났네. 더 이상은 산모가 버틸 수 없어. 그리고 이젠 도저히 정상적인 아기가 태어날 수 없을 것 같네. 모르긴 몰라도 벌써 아기가 뱃속에서 죽었을 확률이 높아. 설령 그렇지 않다 하더라도 이틀이나 지났으니 장애를 가진 아기가 태어나거나 예상치 못한 괴물이 태어날 확률이 높네. 그러니 더 늦기 전에 손을 써야겠어."

아닌 게 아니라 금초초는 이미 출산이 불가능해 보였다.

벌써 입술이 갈라지고 눈이 돌아가는 등, 겉보기에도 숨이 넘어가기 직전처럼 보였다.

"휴, 정 그렇다면… 그렇게 하시지요."

묵잠이 할 수 없이 자리를 비켜주자 폭마는 품속에서 뭔가를 꺼냈다. 그리고 약에 뭔가를 타서 금초초에게 먹이려는 순간,

"아아악!"

갑자기 금초초가 찢어질 듯한 비명을 질렀다. 뒤이어 금초초의 산도(産道:태아가 모체에서 빠져나오는 통로)가 크게 확장되더니 그 사이로 아기의 머리가 삐져 나왔다.

"오오! 이럴 수가?"

폭마는 자신도 모르게 환호성을 터뜨렸다. 동시에 마뇌 등

도 자리에서 벌떡 일어났다.

"어디 보자, 어떤 녀석이기에 이리도 애를 먹였을꼬?"

폭마는 떨리는 손으로 아기를 받았다. 그리고 눈가에 경련을 일으켰다.

우려대로 괴물 같은 녀석이었다.

사지가 뒤틀리거나 얼굴이 일그러져서가 아니라 너무나 예쁘게 생겨서 그런 기분이 들었다.

더욱이 태어나자마자 울음을 터뜨리는 대신 방긋 미소부터 지었기에 더더욱 괴물 같아 보이는 녀석이었다.

녀석은 세상에 태어나자마자 조그만 입술로 하품부터 했다. 마치 꽤 지루한 여행을 했다는 듯 말이다. 그리고 잠시 도리질을 치는 것 같더니 곧 엄마 젖을 찾아 쪽쪽 빨아대기 시작했다.

그 모습을 보고 사람들은 너나없이 웃음을 터뜨렸다.

"허허, 이런 뻔뻔한 녀석이 있나? 그토록 지독하게 버티더니 저 태평스런 얼굴 좀 보게. 내 살다 살다 저런 녀석은 처음 보네."

아기의 행동이 어찌나 기막혔던지 평생 안 웃던 혈영노조마저 입가에 미소를 지을 정도였다.

그렇게 흥겨운 분위기.

그러나 한 사람만은 예외였다.

묵잠은 여전히 무뚝뚝한 표정을 짓고 있었다.

굳이 변화가 있다면 입술이 가늘게 떨리고 있다는 것 정도?

'이 사람⋯⋯.'

폭마는 안타까운 눈길로 묵잠을 쳐다봤다.

원래 오늘 같은 날에는 가가대소를 터뜨리거나 감격에 벅차 눈물을 흘려야 정상이다. 하지만 묵잠은 정파인들에게 고문을 받는 과정에서 감정선(感情線)을 다쳐 버렸다. 그래서 자기 아들이 태어났지만 아무런 감정도 표현할 수 없었다. 단지 표현할 수 있는 거라곤 무뚝뚝한 음성으로 금초초에게 위로만 보낼 수 있을 뿐.

"수고했소. 정말 귀여운 녀석이오."

그래도 금초초는 감격에 찬 표정이었다.

"고마워요, 가가. 정말 고마워요. 흑흑⋯⋯."

금초초는 묵잠에게 안겨 한참을 울었다. 그리고는 언제 그랬냐는 듯 묵잠에게 아기를 건넸다.

"가가, 한번 안아보세요. 당신 아이예요."

"내 아이⋯⋯."

묵잠은 조심스럽게 아기를 껴안았다. 그리고 눈꼬리를 부르르 떨며 아기 얼굴을 쳐다보더니 갑자기 아기 뺨에 자기 얼굴을 비벼댔다.

"으와앙! 앙앙앙!"

아빠 수염이 따가웠는지 아기는 그제야 울음을 터뜨렸다.

"와아아! 아기가 태어났다!"

"으하하! 드디어 새 생명이 탄생했어!"

아기 울음소리에 밖에서 기다리고 있던 마인들 역시 일제히 환호성을 터뜨렸다. 이 삭막한 곳에서 아기 울음소리를 들으니 다들 감회가 새로웠던지 몇 사람은 덩실덩실 어깨춤을 추기도 했다.

하긴 감금된 지 오 년 만에 맞는 아기다. 그러니 무관심하려고 해도 무관심할 수가 없었다.

다들 아기 울음소리를 들으며 떠나온 고향과 남겨진 가족들을 떠올렸다. 동시에 잃어버린 자유와 돌아가지 못하는 강호를 그리며 눈시울을 붉혔다. 그래선지 몇 사람은 천장을 바라보며 쓸쓸한 목소리로 중얼거렸다.

"젠장! 오늘 같은 날은 술이 있어야 하는데……."

"그러게 말이야. 하필 이럴 때 술이 없다니……."

모두 아쉬운 표정으로 입맛을 다시고 있을 때쯤 폭마가 밖으로 나왔다. 그러자 분위기가 또 한 번 달아올랐다.

"막 당주님, 아기는 어떻습니까? 무사합니까?"

"산모는요? 금 당주께서는 무탈하십니까?"

"아, 괜찮으니 나오셨겠지! 그보다 아들입니까, 딸입니까? 벌써 이틀째 기다리다 보니 궁금해 죽겠습니다."

폭마는 중구난방 떠들어대는 마인들을 보며 따뜻한 미소

를 지었다.

"다들 걱정 안 해도 되네. 금 당주는 무사하고 아기는 고추라네. 그것도 아주 예쁜 녀석이지."

"와아! 얼굴 한번 보여주시면 안 됩니까?"

"그래요! 우리도 얼굴 한번 봅시다!"

장내가 다시 시끌벅적해졌다.

그때 누군가가 큰 소리로 외쳤다.

"이런 바보 같은 놈들! 아기가 장난감인 줄 알아? 적어도 삼칠일은 지나야 얼굴을 볼 수 있어!"

"어… 왜?"

"왜긴 뭐가 왜야? 그래야 잔병치레를 안 해!"

"젠장! 얼굴 한 번 보여준다고 닳나? 잔병은 무슨 잔병?"

"그래도 그럴 확률이 높아! 예전에 우리 마누라가 그랬어!"

그렇게 자기네끼리 고함을 지르는 마인들.

다들 어지간히 기분 좋은 모양이었다. 함께 밤을 새우고도 저렇게 웃고 떠드는 걸 보니.

그 와중에 누군가가 질문을 던져 왔다.

"당주 어른, 혹시 아기 이름은 지으셨소?"

순간 폭마는 어이없다는 눈빛으로 그를 바라봤다.

대체 아기를 낳은 지 얼마나 됐다고 벌써 이름을 짓는단 말인가?

그러나 폭마는 그를 나무라는 대신 사람 좋은 미소로 되물었다.

"아직 안 지었다네. 혹시 자네에게 좋은 이름이라도 생각나는 게 있는가?"

그때부터 또다시 장내가 시끄러워졌다.

"혈룡단주님이 묵(墨) 씨고 첫 아들이니까 묵일(墨一) 어떻습니까?"

"에라이! 그건 너무 시시하잖아? 차라리 큰 대(大) 자를 써서 묵대 어떻습니까?"

"묵대는 무슨 묵대? 묵영이 좋습니다! 꽃부리 영(英) 자를 써서 묵영. 죽이지 않습니까?"

"그건 여자 이름 같잖아? 차라리 호걸 걸(傑) 자를 써서 묵걸로 하자."

폭마는 슬그머니 귀를 틀어막았다.

다들 중구난방으로 떠들어대니 귀가 따가워서 견딜 수가 없었던 것이다.

'그런데도 정작 쓸 만한 이름은 하나도 없네그려.'

하긴 대부분 무공만 알던 일자무식들이니 뭘 기대할 수 있을까?

폭마는 실소를 흘리며 휘이휘이 손을 내저었다.

"됐다, 됐어! 네놈들에게 물어본 내가 잘못이지."

그러면서 횡하니 들어가 묵잠에게 푸념을 했다.

"휴, 무식한 놈들. 자네도 저놈들이 하는 말 들었지?"

"예."

"도대체 쓸 만한 이름이 없어. 이렇게 귀여운 녀석에게 저런 무식한 이름이라니? 괜히 귀만 더럽힌 기분이야."

그렇게 아기 뺨을 어루만지며 투덜거리던 폭마는 문득 고개를 돌려 묵잠을 바라봤다.

"혹시 자네가 생각해 둔 이름은 없나?"

"아뇨. 아직……."

"그럼 금 당주는?"

"저도 아직……."

"이런, 그토록 기다렸다면서 정작 아기 이름은 생각해 보지도 않았군. 하긴 아직 삼칠일도 지나지 않았으니 급할 건 없네만 다들 기대가 큰 것 같으니 지금부터라도 한번 생각해 보게."

그러자 금초초가 배시시 웃으며 어딘가를 향해 고개를 돌렸다. 출산을 돕기 위해 와 있던 혈영노조 쪽을 쳐다본 것이었다.

"저희라고 왜 고민을 안 했겠어요. 하지만 아무리 생각해도 좋은 이름이 떠오르지 않더라구요. 그래서… 대장로께 부탁을 드리려 했지요."

순간, 음풍마제와 이야기를 나누고 있던 혈영노조가 깜짝 놀란 얼굴로 고개를 돌렸다.

"뭐라고? 내게 아기 이름을 부탁하려 했다고?"

"예. 대장로께서 이곳 최고 어른이시니 당연히 이름을 지어주셔야죠."

"이런……."

혈영노조는 순간적으로 낭패한 표정을 지었다.

일반 가정에서도 마찬가지지만 이름은 함부로 짓는 게 아니다. 왜냐하면 한 사람이 평생 불리게 되는 이름이다 보니 단순한 글자의 조합이 아니라 그 사람의 인격 형성이나 삶의 흐름에 막강한 영향력을 미치기 때문이다. 그래서 보통 집안 어른이나 부모 등이 사주팔자와 항렬 등을 따져 가며 신중히 짓고, 거기서 한 발 더 나아가 역리와 음양오행에 밝은 도사나 고승 등에게 부탁하는 사람도 있는 것이다.

그런데 그런 경우가 아닌 다른 사람에게 이름을 지어달라는 건 그로 하여금 아기의 후견인이 되어달라는 말과 진배없었다. 그러니 혈영노조로서는 곤혹스러울 수밖에 없었는데, 곰곰이 생각해 보니 금초초의 말대로 자신이 이곳 최고 어른이기도 하거니와 저 뻔뻔스런 얼굴로 잠들어 있는 아기를 보니 왠지 남같이 여겨지지가 않았다.

"흠… 내가 누군가의 이름을 지어주는 건 처음인데……."

그렇게 중얼거리며 한동안 침묵을 지키던 혈영노조.

갑자기 아기가 잠에서 깨어 도리질을 치기 시작하자 피식 웃으며 입을 열었다.

"허허, 저놈 좀 보게? 벌써 목을 가누려고 버둥거리는군.

기특한 놈이로고. 그러나 나 혼자 이름을 지어주긴 그렇고…스스로 목을 가누려고 버둥거리니 스스로 자(自) 자를 주지."

그러면서 음풍마제를 쳐다본다. 뒤를 이어보라는 뜻이다.

원래 이름자를 하나씩 지어주는 건 정파 명숙들이나 하는 풍류에 다름 아니었다. 그것도 이름을 지을 때 쓰는 것이 아니라 마음에 드는 후배에게 하나씩 운(韻) 자를 주어 별호를 완성시켜 주는 것이다.

그런데 혈영노조나 이 자리에 있는 이들 모두 형식에 구애받지 않는 마인들이다 보니 이름자에도 같은 방식을 써버리는 것이다.

그러나 음풍마제는 의외로 코웃음을 쳤다.

"싫소. 제가 남의 이름을 왜 지어줍니까?"

음풍마제가 시큰둥한 표정으로 고개를 젓자 산파역을 맡고 있던 폭마가 슬그머니 끼어들었다.

"그럼 제가 용(龍) 자를 주지요."

그러자 음풍마제가 코웃음을 쳤다.

"흥! 내가 이제껏 강호를 종횡하면서 용 자 이름을 가진 놈 치고 제대로 된 놈 못 봤다."

"그, 그럼 황(皇) 자를……."

"그 이름도 마찬가지다. 누가 감히 이름에 황제 황 자를 붙인단 말인가? 그러다 제명에 못 살고 죽지."

음풍마제의 말도 안 되는 딴죽에 혈영노조가 살짝 인상을 찌푸렸다.

"성질머리 하고는. 그럼 자네가 한번 말해보게."

음풍마제는 그제야 못 이기는 척 대답했다.

"차라리 후(候) 자라면 모를까."

"후? 후작(侯爵)할 때 그 후?"

"그렇소. 보아하니 그 이름도 과분해 보이긴 하지만……"

"이런 심통 하고는. 주려면 왕(王) 자를 주던가, 공(公) 자도
아니고 후 자가 뭔가?"

혈영노조가 어이없다는 표정으로 눈살을 찌푸리자 음풍마
제가 고개를 홱 돌리며 말했다.

"이미 말씀드렸지 않소? 그 이름도 과분하다고. 저 녀석이
제 힘으로 후가 된다면 그것만 해도 가상한 일이 아니오?"

"쯧쯧, 사람이 왜 그리 야박한가?"

혈영노조가 못마땅한 표정으로 혀를 찰 때였다. 갑자기 아
기가 까르르 웃음을 터뜨렸다.

"어머나? 이 녀석 좀 보세요! 벌써 제 이야기라는 걸 알아
차렸는지 방긋방긋 웃고 있어요."

금초초가 아기를 보며 탄성을 터뜨리자 잠자코 있던 묵잠
이 고개를 끄덕이며 말했다.

"그럼 그걸로 하지요."

"그걸로 하다니? 뭘?"

"묵자후(墨自侯) 말입니다. 녀석도 마음에 들어하는 것 같

군요."

"……."

갑자기 분위기가 어색해졌다.

"뭐… 자네가 마음에 든다면 할 수 없지."

혈영노조가 마지못한 표정으로 고개를 끄덕이자 어색해진 분위기를 바꾸기 위해 마뇌가 나섰다.

"묵자후, 묵자후……. 괜찮은 이름입니다. 음양오행도 괜찮고 발음오행도 나쁘지 않습니다. 게다가 탐생망극(貪生忘剋)이라, 하늘과 땅이 상극하는 가운데 사람이 끼어 있으니 딱 마도인다운 이름입니다."

"음, 그런가?"

"예, 그렇습니다. 하늘에는 물이 있고 땅에는 흙이 있는 가운데 사람이 쇠[金] 위에 서 있는 형국이니, 땅은 사람을 돕고 사람은 하늘을 도와 아래에서 위까지 서로 상생하는 이름입니다. 게다가 초년에는 통솔격(統率格)이라 지(智)와 덕(德)을 겸비하니 뭇 사람들이 따를 것이고, 중년에는 출세격(出世格)이라 사해(四海)에 이름을 떨칠 운세입니다. 그리고 말년에는 불측격(不測格)이라 풍상이 많긴 하겠지만 매사에 신중하면 무탈하게 보낼 수 있습니다. 따라서 처음에는 다소 고생하며 살겠지만 빈손으로 시작해서 대업을 성취하고 뭇 사람의 존경을 받으며 평생토록 부귀영화를 누리게 되는 운세입니다."

그 말에 음풍마제가 코웃음을 쳤다.

"홍! 자네 말을 들으니 세상에 그보다 더 좋은 이름이 없는 것 같군."

그러자 마뇌가 웃으며 고개를 내저었다.

"하하하! 그럴 리야 있겠습니까? 원래 성명학에는 좋은 말이 가득하지요. 또한 사주와 팔자는 그 사람의 노력 여하에 따라 달라지는 법이니, 부디 저 아이의 인생이 우리보다는 나아지기만을 바랄 뿐입니다."

그 말에 분위기가 또다시 가라앉았다. 갑자기 자신들의 처지가 떠오른 때문이었다.

한때 거침없이 강호를 질타하다가 지금은 이 음울한 곳에 감금되어 있는 처지.

거기다 나이끼지 들어 이젠 다들 황혼기에 접어들었다.

'……'

혈영노조 등은 무거운 눈빛으로 아기를 쳐다봤다.

저 아이는 이제 막 세상에 태어났다. 그러니 마뇌가 말한 것처럼 저 아이의 인생은 자신들과 달라야 한다.

모두 그런 생각으로 말없이 묵자후만 쳐다봤다.

음풍마제 역시 마찬가지였다.

*　　　*　　　*

세월은 유수처럼 흘렀다.

세상과 단절된 공간, 천금마옥에도 세월이 흘렀다.

많은 이들의 관심 속에 묵자후는 무럭무럭 자라났다.

보통 두 달 정도 지나야 겨우 목을 가누는 다른 아이들에 비해 묵자후는 삼칠일이 되기도 전에 벌써 목을 가눴다. 그리고 두어 달쯤 지난 뒤부터는 혼자서 버둥버둥 기어다녔다. 그래서인지 금초초의 얼굴엔 항상 미소가 끊이지 않았고, 다른 마인들의 얼굴에도 안도의 빛이 흘렀다.

사실 묵자후가 처음 태어났을 때까지만 해도 다들 걱정이 태산 같았다. 이곳 환경이 워낙 열악하기에 혹시 묵자후가 잘못되지 않을까 싶어 노심초사한 것이다.

하지만 그런 걱정이 무색할 정도로 건강하게 자라나 벌써 혀 짧은 목소리로 엄마, 아빠를 찾을 정도였다. 그 때문에 묵자후를 처음 볼 때부터 그 작고 귀여운 얼굴에 반해 버린 마인들은 하루가 다르게 자라나는 묵자후를 보며 세상 시름을 잊어갔다. 그래서 묵자후가 앙앙 울음을 터뜨리면 자다가도 뛰쳐나왔고, 묵자후가 웃기라도 하는 날이면 서로 싸우다가도 미소를 지었다.

그러나 항상 기쁘고 즐거운 날만 계속되었던 건 아니었다. 오히려 근심과 걱정으로 잠 못 이룬 날이 더 많았다.

묵자후가 아무리 건강하다고 한들 아직 면역력이 약한 아기에 불과했기에 항상 잔병을 달고 살았다. 그중에서 마인들을 가장 놀라게 한 건 홍역이었다.

태어난 지 이백 일쯤 되었을까?

묵자후가 갑자기 열병을 앓기 시작했다.

귀 뒤에서부터 시작해 온몸에 붉은 반점이 생기고 밤새도록 끙끙 앓기 시작한 것이다.

그 모습을 보고 당황한 금초초는 급히 폭마를 불렀다.

그러나 폭마도 방법이 없었다. 약재로 쓸 만한 것이 하나라도 있어야 손을 쓰지, 이곳에서는 방법이 없었던 것이다.

할 수 없이 폭마는 음풍마제에게 도움을 청했다. 이대로 시간이 흐르면 열이 급속도로 올라 뇌신경을 다칠 수 있기 때문이었다.

잠시 후 못마땅한 표정으로 달려온 음풍마제는 묵자후의 전신에서 열이 펄펄 끓는 걸 보고 급히 한빙공을 끌어올렸다. 그리고 그 냉기를 이용해 묵자후의 전신을 어루만지기 시작했다. 이른바 추궁과혈(推宮過穴)이었는데, 문제는 여기서부터 발생했다.

이미 태어날 때부터 혈영노조 등에게 진기를 주입받아 체내에 양기가 가득 차 있던 묵자후다. 그런데 갑자기 음유한 냉기가 들이닥치자 체내에서 양 진기끼리 충돌이 일어나 전신이 터질 듯 부풀어 오르기 시작한 것이다.

깜짝 놀란 음풍마제는 급히 진기를 거두려 했다. 하지만 이미 늦어버렸다. 벌써 두 진기가 섞여 가늘고 연약한 아기의 기맥이 감당할 수준이 아니었던 것이다.

그때부터 원망 어린 눈빛들이 쏟아졌고, 급기야 뒤늦게 달려온 혈영노조가 음풍마제 대신 묵자후를 돌보려고 했다.

이에 음풍마제는 자존심이 상했다. 다른 사람은 몰라도 혈영노조에게만큼은 지고 싶지 않았기 때문이다. 그래서 낯빛을 수백 번 바꾸며 고민하던 음풍마제는 결국 울며 겨자 먹기로 벌모세수(伐毛洗髓)를 감행하고 말았다.

알다시피 벌모세수란 아기 몸에서 탁기를 제거해 무공을 익히기에 적합한 체질로 바꿔주는 것. 이를 위해서는 절세의 영약을 복용시킴과 동시에 내가고수가 추궁과혈로 아기의 기맥을 유통시켜 주어야 하는데, 이곳에는 절세의 영약은 없었을망정, 천하를 공포에 떨게 만들었던 절세고수와 그의 본신 진기가 있었다.

결국 음풍마제는 홍역을 다스리러 왔다가 오히려 본신 진기만 잔뜩 소모하고 말았고, 묵자후는 홍역 한 번 앓은 대가로 때 아닌 벌모세수를 이루게 됐다. 그리고 그 일을 계기로 음풍마제는 이를 갈며 폐관에 들었고, 묵자후는 이전보다 더 건강해진 모습으로 온갖 말썽을 부리며 또다시 사람들을 잠 못 들게 만들었다.

그중에서도 묵잠과 금초초를 곤혹스럽게 만든 사건이 있었으니, 그 발단은 이러했다.

그날따라 마인들은 아침부터 바쁘게 움직였다. 왜냐하면 오늘이 바로 이곳 마인들의 사랑을 독차지하고 있는 아기, 묵자후의 돌이었기 때문이다. 그래서 묵잠이 돌을 깎아 상(床)을 만들고 금초초가 고사리와 버섯 등으로 음식을 만드는 동안, 마인들은 대나무로 장난감을 만들거나 종유석으로 각종 조각품을 만들었다. 더러는 박쥐 가죽을 모아 인형을 만들거나 소중하게 간직하고 있던 반지 등을 꺼내놓고 돌잔치가 시작되기만을 기다렸다.

이윽고 요란한 웃음소리와 함께 돌잔치가 시작되었다.

비록 차린 것도 없고 마실 것도 없었지만 다들 웃고 떠들며 묵자후의 재롱을 지켜봤다. 그러다가 마침내 오늘의 최고 관심사인 돌잡이가 시작됐다.

누군가의 신호에 따라 마인들은 각자 준비해 온 물건들을 꺼내 상 위에 올려놓았다. 그리고 묵자후가 과연 뭘 선택할까 싶어 기대 어린 눈빛으로 바라봤다.

잠시 후, 묵자후가 엄마 손을 잡고 아장아장 걸어나왔다.

마인들이 요란한 박수를 보내며 얼른 자기가 준비한 물건을 잡으라고 고함을 질러댔지만 묵자후는 상 위에 있는 물건들은 거들떠도 보지 않았다. 대신 고개를 돌려 아빠 뒤에 서 있는 혈영노조를 쳐다봤다. 그리고는 혈영노조에게 쪼르르 달려가 그 앞에서 눈알만 데굴데굴 굴렸다.

대체 저 녀석이 뭘 하려는 걸까?

마인들은 관심 어린 표정으로 묵자후를 지켜봤다. 그리고 잠시 시간이 흐른 뒤, 마인들은 그만 기절초풍하고 말았다.

"줘요. 잉… 줘요!"

혈영노조에게 매달려 뭔가를 달라며 마구 떼를 쓰는 묵자후.

그 녀석이 원한 건 다름 아닌 혈영노조의 비파골에 꿰여 있는 쇠사슬이었다.

"맙소사!"

그 광경을 보고 금초초와 묵잠 역시 기절초풍하고 말았다.

혈영노조의 비파골을 꿰뚫고 있는 쇠사슬.

그건 단순한 쇠사슬이 아니었다.

작게는 정파인들이 혈영노조의 공력을 억압하기 위해 만든 형구(形具)였고, 크게는 철마성의 패전을 잊지 않기 위해 스스로를 금제한 혈영노조의 의지나 마찬가지였기 때문이다.

그런데 그걸 달라며 떼를 써대니 모두 웃어야 할지 울어야 할지 감이 잡히지 않은 것이다. 그래서 벌게진 얼굴로 다들 귀추만 주목하고 있는데, 뜻밖의 일이 벌어졌다.

곤혹스런 표정으로 묵자후를 내려다보던 혈영노조가 허공을 쳐다보며 긴 한숨을 내쉬더니 선뜻 쇠사슬을 끊어 주는 게 아닌가?

그러나 묵자후는 여전히 심통을 부리고 있었다.

쇠사슬을 통째로 주지 않고 중간만 잘라서 주니 화가 난 모양이었다.

녀석은 한동안 뺨을 부풀리며 제 앞에 있는 쇠사슬과 혈영노조의 비파골에 꿰여 있는 쇠사슬의 길이를 비교하더니, 슬쩍 제 엄마의 눈치를 살폈다.

당연히 금초초는 폭발하기 일보 직전.

녀석은 얼른 눈을 돌려 뭔가를 심각하게 고민하는 듯하더니 불쑥 '저것도 줘' 라는 표정으로 손가락을 가리켰다.

이번에는 혈영노조마저 경악하고 말았다.

녀석이 가리킨 것.

그건 바로 자신의 전신에 박혀 있는 네 자루의 검이었으니.

"이건 안 된다!"

혈영노조는 얼른 고개를 가로저었다. 그러자 묵자후가 억울하다는 표정으로 눈물을 글썽였다.

"아니, 저 녀석이 지금 누구 앞에서……?"

보다 못한 금초초가 눈을 치뜨며 얼른 묵자후를 데려가려고 했다. 하지만 녀석은 한사코 고집을 부려댔다.

땅바닥에 털썩 주저앉아 닭똥 같은 눈물을 흘리며 혈영노조만 바라보고 있었던 것이다.

그 모습을 보자 금초초의 얼굴이 벌겋게 달아올랐다.

대체 저 조막만 한 녀석이 하늘 같은 어르신께 무슨 짓을 벌이고 있단 말인가?

망신도 이런 망신이 없다 싶어 금초초는 얼른 묵자후를 안아 들었다. 하지만 묵자후는 그 와중에도 양손을 허우적거리며 혈영노조를 쳐다봤다.

결국 보다 못한 혈영노조가 심장에 박혀 있던 검을 뽑아 금초초에게 건넸다.

"고집을 보니 천생 무인이 될 팔자로구나."

혈영노조는 그 말을 남기고 장내를 떠나갔다.

장내엔 한동안 침묵이 흘렀다.

설마 혈영노조가 검까지 뽑아줄 줄은 몰랐기에 다들 경악에 잠긴 것이다.

하긴 그럴 만도 했다.

방금 혈영노조가 뽑아준 검. 그리고 그의 전신에 박혀 있는 네 자루 검은 단순한 검이 아니었다.

이곳에 잡혀왔다가 탈출 과정에서 죽어간 형제들, 그들의 목숨을 앗아가 버린 저주스러운 물건이었다.

그런 흉기를 아직 엄마 젖도 떼지 못한 녀석에게 선물로 준다는 것 자체도 말이 안 되었지만, 그 검을 뽑아버리면 혈영노조의 내상이 다시 도지게 된다. 더구나 그 검의 주인들에 대한 복수심이 퇴색되어 버릴 수도 있기 때문에 이제껏 뽑지 않고 그냥 놔두었던 것이다.

그리고 예전부터 혈영노조가 입버릇처럼 말하길, 언제라도 이곳을 탈출하게 되면 가장 먼저 그 검으로 이곳을 지키고 있는 정파 놈들의 목을 베어버리겠다고 했다. 그런 뒤에는 놈들의 심장부로 쳐들어가 뇌존 탁군명의 전신에 이 검을 꽂아

놓고 통쾌하게 웃음을 터뜨리겠다고 했다. 그래서 기맥이 뒤틀리는 고통을 감수해 가면서까지 그 검을 꽂고 있었던 것이고, 또 그렇게 함으로써 오늘날까지 정파인들에 대한 복수심을 굽히지 않고 있는 것이다.

하지만 그런 사정을 알 리 없는 묵자후는 멍한 표정으로 혈영노조의 뒷모습을 쳐다봤다.

자신은 단지 신기한 장난감(?)을 원한 것뿐인데 긴 수염 할아버지가 갑자기 피를 흘리며 떠나가시다니?

묵자후는 엄마 손에 쥐어져 있는 검과 땅바닥에 뿌려져 있는 핏자국을 번갈아 보며 한동안 충격에 잠겨 있었다.

그렇게 묵자후의 돌잔치는 많은 이들을 곤혹스럽게 만들면서 끝이 났고, 다음날부터 천금마옥의 분위기는 현저하게 달라졌다.

'도대체 대장로께선 왜 복수의 징표를 묵자후에게 넘겨줬을까?'

묵잠 부부뿐만 아니라 마인들 모두 그런 생각으로 묵자후를 유심히 지켜보기 시작했다.

제3장

용암

魔道

天下

"빌어먹을! 왜긴 왜겠습니까? 모두 그 영감의 계략에 속아 넘어간 것이라니까요!"

무성한 종유석 사이에 위치한 어느 컴컴한 동굴에서 느닷없는 고함 소리가 들려왔다.

"그래서 제가 그때도 말씀드렸잖습니까? 그 영감이 무슨 수작을 부리기 전에 얼른 그놈과 그 아들놈을 처치해 버려야 한다고!"

그 목소리가 울려 퍼지자 다른 목소리가 그 말을 이어받았다.

"그래도 설마설마 했지. 그 영감이 이렇게 치사하게 나올 줄 누가 알았겠나?"

왠지 섬뜩하게 느껴지는 음성.

그 음성의 주인공은 다름 아닌 두 발 잘린 괴인, 무풍수라였다. 그가 비대한 덩치의 흡혈시마와 이야기를 나누고 있는 중이었다.

그런데 비교적 차분해 보이는 무풍수라에 비해 흡혈시마는 성난 황소처럼 마구 고함을 지르고 있었다.

"젠장! 제가 누차 말씀드리지 않았습니까? 칠 년 전, 그 영감이 검을 뽑아줄 때부터 뭔가 이상한 기분이 들었다고. 그래서 더 늦기 전에 움직여야 한다고."

"끙, 할 말이 없군. 내가 생사도 그놈을 너무 과소평가했어."

"이런, 니미! 그게 아니라니까요! 형님이 생사도를 과소평가해서 그런 게 아니라 대형께서 그 어린 놈에게 벌모세수를 해준 때문이라니까요! 그래서 상황이 이렇게 꼬여 버린 겁니다!"

"아무튼 재주는 곰이 부리고 돈은 엉뚱한 사람이 챙긴다더니, 지금이 바로 그 짝이군."

"그렇습니다. 대형께서 누구 때문에 폐관에 드셨는데? 누구 때문에 그 좁은 동굴에서 운기조식을 하고 계시는데 그놈 아들을 후계자처럼 떠받들며 희희낙락할 수 있단 말입니까? 전 도대체 분통이 터져 잠도 안 올 지경입니다!"

씩씩거리는 흡혈시마의 말에 무풍수라가 고개를 끄덕였다.

"나 역시 마찬가질세. 그래서 자네를 찾아온 게 아닌가? 앞으로 이 일을 어찌하면 좋겠나 싶어서……."

"어떻게 하긴 뭘 어떻게 합니까? 상황이 더 나빠지기 전에 그 애새끼를 쥐도 새도 모르게 쓱싹 해치워 버리면 되죠."

"참나, 그게 말처럼 쉬운 일인가? 대형의 체면도 있고 보는 눈도 한둘이 아니니 문제지."

"흥! 이 상황에서 체면은 무슨 체면입니까? 대형께서 그 어린 놈에게 이름자를 지어줬다고 해서? 아니면 그놈에게 벌모세수를 해줬다고 해서? 답답하십니다! 형님과 제가 손잡으면 보는 눈이 한둘 아니라 십만이라 해도 상관없잖습니까?"

"클클, 자신감을 가지는 건 좋은데 조금만 더 기다려 보자구. 아직 대형께서 그 어린 놈을 어찌 생각하고 계시는지도 모르고, 또 섣불리 움직였다가는 일이 괜히 커질 수도 있어."

"이런 니미! 대형께서 폐관에 드신 지 벌써 칠 년이나 지났습니다. 그런데 더 기다려 보자구요?"

"내 말은 그게 아니라 상황을 좀 더 지켜보면서……."

그때부터 무풍수라의 음성이 잔뜩 낮아졌다. 행여 누가 들을까 싶어서였는데, 이미 할 말은 다 해버린 상태다. 그럼에도 불구하고 밀담 형식을 취하는 까닭은 사안이 워낙 골치가 아파서였다.

칠 년 전, 묵자후가 홍역을 앓은 뒤부터 두 사람은 한동안 의기소침해질 수밖에 없었다. 그 이유는 그들이 대형으로 모시고 있는 음풍마제가 갑자기 폐관에 들어간 때문이기도 했지만, 언젠가부터, 보다 정확히 말하자면 묵자후의 돌잔치가 벌어지고 난 다음부터 마인들이 묵자후를 감싸고돌기 시작한 때문이었다.

그때부터 흡혈시마는 뭔가 이상하다며 대책을 세울 것을 건의했지만 무풍수라는 그저 웃어넘기고 말았다.

그런데 그게 이렇게 뼈저린 후회로 다가올 줄이야…….

가뜩이나 세(勢)가 밀리던 무풍수라 일당.

그들이 대형으로 모시는 음풍마제가 출관할 때까지는 혈영노조 휘하에 있는 이들, 특히 묵잠에게는 큰소리 한 번 못 쳐보고 숨을 죽여야만 했던 것이다.

특히 어제 같은 경우엔 그 충격이 더욱 컸다.

어제 아침, 무풍수라는 오랜만에 산책을 즐기고 싶어 다른 이들이 출입을 자제하고 있는 온천 주변을 돌며 이런저런 생각에 잠겨 있었다.

그런데 대숲 근처에서 웬 웃음소리가 들려오는 게 아닌가?

무슨 일인가 싶어 그쪽으로 다가간 무풍수라는 심장이 덜컥 내려앉는 광경을 보게 됐다.

이제껏 혈영노조와 음풍마제 사이에서 중립을 지키고 있던 이들, 마뇌 공손추를 비롯한 이곳 서열 십위권에서 이십위권 사이의 고수들이 묵잠과 담소를 나누고 있는 게 아닌가?

거기다 모두 만면에 미소를 띤 채 저 앞에 있는 묵자후를 바라보고 있었다.

이제 겨우 일곱 살 난 꼬마 묵자후를 보면서 다들 파안대소를 터뜨리고 있었던 것이다.

그런데 무풍수라를 놀라게 한 건 그들의 웃음소리가 아니었다. 묵자후가 보여준 시무(始武) 때문이었다.

언제 배웠는지 녀석은 벌써 마뇌의 천변만화공을 꽤나 능숙하게 펼치고 있었다. 그것도 이곳 서열 십오위에 올라 있는 오보추혼(五步追魂) 사무기(史武基)의 진산절예 중 하나인 환환미리보(幻幻迷理步)와 함께 펼치고 있었다.

'맙소사!'

이제 겨우 일곱 살 난 꼬맹이에게 무공을 가르치다니?

그것도 중립을 지키고 있던 고수들이 직접 나서서.

무풍수라는 본능적인 위기감을 느꼈다. 왜냐하면 묵잠과 자신들과는 서로 견원지간이나 마찬가지였으니.

하지만 그렇다고 해서 섣불리 움직일 수는 없었다.

대형인 음풍마제도 없는 상황에서 괜히 묵잠이나 묵자후를 건드렸다가는 그나마 중립을 지키고 있던 나머지 마인들마저 돌아서 버릴 수 있으니 좀 더 신중을 기해야 했다.

그게 바로 무풍수라의 생각이었지만 흡혈시마는 달리 생각했다. 삭초제근(削草除根)이라고, 화근이 될 만한 것은 애초부터 싹을 잘라 버려야 한다.

지금도 마찬가지다.

현재 모든 이들이 묵자후에게 관심을 갖고 있는 이유는 혈영노조가 녀석에게 복수의 징표를 건네주었기 때문이다. 따라서 녀석만 사라진다면 상황은 다시 원점으로 돌아가게 된다.

'그렇게 되면 대형이 출관할 쯤 다시 세력을 도모할 수 있다. 시간이 얼마나 걸릴지 모르겠지만 언젠가는 이곳을 탈출하게 될 테니 장래를 생각해서라도 그 꼬마 녀석은 반드시 없애 버려야 해.'

겉보기엔 미련해 보이지만 판단력 하나만큼은 그 누구보다 뛰어난 흡혈시마다. 따라서 무풍수라가 뭐라고 설득을 하건 말건 한 귀로 듣고 한 귀로 흘리고 있는 중이었다.

그런데,

"끅! 이, 이런 빌어먹을……."

갑자기 흡혈시마가 나직한 신음을 흘리며 어깨를 부르르 떨었다.

"저런! 또 발작이 시작된 건가?"

"끄으… 그렇습니다. 내공을 어느 정도 회복하고 난 뒤부터는 점점 심해지는군요. 더 늦기 전에… 어서 떠나십시오."

"알겠네. 그럼 못다 한 이야기는 나중에……."

무풍수라는 허둥지둥 자리에서 일어났다. 그리고 막 동굴

을 벗어나려는데,

"형님."

갑자기 흡혈시마의 음성이 들려왔다.

"왜?"

무심코 고개를 돌리던 무풍수라는 자기도 모르게 눈을 부릅뜨고 말았다.

벌써 흡혈시마의 눈빛이 벌겋게 달아올라 있고, 그의 사지 역시 우두둑거리며 커지고 있어서였다.

"크으… 형님, 피… 피를 한 방울만 주십시오. 제발……."

더구나 흡혈시마가 벌겋게 충혈된 눈빛으로 애원을 했다. 동시에 그의 입꼬리가 점점 말려 올라가더니 길쭉한 혓바닥으로 입술에 침을 묻히고 있었다.

"이런! 벌써 마성(魔性)이 폭발했구나!"

깜짝 놀란 무풍수라는 급히 동굴을 빠져나왔다. 그리고 그가 동굴을 벗어나자마자,

"크아아! 피! 피가 그리워! 따뜻한 피가! 으아아아!"

동굴 안에서 미친 듯한 괴성이 흘러나왔다. 동시에 동굴 벽이 와르르 무너지고 그 앞을 가로막고 있던 종유석들이 펑펑 터져 나갔다. 뒤이어 흡혈시마가 광소를 터뜨리며 달려나왔다.

"크아아아아! 피! 피를 다오! 내게 따뜻한 피를 달란 말이다!"

흡혈시마는 마치 광인처럼 울부짖으며 무풍수라를 뒤쫓기 시작했다. 그 여파로 인해 앞을 가로막고 있던 종유석들이 정신없이 부서져 나갔다.

타박, 타박.

멀리서 낯익은 발자국 소리가 들려왔다.

정신없이 화탄을 제조하고 있던 폭마는 그 소리를 듣자 자기도 모르게 울상이 되고 말았다.

'어이쿠! 저놈이 또 쳐들어오는구나!'

아마 틀림없을 것이다.

저 낮고 불규칙적인 발자국 소리로 미뤄볼 때 녀석이 뭔가에 단단히 골이 난 모양이었다.

'어서! 녀석이 들이닥치기 전에 서둘러야 해!'

그렇게 생각하며 폭마는 빠르게 손을 놀렸다.

만약 녀석이 들이닥치기 전에 상을 치워놓지 않으면 십 년 공부 도로 아미타불이 되어버린다.

그러나 그가 미처 상을 치우기도 전에 묵자후가 들이닥쳤다.

"막 백부(伯父)님, 안녕?"

"으, 응? 아이고, 우리 후아가 왔구나!"

대답은 그렇게 했지만 표정은 '빌어먹을!' 이었다. 녀석의 발자국 소리를 듣자마자 움직였는데도 한발 늦어버린 것이다.

'그러고 보니 요즘 신법과 보법을 배운다고 했지? 바보같이 그걸 잊고 있었다니……'

폭마는 눈은 울고 입은 웃는 괴상한 표정으로 묵자후를 맞았다.

"어? 백부 표정이 왜 그래요? 꼭 쉬가 마려워 끙끙거리고 있는 사람 같아요."

흑백이 뚜렷한 눈망울에 오뚝 솟은 코.

거기다 까만 머릿결을 등 뒤로 늘어뜨리고, 이마엔 검은 천으로 앙증맞게 일자건(一字巾)을 두른 묵자후가 코끝을 찡그리며 웃자 폭마는 가슴이 철렁했다.

하지만 묵자후는 그런 심정도 몰라주고 깡충 뛰어들어 와 좌우로 눈을 데구루루 굴린다.

"후와! 이게 다 뭐야? 폭죽이잖아?"

급기야 녀석의 입에서 환호성이 튀어나왔다.

폭마는 등에 식은땀을 흘리며 급히 양팔을 벌려 묵자후의 앞을 가로막았다.

"후아야, 만지면 안 된다. 모두 미완성인 놈들이야. 그러니 제발……"

그러나 그 말이 채 끝나기도 전에 녀석이 와락 달려들었다.

"우와! 잠깐만 구경할게요. 세상에! 정말 멋지다!"

묵자후의 들뜬 목소리를 들으며 폭마는 허탈한 표정으로

양손을 내려 버렸다.

'빌어먹을! 벌써 환환미리보가 경지에 이르렀구나.'

어느새 자신의 겨드랑이 사이로 빠져나가 연환탄(連環彈)을 만지작거리고 있는 묵자후를 보며 폭마는 긴 한숨을 내쉬었다.

"후아야, 제발 살살… 조심해서 만져야 한다. 진짜 미완성인 놈들이야. 아직 실험도 안 해본… 아차!"

뒤늦게 입을 다물었지만 이미 늦어버렸다. 녀석의 눈이 강한 호기심으로 반짝거리기 시작한 것이다.

"헤헤, 제가 대신 해보면 안 돼요?"

"안 된다! 이번만은 진짜로 안 돼! 사실 그건 폭죽이 아니란다. 진짜 화탄이라고. 그러니 후아야, 어서 내려놓거라. 어서……."

폭마가 울상으로 말했지만 묵자후는 혀만 쏙 내밀어 보인다.

"에이, 괜찮아요. 그냥 무저갱에다 던져 볼게요."

"헉? 이 녀석이 큰일 날 소리를?"

폭마가 정색을 하며 묵자후를 붙잡으려 할 때였다.

"크아아아아아아!"

어디선가 고막을 뒤흔드는 괴성이 들려왔다.

"음? 이게 무슨 소리지?"

폭마가 의아한 표정으로 고개를 돌리는 찰나,

후닥닥!

"백부님, 안녕! 금방 다녀올게요."

벌써 묵자후가 연환탄을 들고 쪼르르 달아나 버린다.

"어이쿠, 저 녀석이! 후아야, 어서 돌아오지 못해?"

폭마는 울상이 되어 급히 묵자후를 뒤쫓았다. 그런데 얼마 가지 못해 저 앞쪽에서 누군가가 고함을 질러왔다.

"막(莫) 형! 거기 막 형이오?"

"음?"

고개를 갸웃거리며 안력을 모아보니 저 앞쪽에서 무풍수라 육지평(陸志平)이 무서운 속도로 날아오고 있었다.

"아니, 육 형이 여기 어쩐 일이오? 아차! 이게 아니지. 마침 잘됐소, 육 형. 어서 그 녀석을 붙잡아주시오! 어서!"

그러나 무풍수라는 들은 척 만 척 자기 곁을 스쳐 가는 묵자후를 힐끔 쳐다만 보고 폭마 곁으로 내려섰다.

"막 형, 나 좀 도와주시오! 시마 녀석에게 문제가 생겼소!"

"사공(司空) 형에게 문제가?"

폭마가 무풍수라를 보며 고개를 갸웃거리는 순간, 묵자후는 어둠 속으로 사라졌고, 그곳에서 고막을 뒤흔드는 웃음소리가 들려왔다.

"크카카카카! 피 냄새! 신선한 피 냄새다! 우하하하하!"

그 음성을 듣자마자 폭마의 안색이 딱딱하게 굳어갔다.

"도대체… 저게 무슨 소리요?"

무풍수라가 대답했다.

"심마(心魔)요!"

"심마?"

"그렇소. 시마 녀석의 마성이 폭발했소!"

"맙소사! 대체 어느 정도요?"

폭마가 창백한 표정으로 묻자 무풍수라가 고개를 설레설레 내저었다.

"휴, 나조차도 몰라볼 정도요. 아마 흡혈시마라 불리게 된 그때 이상의 광중인 것 같소!"

"그렇다면? 이런! 후아, 후아가 위험해!"

폭마는 대답하다 말고 급히 신형을 뽑아 올렸다. 그러자 무풍수라가 그 뒤를 따랐다.

파라라락!

바람이 정신없이 뺨을 스쳤다.

얼마나 달렸을까?

마침내 저 앞에 희끄무레한 물체가 보였다.

하지만 폭마는 눈을 부릅뜨며 그 자리에서 멈춰 설 수밖에 없었다.

무려 구 척에 이르는 괴인이 혈광을 일렁이며 묵자후의 가슴을 짓밟고 있어서였다.

폭마는 급한 마음에 전신 공력을 끌어올렸다. 그리고 흡혈시마를 향해 막 장력을 발출하려는 순간, 무풍수라가 그 앞을 막아섰다.

"살수(殺手)는 안 되오! 일시적인 현상에 불과하니 죽일 필요까지는 없소! 반 시진! 반 시진! 반 시진만 막으면 되오!"

"반 시진?"

"그렇소! 예전에도 겪어봤으니 반 시진 정도만 막으면 스스로 이성을 되찾을 것이오."

"으음……."

폭마는 입술을 꾹 다물며 흡혈시마에게 다가갔다.

묵자후는 아직 두려움이란 걸 몰랐다.

주변에 항상 자신을 지켜주는 숙부, 백부들이 있었으니 두려움이란 감정을 느낄 겨를이 없었다.

하지만 지금은 아니었다.

눈앞에 서 있는 저 거대한 괴물.

그를 보자 온몸에 소름이 돋았다.

더구나 저 육중한 발로 자신을 짓밟고 있어 전신의 뼈마디가 산산이 부서져 나가는 것 같았다.

'으…….'

묵자후는 이 사람이 누군지 잘 알고 있었다. 비록 인사를 나눠본 적은 없지만 먼발치로 몇 번 본 적이 있었다. 또한 잠결에 들은 부모님의 대화를 통해 그의 성격도 어느 정도 짐작하고 있었다. 잔인, 포악한 데다 가끔 흡혈로 마성을 다스린다고 했던가?

그 기억을 떠올리자 등에 식은땀이 났다.

처음부터 잽싸게 도망쳐야 했는데 괜한 호기심 때문에, 그리고 막 백부에게 잡히면 혼이 날까 봐 계속 앞으로 달려온 게 잘못이었다.

'아! 그러고 보니 폭죽이 있었지?'

그나마 다행이었다. 여차하면 그의 입 안에 폭죽을 처넣어 버리면 되니.

'그런데 어떻게 넣지?'

묵자후가 공포에 떨면서도 그런 엉뚱한 생각을 하고 있을 때였다.

우두둑!

갑자기 가슴에서 엄청난 통증이 느껴졌다. 동시에 괴인의 얼굴이 확 다가왔다.

"끄윽……."

묵자후가 나직한 신음을 흘리며 진저리를 치는 순간, 갑자기 목덜미에서 끈적끈적한 느낌이 전해져 왔다.

'으악! 뭐, 뭐야?'

묵자후는 어찌나 놀랐는지 순간적으로 기절할 뻔했다.

흡혈시마가 징그럽게 혓바닥으로 목을 핥고 있었기 때문이다.

"흐흐흐, 이 향긋한 피 냄새!"

더구나 그의 입에서 흘러나오는 이 기괴한 음성이라니.

그의 음성을 듣는 순간 묵자후는 머리카락이 쭈뼛 서는 기분이 들었다. 동시에 기이한 냉기가 등골을 타고 오르며 온몸을 오싹하게 만들었다.

"아아악!"

묵자후는 자기도 모르게 비명을 질렀다. 하지만 얼마 안 가 뚝 그치고 말았다. 흡혈시마가 덥석 목을 물어온 때문이었다.

'으으으......'

너무 놀라 비명도 못 지르고 사지만 벌벌 떠는 묵자후.

목덜미를 파고드는 낯선 통증에 경악하고 있을 때였다.

"사공 형! 그 더러운 입 치우지 못하겠소?"

노호성과 함께 어디선가 한줄기 장력이 날아왔다.

폭마였다. 그가 드디어 손을 쓴 것이었다.

그러나 폭마의 공격은 흡혈시마에게 별다른 타격을 입히지 못했다. 그의 장기가 권장(拳掌)도 아니었을뿐더러 무풍수라의 조언을 듣고 공력을 많이 낮춘 때문이었다.

하지만 그 여파로 흡혈시마의 상체가 약간 흔들렸고, 그 바람에 묵자후의 목덜미가 살짝 찢겨져 나가자 드디어 피 맛을 보게 된 흡혈시마. 그의 두 눈에서 무시무시한 광기가 치솟았다.

"크흐흐흐, 방해하는 자는 모두 죽인다!"

흡혈시마가 좌우를 노려보며 짐승 같은 목소리를 냈다.

하지만 그 덕에 겨우 몸을 움직일 수 있게 된 묵자후는 사력을 다해 고함을 질렀다.

"백부! 도망가요! 어서 달아나요!"

그 소리에 폭마는 자기도 모르게 눈시울을 붉힐 뻔했다.

스스로 위기에 처해 있으면서도 먼저 자신을 걱정해 주다니.

폭마는 흐뭇한 표정으로 고개를 가로저었다.

"난 괜찮다. 백부가 왔으니 어서 저 뒤로 물러나 있거라."

그러나 묵자후는 한 발짝도 움직이지 못했다.

욱신거리는 통증과 정신적인 충격으로 인해 오금만 덜덜 떨고 있었다.

그 광경을 보자 폭마의 눈에 한줄기 근심이 어렸다.

묵자후가 몸을 움직이지 않고 있으니 그의 안위가 신경 쓰여 마음 놓고 싸울 수 없게 된 것이다. 거기다 무풍수라의 행동도 은근히 마음에 걸렸다.

'도대체 육 형은 왜 앞으로 나서지 않는 것일까?'

자기가 앞으로 나서자마자 슬쩍 뒤로 물러나 버린 무풍수라.

그때부터 등 뒤에서 어슬렁거리고만 있다.

표정을 보니 자신에게 미루고 있는 것 같아 기분이 언짢았지만 더 이상 생각을 이어나갈 수 없었다.

"크와아아악!"

괴성과 함께 흡혈시마가 몸을 날려온 것이었다.

폭마는 숨을 훅 들이마셨다.

흡혈시마에게서 가공할 살기가 느껴진 때문이었다.

"육 형! 뒤를 받쳐 주시오!"

폭마는 고함을 지르며 곧바로 신형을 뽑아 올렸다.

부와앙!

흡혈시마의 무릎이 무시무시한 파공성을 일으키며 발밑을 스쳐 갔다.

"타앗!"

폭마는 재빨리 몸을 뒤집었다. 그리고 그 회전력을 빌어 발 뒤꿈치로 흡혈시마의 정수리를 강하게 가격했다.

쾅!

제대로 먹혔다.

발뒤꿈치에서 묵직한 충격이 전해져 왔다.

하지만 흡혈시마는 꿈쩍도 않았다. 오히려 흉성을 터뜨리며 온몸으로 폭마를 덮쳐 왔다.

"크아아아!"

펑, 펑, 펑!

파라라락! 콰쾅!

두 사람은 순식간에 십여 초를 겨뤘다.

그러나 손해를 본 쪽은 폭마였다.

마성이 폭발해선지 흡혈시마의 공세는 실로 대단했다.

가뜩이나 철탑 같은 몸으로 폭풍처럼 들이닥치니 무지막지한 경기가 파도처럼 휘몰아쳤다. 그로 인해 점점 수세에 몰리게 된 폭마는 시간이 갈수록 호흡이 가빠오는 것을 느꼈다. 결국 견디다 못한 폭마는 무풍수라를 향해 고함을 질렀다.

"육 형! 날 죽일 셈이오?"

그제야 무풍수라가 움직였다.

"아, 미안하오. 오랜만에 막 형의 실력을 보니 감탄이 나와서……. 이제 좀 쉬고 계시구려."

그러나 뭔가 이상했다.

마치 마지못해 싸우는 사람처럼 결정적인 기회를 잡아놓고도 공격을 망설이기 일쑤였다. 그 바람에 흡혈시마가 번번이 위기에서 벗어났고, 그렇게 시간이 흐르자 오히려 묵자후에게 위험이 들이닥쳤다.

우르릉, 쿵, 쿵!

두 사람의 경력에 스친 종유석들이 묵자후의 머리 위로 마구 떨어져 내리기 시작한 것이다.

"이런! 조심하시오! 저 아일 죽일 참이오?"

폭마가 당황한 표정으로 고함을 치자 무풍수라가 헉헉거리며 대답했다.

"그게 아니라 이놈이 워낙 흉포하게 날뛰어서……."

아닌 게 아니라 그의 입가에도 핏자국이 가득했다.

결국 폭마는 위험을 무릅쓰고 묵자후 쪽으로 신형을 날렸다.

"아무래도 안 되겠소. 이대로는 반 시진이 아니라 반 각도 못 버티겠으니 원군을 불러야겠소. 그러니 조금만 더 버텨주시오!"

그렇게 폭마가 묵자후를 안으며 소리칠 때였다.

퍼퍼펑!

"크윽……."

요란한 폭음과 함께 무풍수라가 네 활개를 벌리며 저만치 날아갔다. 흡혈시마에게 의외의 일격을 당한 것이다.

"이런!"

이젠 자기 쪽이 위험해졌다.

흡혈시마가 흉광을 흘리며 다가오고 있었기 때문이다.

'이럴 줄 알았으면 화탄이라도 갖고 올 것을…….'

뒤늦게 후회가 됐다. 묵자후가 걱정되어 급하게 달려오느라 화탄을 하나도 못 가져왔다.

"크카카카! 죽어랏!"

벌써 흡혈시마가 무지막지한 공격을 퍼부어온다.

폭마는 다급히 몸을 피하며 좌우를 둘러봤다.

아무래도 묵자후를 내려놔야 할 것 같아서였다. 그래야 어느 정도 버틸 수 있을 듯하니.

부아앙!

콰앙! 와르르르!

흡혈시마의 각력에 또 하나의 종유석이 부서져 나갔다. 그

틈을 이용해 폭마는 묵자후를 저 뒤로 집어 던졌다. 바로 그때,

쾅쾅쾅!

"크윽!"

등 뒤로 엄청난 충격이 전해져 왔다.

폭마는 신형을 비틀거리면서도 용케 자세를 바로잡았다.

"이 마물!"

피를 울컥 토하면서 몸을 벼락같이 회전한 폭마.

그의 양발이 흡혈시마의 관자놀이를 연달아 가격했다.

쾅, 쾅, 쾅!

"크와악!"

그러나 흡혈시마는 성난 황소 같았다. 그토록 얻어맞으면서도 괴성을 터뜨리며 이마로 머리를 들이받아 왔다.

쾅지끈!

"크윽!"

결국 폭마의 신형이 크게 휘청거렸다.

흡혈시마는 이제 마지막이란 표정으로 폭마의 정수리를 향해 그 거대한 발을 치켜들었다. 바로 그때,

휘이익! 딱!

어디선가 돌멩이가 날아왔다.

그리고 뒤이어 들려오는 앳된 고함 소리.

"야, 이 괴물아! 어디 자신있다면 날 잡아봐!"

"크르르?"

갑자기 흡혈시마의 눈이 벌겋게 타올랐다. 묵자후가 마구 돌멩이를 집어 던지며 계속 혀를 내밀었기 때문이다.

"후아야, 안 돼! 어서 도망가!"

폭마가 그 모습을 보고 고함을 질렀지만 한발 늦어버렸다.

"크아아아!"

분을 참지 못한 흡혈시마가 미친 듯이 묵자후를 향해 달려든 것이었다.

그리고 잠시 후,

번쩍! 콰콰쾅!

우르르릉! 쿠콰쾅!

고막을 뒤흔드는 폭음과 함께 동굴이 와르르 무너져 내렸다. 묵자후가 연환탄을 터뜨린 것이었다.

"이런! 후아야! 후아야!"

폭마가 대경실색한 표정으로 고함을 질렀지만 자욱한 흙 먼지만 휘날릴 뿐 아무 대답도 들려오지 않았다.

콰콰콰쾅!

멀리서 들려온 폭발음.

그 아련한 폭음에 천금마옥 전체가 발칵 뒤집어졌다.

그중에서도 가장 놀란 사람은 묵잠과 금초초였다.

"음? 이게 무슨 소리지?"

"화탄 소리 같은데요?"

"화탄? 이곳에서 화탄을 다루는 사람은 막 선배뿐이잖아?"

"그렇죠. 막 선배님께 무슨 일이… 어머, 그러고 보니?"

금초초가 고개를 갸웃거리다 말고 자리에서 벌떡 일어났다.

"설마 후아가! 우리 후아가?"

"아니? 갑자기 후아는 왜?"

묵잠이 의아한 듯 묻자 금초초가 파랗게 질린 얼굴로 대답했다.

"아, 후아가… 후아가 막 선배와 함께 있을 거예요. 제가 공부는 안 하고 놀기만 한다고 한바탕 혼을 냈거든요."

"그럼 저 소리는?"

이번에는 묵잠이 자리에서 벌떡 일어섰다.

"갑시다! 아무래도 후아에게 무슨 일이 난 것 같소!"

두 사람은 급히 동굴을 나섰다.

그 즈음, 혈영노조는 귀검과 대화를 나누고 있었다.

"내가 그때 왜 검을 뽑아줬느냐 하면……."

묵자후에 관한 이야기였다. 서로 이런저런 이야기를 나누던 와중에 귀검이 칠 년 전의 이야기를 꺼내자 그에 대답하고 있던 중이었다.

"자네도 알다시피 그 저주받은 검 때문에 얼마나 많은 형제들이 죽어갔던가? 그래서 결심했지. 내 손으로 놈들의 목을 베기 전까진 절대 뽑지 않으리라. 그러나 그 아이가 손을 내미는 순간 깨달았다네. 내가 뭔가를 잘못 생각하고 있었구나. 중요한 건 이곳을 지키는 놈들이 아닌데. 그 위의 놈들도 있고, 그보다 중요한 마맥(魔脈)을 다시 일으켜 세우는 일도 있는데……. 결국엔 뭔가? 그 검을 핑계로 안주하고 있었던 게 아닐까? 어쩌면 마맥을 일으켜 세우는 게 불가능할지도 모르겠다며 내심 핑곗거리를 대고 있었던 게 아닐까 하고 나 스스로를 돌이켜 보게 된 거야. 그래서 그 검을 뽑아줬지. 중요한 건 놈들의 검을 꽂고 있는 내 모습이 아니라 혼신의 힘을 다해 과거의 무공을 되찾는 내 모습이라 싶어서……."

"그럼 그 아이를 후계자로 생각하고 주신 게 아니란 말씀입니까?"

"글쎄… 그건 좀 더 지켜봐야겠지. 그 아이의 성품이나 재질이 과연 어느 정도일지."

그렇게 혈영노조가 의미심장한 눈빛으로 미소를 지을 때였다. 멀리서 아련한 폭발음이 들려오더니 동굴 천장이 우르르 떨렸다.

"음? 이게 무슨 소린가?"

혈영노조의 물음에 귀검은 소리가 들려온 쪽으로 귀를 기울이다가 천천히 자리에서 일어났다.

"막 당주 처소에서 난 소리 같습니다. 제가 가서 무슨 일인지 알아보겠습니다."

그 말에 혈영노조가 고개를 저으며 자리에서 일어났다.

"아니, 같이 가보도록 하지. 왠지 심상치 않은 기분이 들어."

그렇게 일어선 사람은 혈영노조뿐만이 아니었다.

"어디야? 어디서 들려온 소리야?"

"글쎄… 천급 구역이야. 아무래도 막 당주님 처소 같아."

"가보자구! 도대체 몇 년 만에 들어보는 폭음 소린가?"

폭발의 여파는 순식간에 천금마옥 전체를 들쑤셔 놨다.

반복되는 일상에 지루해하던 마인들이 모두 자리에서 일어난 것이었다. 그리고 그중에서 가장 먼저 현장에 도착한 사람은 묵잠과 금초초였다.

두 사람은 무너져 버린 동굴 앞에서 미친 듯이 돌무더기를 헤치고 있는 폭마를 보고 깜짝 놀랐다.

"막 선배! 무슨 일입니까?"

"후아는요? 혹시 우리 후아 못 보셨어요?"

두 사람의 질문에 폭마는 처연한 표정으로 고개를 돌려 버렸다.

"허허허, 미안하네. 정말 미안하네."

그 말에 금초초가 나직한 신음을 흘리며 바닥에 주저앉았다.

"설마… 설마……?"

망연자실한 금초초의 물음에 폭마가 힘없이 고개를 끄덕였다.

"그 설마가 맞네. 후아가 이 안에 있어."

그 말이 떨어지기가 무섭게 금초초가 자리에서 벌떡 일어섰다. 그리고는 미친 듯이 돌무더기를 파헤치기 시작했다.

"후아야! 후아야! 내 목소리 들리니? 엄마 목소리 들려? 아가야! 어서 대답해! 어서 대답하란 말이야!"

흡사 미친 듯이 소리치며 마구 돌무더기를 헤집는 금초초.

묵잠은 천천히 그녀의 어깨를 붙잡았다.

"비키시오. 내가 해보겠소."

그 말에 금초초가 손을 멈칫했다. 그리고는 몸을 와들와들 떨더니 천천히 고개를 돌렸다. 그녀의 눈에는 어느새 눈물이 홍건했다.

"가가! 우리 후아가… 우리 후아가……!"

금초초는 말도 제대로 잇지 못하고 끅끅거리기만 했다.

묵잠은 그런 금초초를 보며 지그시 입술을 깨물었다. 그리고는,

"타아앗!"

쩌렁쩌렁한 기합성과 함께 묵잠의 좌수가 벼락처럼 바람을 갈랐다. 순간,

번쩍! 콰르릉!

요란한 굉음과 함께 돌무더기가 사방으로 튀어 올랐다.

하지만 그뿐이었다.

묵잠은 입술을 깨물며 재차 수도(手刀)를 날렸다.

콰르르르릉!

역시 별다른 효과가 없었다. 그러나 일일이 손으로 들춰내는 것보다는 훨씬 빠를 듯했다.

쾅, 쾅, 쾅!

묵잠은 연달아 수도를 날렸다.

어느새 손에서 피가 줄줄 흘러내렸지만 묵잠은 손을 멈추지 않았다.

"나도 돕겠네."

폭마도 그제야 정신을 차린 듯 한 손으로 마구 장력을 뿌려대기 시작했다.

두 사람이 그렇게 전력을 기울이자 뒤에서 머뭇거리고 있던 무풍수라가 합류했다. 뒤이어 눈물 대신 입술을 앙다문 금초초가 합류했고, 잠시 후 한꺼번에 몰려온 마인들과 혈영노조 등이 합세했다.

콰르릉!

이윽고 막혀 있던 동굴이 그 입을 벌렸지만 묵자후의 모습은 그 어디에서도 발견되지 않았다. 흡혈시마 역시 마찬가지였고.

"아아… 후아야……!"

기대가 실망으로 변하자 금초초는 결국 혼절하고 말았다.

그런데 바로 그때,

"저기 웬 구멍이 뚫려 있습니다!"

누군가가 큰 소리로 외쳤다.

과연이었다. 저 무성한 종유석 사이로 거대한 구멍이 나 있었다. 그리고 그 사이로 시뻘건 빛이 흘러나오고 있었다.

"맙소사! 용암이야! 그것도 엄청난 크기의 용암동굴이야!"

먼저 달려간 사람들 중 하나가 입을 딱 벌리며 뒤를 돌아봤다. 그러자 모두의 표정이 각양각색으로 변해갔다.

*   *   *

"후아야! 안 돼! 어서 도망가!"

폭마가 소리치자마자 묵자후는 재빨리 화섭자를 켰다. 그리고 괴성을 지르며 달려오는 흡혈시마를 향해 냅다 화탄을 던진 뒤, 앞만 보고 죽어라 달음박질을 쳤다.

그러나 괴인의 발자국 소리가 바로 등 뒤에서 들려오고, 갑자기 코끝으로 시체 썩는 듯한 역겨운 냄새가 풍겨온다고 느낀 순간,

콰콰콰콰쾅!

고막을 찢는 폭음과 함께 동굴이 와르르 무너져 내렸다. 그리고 후끈한 열기와 아찔한 충격이 전신을 강타하는 느낌을 받으며 묵자후는 그만 정신을 잃고 말았다.

그렇게 얼마나 시간이 흘렀을까?

귓전을 자극하는 기이한 소리에 묵자후는 퍼뜩 정신을 차렸다.

'이게 무슨 소리지?'

먼저 그런 생각부터 들었다.

뭐랄까? 마치 유부(幽府)에 사는 괴물이 목을 길게 뽑아 올리며 미친 듯이 비명을 질러댄달까?

전신 세포가 바짝 곤두설 정도로 무시무시한 기음이었다.

하지만 아무리 둘러봐도 캄캄한 어둠뿐, 보이는 건 아무것도 없었다.

"그런데 여기가 어디지?"

잠깐 머리를 흔드는 순간, 쩡! 하는 느낌과 함께 전신이 산산이 부서져 나가는 듯한 통증이 엄습했다.

"아, 맞아! 내가 화탄을 던졌었지?"

그때부터 바짝 긴장되기 시작했다.

'그 괴물 같은 아저씨는? 설마 이 근처에 있는 건 아니겠지?'

그렇게 생각하며 주위를 둘러보는데,

"크으으……."

어디선가 가슴 철렁한 신음이 들려왔다.

흡혈시마였다.

소리가 들려온 곳으로 미뤄 겨우 몇 발짝 떨어진 곳이었다.

'아아! 이를 어쩌면 좋지? 저 괴물이 아직도 살아 있어.'

묵자후는 당황한 표정으로 연신 좌우를 둘러봤다.

그러나 여전한 암흑 천지.

할 수 없이 손을 움직여 봤다. 다행히 움직였다.

발을 움직여 봤다. 역시 움직였다. 그러나 몸을 일으키려 하자 허리와 가슴 쪽에서 뻐근한 통증이 느껴졌다.

'으으… 어서 달아나야 하는데…….'

그러나 아무리 손을 더듬어봐도 잡히는 거라곤 돌무더기뿐. 설상가상으로 흡혈시마가 천천히 몸을 일으키기 시작했다.

"흐흐흐! 거기 있었구나, 꼬마야!"

'아!'

묵자후는 심장이 덜컥 내려앉는 기분이었다.

마침내 자신을 발견한 모양인지 흡혈시마가 흥소를 흘리며 천천히 다가오고 있었다.

'으악!'

묵자후는 속으로 비명을 지르며 후닥닥 뒷걸음질을 쳤다. 흡혈시마와 조금이라도 거리를 벌리기 위해서였는데, 절망스럽게도 뭔가가 등 뒤를 가로막고 있었다.

"크하하! 이놈!"

설상가상으로 흡혈시마가 자신을 덮쳐 왔다.

"으아악!"

묵자후는 비명을 지르며 벌렁 드러누웠다. 그야말로 본능적인 행동이었는데, 그때 기적 같은 일이 벌어졌다.

갑자기 등 뒤에서 뭔가가 꿈틀거리는가 싶더니 동굴 천장이 와르르 무너져 내리기 시작했다. 뒤이어 등을 가로막고 있던 뭔가가 휙 사라지면서 묵자후의 몸이 뻥 뚫린 비탈길을 구르며 마구 추락하기 시작했다.

"어이쿠!"

엉덩이에 화끈한 충격을 받으며 겨우 정신을 차린 묵자후.

얼떨떨한 눈빛으로 고개를 흔드는데,

끼아아아아아!

또다시 모골 송연한 기음이 들려왔다. 좀 전에 들었던 그 사이(邪異)한 비명이었다. 그에 놀라 좌우를 둘러보며 몸을 움츠리는 사이 어디선가 역겨운 냄새가 코를 찔러왔다. 동시에 전신에서 뜨거운 열기가 느껴진다 싶더니 붉은 광채가 두 눈을 가득 채워왔다.

"헉!"

묵자후는 자기도 모르게 눈을 부릅떴다.

화르르르!

푸석푸석한 바닥과 구멍 숭숭 뚫린 바위 너머 시커먼 암벽들이 병풍처럼 늘어선 곳. 그 아래쪽, 계곡처럼 움푹 파인 곳에 시뻘건 용암이 불길을 토하며 강물처럼 흐르고 있었던 것이다.

"맙소사!"

동굴 안의 동굴.

그것도 용암이 강물처럼 흐르는 거대한 동굴이라니?

묵자후는 너무 놀라 자신이 처한 현실도 잊고 멍하니 용암만 바라보고 있었다.

바로 그때,

"크아아! 이 찢어 죽일 놈!"

저 비탈길 위, 뻥 뚫린 동굴에서 흡혈시마가 나타났다.

그는 흉악한 괴성을 지르며 미친 듯이 달려오다가 비탈길 중간쯤에 이르러 갑자기 신형을 멈칫했다. 그리고는 안색이 창백하게 질려가더니 눈을 찢어질 듯 부릅떴다.

"세, 세, 세상에! 저, 저, 저게 뭐야?"

사지를 덜덜 떨며 그 자리에서 굳어버린 흡혈시마.

뭔가 거대한 물체가 기음을 터뜨리며 묵자후의 등 뒤에서 입을 쩍 벌리고 있는 광경을 목격한 때문이었다.

제4장

공동 전인

魔道
天下

끼아아아아아!

혼백을 뒤흔드는 몸서리쳐지는 기음.

윤기가 번들거리는 새까만 동체.

거기다 창(槍)처럼 뻗은 백여 쌍의 다리를 움직이며 반쯤 몸을 일으키고 있는 거대한 물체.

그가 시뻘건 눈빛으로 흡혈시마를 노려보고 있었다.

"으으으… 믿을 수 없어! 도저히 믿을 수가 없어……."

분명 눈앞에서 펼쳐지고 있는 광경이었지만 흡혈시마는 도저히 자기 눈을 믿을 수가 없었다.

세상에 저런 괴물이 존재할 수는 없다. 아니, 절대로 존재해서는 안 된다.

그러나 그보다 더한 놈도 있었다.

키아아아아!

갑자기 용암이 불쑥 솟구치나 싶더니 그 안에서 진홍색 몸체에 황금빛 깃털을 지닌 새가 튀어나왔다.

그 새는 전신에 불꽃을 일렁이며 눈으로는 도저히 따라잡을 수 없는 속도로 좀 전의 그 괴물을 향해 벼락처럼 날아갔다.

"내가, 내가 지금 꿈을 꾸고 있는 건가?"

흡혈시마는 정신없이 머리를 흔들며 넋 나간 사람처럼 중얼거렸다.

그러나 꿈이 아니었다.

갑자기 나타난 흡혈시마 때문에 아직 상황 파악을 제대로 못하고 있는 묵자후. 그 공포에 질린 얼굴 뒤에서 만 년은 족히 산 듯한 지네, 만년오공(萬年蜈蚣)이 집게같이 생긴 시커먼 다리로 묵자후의 정수리를 찍어가고 있었다. 이때 화염을 일렁이는 불새가 날아와 노란 안광을 번뜩이며 그 괴물의 꼬리를 물어버렸다. 그로 인해 만년오공이 온몸을 비틀며 비명을 질러댔고, 묵자후는 다행히 머리를 보존할 수 있었다.

하지만 이미 만년오공의 독에 당한 듯 묵자후의 전신이 시커멓게 죽어가기 시작했다.

그 와중에도 두 괴물은 서로 치열한 격전을 벌여 나갔다.

얼핏 보니 만년오공은 묵자후를 노리고 있는 것 같았고, 불새는 그 괴물을 노리고 있는 것 같았다.

급기야 만년오공이 식사(?)를 포기하고 말았다. 그리고는 계속 자신을 방해하는 불새를 향해 미친 듯이 공격을 퍼부어 댔다.

그러나 불새는 만년오공을 놀리기라도 하듯 묵자후의 다리를 물고 훌쩍 허공으로 날아올랐다.

끼아아아아!

화가 난 만년오공이 불새를 향해 마구 독액을 쏘아댔지만 불새는 비웃는 듯한 표정으로 다시 위로 날아갔다. 그러나 미처 독액을 피하지 못해 날개에 일격을 허용하고 말았다.

키아아!

불새가 고통에 찬 비명을 터뜨리자 묵자후의 신형이 바닥으로 내동댕이쳐졌다.

두 괴물은 묵자후를 중간에 둔 채 다시 대치 상태에 들어갔다. 이때 동굴 위쪽에서 수많은 발자국 소리가 들려왔다.

두 괴물은 흠칫한 표정으로 시선을 돌렸다가 다시 서로를 노려봤다. 그리고는 잠시 휴전을 하기로 했는지 각자의 처소로 사라져 갔다. 만년오공은 저 끝도 없는 어둠 속으로, 불새는 화염이 이글거리는 용암 속으로……

두 괴물이 사라지자 흡혈시마는 그제야 정신을 차렸다.

"음? 여기가 어디지?"

흡혈시마는 일순간 멍한 표정을 지었다.

이제껏 심마에 시달리다가 겨우 정신을 차려보니 자신은 전혀 기억에도 없는 낯선 곳에 서 있는 게 아닌가?

"휴우, 이번 심마는 정말 대단했던 모양이군. 꿈에서 볼까 두려운 괴물들까지 마구 튀어나오는 걸 보니."

흡혈시마는 이맛살을 찌푸리며 잠시 머리를 흔들다가 곧 좌우를 둘러봤다. 그리고는 눈앞에 쓰러져 있는 묵자후와 강물같이 흐르는 용암을 보고 눈을 휘둥그레 떴다.

"아니, 저 녀석이 왜 저기 쓰러져 있어? 그리고 저게 다 뭐야? 맙소사! 용암이잖아?"

황당하게도 흡혈시마는 좀 전의 일을 전혀 기억 못하고 있었다.

"도대체 이게 어찌 된 일이람? 내가 왜 여기 와 있고, 저 녀석은 또 왜 저기 쓰러져 있어? 그리고 저 용암은 대체 뭐란 말이야?"

현재 흡혈시마가 기억하고 있는 건 무풍수라와 대화를 나누다가 갑자기 마성이 치밀어 올랐다는 사실뿐이었다. 때문에 바닥에 쓰러져 있는 묵자후와 눈앞에 펼쳐져 있는 용암을 보고 그저 어리벙벙한 표정만 지을밖에.

그러다가 저 위에서 웅성거리는 소리가 들려오자 흡혈시마는 또 한 번 인상을 찌푸렸다.

"도대체 뭐야? 목소리를 들어보니 다들 저 녀석을 찾는 것 같은데……."

흡혈시마는 잠시 기억을 되짚어봤다.

그러나 이내 머리를 흔들며 한숨을 내쉬고 말았다. 환상과 현실이 뒤섞여 머리가 깨질 듯 아파왔던 것이다.

"그나저나 저 녀석이 쓰러져 있는 걸 보니 한 가지만은 분명한 것 같군. 내가 사고를 쳐도 단단히 쳤다는 것."

흡혈시마는 점점 가까이 다가오는 발자국 소리를 들으며 한동안 고민에 휩싸였다.

*   *   *

"도대체 그게 말이 된다고 생각하느냐?"

쩌렁쩌렁한 호통 소리가 천금마옥을 뒤흔들었다.

"네놈도 눈이 있으니 알 게 아니냐? 저 아이의 모습이 과연 손끝 하나 안 댄 모습이란 말이냐?"

혈영노조는 어찌나 화가 치밀었던지 흡혈시마를 노려보며 마구 호통을 질렀다. 그러나 흡혈시마는 영문을 모르겠다는 표정으로 눈알만 뒤룩뒤룩 굴리고 있었다.

'이런, 니미…….'

자신이 이런 궁지에 몰려 버릴 줄이야.

흡혈시마는 내심 억울한 기분이 들었다.

잠시 전, 혈영노조를 비롯한 마인들이 몰려오기 전까지만 해도 흡혈시마는 다소 마음에 여유가 있었다.

자신이 무슨 일을 벌였는지는 잘 모르겠지만, 스스로 의도한 게 아닌 심마 때문에 벌어진 일이니 그럴듯한 변명으로 사죄하면 못 이기는 척 유야무야될 것이라고 믿고 있었다. 사실 말이야 바른말이지, 수천 년 동안 이어진 정파 무공에 비하면 뿌리가 약한 게 바로 마도 무공이 아닌가?

그래서 다들 쉬쉬하지만 어느 정도 경지를 넘어서면 심마가 찾아오게 마련이다. 그러니 이번 일 역시 그 연장선상에서 이해해 줄 것이라 생각하며 묵자후를 깨우려 했는데, 맙소사! 이게 어찌 된 일이란 말인가?

간단한 으름장으로 말을 맞추려 했더니 놈의 상태가 괴이하게 변해 있었다.

입에서는 하얀 거품이 흘러나오고 눈동자는 휙 돌아간 가운데 피부는 색을 바꿔가며 수시로 변하고 있다.

'으으, 이게 무슨 일이야? 이놈이 왜 이렇게 변해 버렸어?'

그때부터 흡혈시마는 아무런 생각도 떠올릴 수 없었다. 그저 눈을 끔뻑이며 혈영노조 등을 맞을 수밖에 없었다. 그리고 그 결과가 바로 현재의 자기 모습이었다.

천금마옥 서열 사위의 고수가 마혈을 찍히고 맨바닥에 무릎을 꿇은 채로 고개를 숙이고 있는 것이다.

상황이 실로 기가 막혔지만 흡혈시마는 아무런 변명도 할 수 없었다.

뭐라도 기억나는 게 있어야 변명이라도 하지, 저 꼬마 녀석의 상태를 보니 자신조차도 폭마의 말이 진실인 듯 여겨진다. 그러니 남들이야 오죽할까?

"네 이놈! 왜 대꾸가 없느냐? 그렇게 꿀 먹은 벙어리처럼 앉아 있지만 말고 어서 대답을 해보란 말이다! 도대체 네놈이 한 짓이 아니라면 어느 누가 저 아이를 중독시켰단 말이냐?"

또다시 이어지는 혈영노조의 호통 소리에 흡혈시마는 미치고 환장하고 폴짝폴짝 뛰고 싶은 심정이었다.

자신은 이미 이곳에 들어올 때부터 독이란 독은 몽땅 빼앗겨 버렸다. 그건 자신뿐만 아니라 모두가 마찬가지 상황이 아닌가? 그런데 어느 놈이 독을 뿌려 자신에게 이런 덤터기를 씌운단 말인가?

'설⋯ 마⋯⋯?'

갑자기 한 사람이 떠올랐다.

폭마의 증언에 의하면 의형인 무풍수라도 현장에 있었다고 하지 않았던가?

'그렇다면?'

흡혈시마는 천천히 무풍수라를 쳐다봤다.

예전부터 잔인 포악하기로 으뜸인 사람이 바로 자신이라면, 음험 독랄하기로 둘째가라면 서러울 사람이 바로 그였다. 따라서 이번 일 역시 그가 몰래 독을 숨기고 있다가 묵자후를 보면서 자신과의 대화가 떠올라 무의식중에 하독해 버린 게 아닐까?

'도대체 왜 그러셨소, 형님?'

흡혈시마는 원망스런 눈빛으로 무풍수라를 노려봤다.

하독을 하려면 누구도 눈치 채지 못하게 은밀하게 할 것이지, 왜 서투르게 손을 써서 자신을 이런 함정에 빠뜨리느냐는 항의의 눈빛이었다.

그 눈빛을 보자 무풍수라가 펄쩍 뛰며 소리쳤다.

"아니, 아우. 왜 그런 눈빛으로 날 쳐다보나? 난 아니야! 아니라구! 막 형, 막 형도 보셨지 않소? 내가 저놈을 말리려고 얼마나 애를 썼었는지?"

그러나 폭마는 무슨 소리냐는 듯 고개를 휙 돌려 버렸다.

"글쎄요, 어설픈 몸놀림으로 후아를 위험에 빠뜨린 건 봤어도 말리려고 애쓰는 모습은 보지 못한 것 같소이다만……."

그 말에 혈영노조가 싸늘한 눈빛으로 무풍수라를 노려봤다.

"어설픈 몸놀림으로 위험에 빠뜨려? 그게 사실이더냐?"

무풍수라는 급히 고개를 가로저었다.

"아닙니다! 절대로 아닙니다! 제 다리가 이 모양이다 보니 공수(攻守)의 전환이 원활하지 않아 오해를 산 것뿐입니다."

무풍수라가 다급히 변명했지만 별로 믿지 않는 눈빛이었다. 그러나 더 이상의 추궁은 없었다. 정황은 의심되지만 증거가 없었기 때문이다.

"그래, 자네가 정 아니라고 한다면⋯⋯."

혈영노조는 잠시 말꼬리를 흐리다가 불쑥 내뱉듯이 말했다.

"자네가 저 녀석을 취조해 보게. 그래서 놈의 죄상을 낱낱이 밝혀내게!"

"예에?"

무풍수라가 눈을 휘둥그레 뜨는 순간, 이미 혈영노조는 자리를 뜨고 있었다.

"아이고, 형님! 으아아악!"

잠시 후, 흡혈시마의 비명 소리가 천금마옥을 뒤흔들었다. 그리고 그 앞에서 분홍빛 안광을 흘리며 흡혈시마를 문초하고 있는 무풍수라의 괴상망측한 표정을 볼 수 있었다.

묵자후는 사경을 헤맸다.

밤새 열이 오르는 가운데 오공(五孔)에서 시커먼 피가 흘러나왔다. 거기다 혈관이 터질 듯 부풀어 오르고 온몸에서 악취가 흘러나오는 등, 차마 눈 뜨고 지켜보지 못할 정도였다. 그래선지 금초초는 이미 실신해 한쪽 구석에 누워 있고, 주위 사람들이 땅이 꺼져라 한숨을 내쉬고 있는 동안 묵잠은 아들의 손을 붙잡고 입술만 부르르 떨고 있었다.

그때 혈영노조가 폭마와 함께 들어왔다.

둘이서 무슨 이야기를 나눈 듯 혈영노조의 안색은 딱딱하게 굳어 있었다.

"잠시 자리를 양보해 주게."

혈영노조는 먼저 묵잠과 자리를 바꿨다. 그리고는 신중한 표정으로 묵자후의 맥을 짚었다.

과연이었다.

폭마가 말한 대로 묵자후의 체내에선 알 수 없는 기운이 날뛰고 있었다. 그로 인해 전신 세포가 자극을 받아 맹렬하게 부풀어 오르고 있는 중이었다.

"도대체 알 수가 없군. 독기가 이미 심장으로 침투한 것 같은데 기맥은 오히려 날뛰고 있으니……."

"어떻게… 가능하겠습니까?"

조심스런 폭마의 물음에 혈영노조는 고개를 가로저었다.

"글쎄… 해봐야 알겠네만, 쉽지는 않을 것 같네."

그 말과 함께 혈영노조가 생사결에 나서는 무인 같은 표정으로 가부좌를 틀었다. 그리고는 격공섭물(隔空攝物)의 공력으로 묵자후의 몸을 뒤집더니 그의 명문혈에 양손을 갖다 대고 전신 공력을 끌어올리기 시작했다.

"대장로?"

묵잠이 깜짝 놀라 달려왔지만 폭마가 그를 막아섰다.

"대장로께서 직접 결심하신 것이네. 잠자코 결과를 지켜보세나."

그 말에 주위 사람들이 깜짝 놀라 혈영노조를 쳐다봤다.

"저러다가 존체를 상하시기라도 하면……."

누군가가 걱정스런 눈빛으로 중얼거렸다.

보아하니 대장로가 진기도인법(眞氣導引法)을 써서 묵자후를 치료해 보려는 모양인데, 묵자후가 아무리 소중하다 한들 어찌 대장로에 비할까?

화약뿐만 아니라 의술 쪽에도 일가를 이룬 폭마조차 신중에 신중을 기할 정도로 무서운 독이라지 않는가?

그래서 웬만한 사람들은 다 내보내고 서열 이십위권 내의 고수들만 이 자리에 모여 있다. 그것도 각자 내공으로 독기를 억눌러 가며.

그런데 이곳의 수장인 혈영노조가 직접 묵자후를 치료하려 하자 다들 걱정이 태산 같았다. 하지만 혈영노조의 의지가 워낙 굳건한 듯하니 아무도 말릴 엄두를 내지 못하고 원망스러운 눈빛으로 폭마만 쳐다봤다.

폭마는 모두의 눈빛이 부담스러웠는지 어색한 표정으로 어깨만 으쓱였고, 그런 폭마를 보며 묵잠이 민망해하는 가운데, 혈영노조가 묵자후의 명문혈을 통해 서서히 공력을 밀어넣기 시작했다. 그리고는 생사대적을 바라보는 눈빛으로 묵자후의 신체 변화를 살피더니 어느 순간, 열 손가락으로 묵자후의 전신을 강타하기 시작했다.

타다다다닥!

기이한 음향이 사방으로 울려 퍼졌고, 혈영노조의 전신에서 땀이 비 오듯 흘렀다.

이윽고 눈 깜짝할 사이에 추궁과혈을 마친 혈영노조.

이번엔 손가락으로 묵자후의 삼백육십 개 대혈을 찔렀다.

그러자 묵자후의 전신에서 격렬한 진동이 일어나더니 정수리에서 파란 연기가 새어 나오기 시작했다.

그 모습을 보고 사람들은 또다시 걱정스러운 표정을 지었다.

'왜 코나 입이 아닌 정수리로 독이 빠져나온단 말인가?'

독기가 칠공(七孔)으로 빠져나오는 게 아닌 정수리로 빠져나온다는 말은 이미 칠공이 제 기능을 상실했다는 뜻.

그렇다면 피부를 통해 독기를 뽑아내는 게 차선책인데 상황을 보니 그마저도 여의치 않은 듯했다.

'저렇게 정수리로 독을 뽑아내다가는 자칫… 자칫……'

사람들은 더 이상 생각을 이어나가지 못했다. 그 결과가 너무 끔찍했기 때문이다.

그러나 우려가 점점 현실화되는 것 같았다.

묵자후의 전신이 여전히 부풀어 있는 가운데, 그나마 멀쩡하던 안구조차 서서히 튀어나오기 시작했다. 동시에 양 관자놀이와 미간 사이에 있던 핏줄도 팽팽하게 부풀어 올라 마치 터지기 직전의 풍선 같아 보였다.

뿐인가? 혈영노조의 눈에도 핏발이 서고 악다문 잇새로 피가 흘러내려 앞섶을 흥건히 적시고 있었다. 거기다 모발이 올올이 곤두선 가운데 옷자락까지 팽팽히 부풀어 있어 이대로 가다가는 둘 다 폭사하고 마는 건 아닌가 걱정스러울 정도였다.

그때,

"푸확!"

혈영노조가 갑자기 피를 토하며 뒤로 튕겨났다.

"대장로?"

사람들은 깜짝 놀라 혈영노조에게 달려갔다. 그중 일부는 고개를 돌려 묵자후를 쳐다봤다.

하지만 묵자후의 상태는 여전했다. 아니, 오히려 악화된 것 같아 보였다.

그럼 대장로는?

"쿨럭쿨럭!"

다행히 그는 무사한 듯했다. 피 기침을 토하며 간신히 몸을 일으키고 있었다.

"대장로, 괜찮으십니까?"

폭마가 급히 혈영노조를 부축하면서 묻자 혈영노조는 대답 대신 망연자실한 표정으로 혼잣말을 중얼거렸다.

"이럴 수가? 독기만 있는 게 아니었다니……!"

그 말에 폭마가 깜짝 놀랐다.

"그게 무슨 말씀이신지?"

"화기(火氣)도 있어. 그것도 어마어마한 양의."

"예엣? 그, 그럴 리가?"

"사실이네. 그래서 아직 무사한 것 같아. 두 기운이 서로 힘 겨루기를 하고 있어 간신히 기맥이 유지되고 있는 게야."

"그럼… 이제 어떤 조치를 취해야 합니까?"

"어떻게 하긴? 몸 안에서 날뛰고 있는 진기를 진정시키지 못하면 끝장이네. 그대로 폭사하고 말아."

그 말에 모두 흠칫한 표정을 지었다.

혈영노조는 연이어 말했다.

"일단 긴급 조치는 해두었네. 그러나 체내에 상상을 초월하는 기운이 소용돌이치고 있어 속히 진정시켜야 하니. 그러니 모두 돌아가면서 격체전공(隔體傳功)을 펼칠 준비를 하게."

"맙소사! 우리 모두 말입니까?"

"글쎄… 여기 있는 사람들로도 부족할지 몰라."

사람들은 일순간 할 말을 잃어버렸다.

잠시 후,

묵잠과 금초초의 처소인 생사동(生死洞) 앞에 많은 이들이 줄지어 서 있었다.

그들이 긴장한 표정으로 각자 순서를 기다리고 있는 이유는 다름 아닌 묵자후 때문이었다.

이미 혈영노조를 시작으로 마뇌와 귀검, 생사도 묵잠과 폭마 등, 음풍마제 일당을 제외한 금옥 팔마존이 모두 나서서 묵자후의 기맥을 다스렸다. 그러고도 모자라 금초초를 비롯한 서열 이십위권의 고수들이 나서서 진기를 유입해 준 뒤 줄줄이 피를 토하며 나가떨어졌다. 그래도 묵자후의 기맥이 진정되지 않자 급히 오십위권의 고수들을 호출한 것이다.

묵자후를 구하기 위한 노력은 다음날도 계속되었다. 그리고 이곳 서열 백사십사위인 다정마도(多情魔刀) 양휘옥(楊輝玉)이 묵자후에게 진기를 유입하고 난 뒤 피를 토하며 가부좌를 틀자 그때부터 기맥이 진정되기 시작했다.

"그러나 잠시 둑을 막아놓은 것뿐. 모두 이 안을 떠나지 말라."

다음날, 혈영노조는 서열 삼백위 안에 드는 마인들을 추가로 호출했다. 그들 역시 돌아가면서 진기를 주입해 기맥을 다스렸고, 드디어 나흘째 되는 날, 묵자후의 기맥은 완전히 정상을 되찾았다.

"휴우우우우!"

묵자후가 고른 숨을 쉬며 잠들어 있는 모습을 보고 마인들은 긴 안도의 한숨을 내쉬었다.

자신들의 노력과 희생을 통해 묵자후가 정상을 되찾은 모습을 보자 내심 가슴이 뿌듯했던 것이다.

그런 그들을 보며 혈영노조는 흐뭇한 표정으로 말했다.

"이게 화가 될지 복이 될지는 나도 잘 모르겠다. 그토록 날뛰던 기운을 후아의 전신 세맥(全身細脈)에 골고루 분산시켜 뒀으니. 그러나 이게 한꺼번에 폭출되지 않고 서서히 녹아든 다면… 우린 어쩌면 인세에 드문 초인(超人)을 보게 될지도 모르겠다."

그 말에 마인들이 와아! 하는 표정을 지었다.

그중 누군가가 믿기지 않는다는 표정으로 물었다.

"정말입니까? 정말 초인의 탄생을 볼 수 있는 겁니까?"

혈영노조는 웃으며 고개를 끄덕였다.

"그렇다. 이미 다들 느꼈겠지만, 저 녀석은 그토록 날뛰던 기운으로 인해 기맥이 남들보다 수십 배나 확장되었다. 거기다 우리 모두의 수고로 인해 각 혈도마다 강력한 탄성(彈性)과 내성(耐性)을 지니게 됐다. 그러니 뭐랄까, 굳이 이름을 붙이자면 무혈지체(無穴之體)에 창통지체(暢通之體)를 이루었달까? 아무튼 그런 몸을 갖게 됐으니 앞으로 저 녀석이 어떤 무공을 익히든 우리처럼 기맥이 뒤틀리지 않고 내부에서 다 알아서 소화하게 될 것이다. 그러니 제대로만 배운다면 어찌 초인이 아니 될 수 있겠느냐?"

"하오면 저 아이에게 무공을?"

"그렇다. 이때까지는 지켜만 보았으나 이제 결정을 내릴 때가 된 것 같다."

그 말에 좌중이 바짝 긴장했다.

마뇌가 모두를 대표해서 조심스럽게 물어봤다.

"저어… 결정이라면 어떤 결정을 내리실 생각인지요?"

혈영노조는 잠시 수염을 어루만지다가 모두를 둘러보며 말했다.

"아까도 말했지만, 그동안 자네들이 저 아이에게 장난 삼아 무공을 가르치는 걸 지켜만 보고 있었다. 그러나 이제 더이상 그런 방법은 안 된다. 방금 말했듯이 저 아이의 몸은 고금에 드문 신체가 됐다. 그러니 이제부터는 체계적으로 무공을 가르쳐야 한다."

"체계적이라 하셨습니까?"

"그렇다. 우리 모두가 나서서 저 아이를 고금제일인(古今第一人), 그것도 천하가 앙복하는 만마지존(萬魔至尊)으로 만드는 것이다. 어찌들 생각하느냐?"

"맙소사……!"

모두들 한동안 말을 잃어버렸다.

혈영노조가 느닷없이 제안한 고금제일인과 만마지존.

이 어찌 흘려들을 말이던가?

이제껏 강호에는 별보다 많은 영웅들이 피고 졌다. 하지만 그중에서 고금제일인이란 칭호를 받은 사람이 그 얼마나 되었던가? 아니, 고금제일인은 고사하고 천하제일인이란 칭호를 받은 사람만 해도 열 명을 채 넘지 못할 것이다.

그런데 고금제일인에 더하여 만마지존이라니?

자신들이 아는 만마지존은 오직 천마(天魔) 이극창(李克槍)

뿐이다.

지금으로부터 사백여 년 전, 당시 천하제일인이던 신창(神槍) 양기진(楊基振)에 의해 가문을 잃어버린 그의 부친이 한을 품고 지어준 이름, 극창(克槍)!

그 이름대로 어린 시절부터 부친과 함께 강호를 떠돌며 무공을 익혀 기어이 신창을 꺾고 천하제일좌에 오른 사나이.

당시 그의 무위가 어찌나 가공스러웠던지 그 별호조차 하늘이 내린 마인이라 하여 모두가 두려워하던 사내, 천마 이극창.

그리하여 그의 성명병기였던 도는 아직도 모든 마인들이 가장 선호하는 병장기가 되어버렸다.

그런데 아직 근골도 채 갖추지 못한 아이를 두고 벌써부터 고금제일인에 만마지존이라니?

설마 혈영노조가 노망이 나버린 것일까?

모두의 반응을 보니 딱히 그런 것도 아닌 것 같았다. 다들 환한 표정으로 혈영노조의 결정에 고개를 끄덕이고 있었으니.

그러나 그중 한 사람이 그 결정에 불복하고 나섰다.

"대장로, 아직 일곱 살밖에 안 된 철없는 아입니다. 그것도 제 숙부, 백부들의 희생을 통해 겨우 살아난 아입니다. 그런 죄 많은 아이를 두고 어찌 그런 과분한 말씀을 하십니까? 지나치십니다. 부디 거두어주십시오."

바닥에 꿇어앉아 연신 이마를 찧는 사내.

그는 다름 아닌 생사도 묵잠이었다. 그리고 금초초 역시 민망하고 황송하다는 표정으로 어쩔 줄 몰라 했다.

그러나 이미 모두의 동의를 얻었으니 혈영노조가 결정을 번복할 리는 만무하다.

그러면 대체 이 많은 마인들이 왜 혈영노조의 결정을 이토록 반기고 있을까?

혹시 자신들이 묵자후에게 내공을 전해줬다고 해서?

아니면 상명하복(上命下服)을 철칙으로 아는 마인들이라서?

둘 다 아니었다.

그들이 혈영노조의 결정을 반기게 된 이유는 그 결정의 수혜자가 바로 묵자후였기 때문이다.

묵자후는 이미 이들에게 있어 친아들이나 다름없는 존재였다.

칠 년 전 그날, 모두의 속을 바짝 태워가며 첫 울음을 터뜨린 그날부터 지금까지 마인들은 모두 묵자후 걱정에 밤을 잊고 낮을 잊었다.

그 이유는 녀석이 모두에게 기쁨과 슬픔, 안타까움과 희열 등, 그동안 잊고 있었던 찡한 감정을 안겨주었기 때문이다.

녀석이 태어나 엄마 젖을 처음 빨 때부터 마인들의 안타까움은 시작되었다.

보름마다 한 번씩 내려오는 쓰레기 같은 음식.

그 음식들로는 도저히 풍부한 젖을 기대할 수 없었다. 그래서 다들 끼니를 줄여가며 그나마 나은 음식을 모았고, 온 동굴을 뒤져 가며 먹을 것을 찾아 금초초에게 전해주었다.

뿐인가?

녀석이 행여 잠투정이라도 할까 봐 돌을 깎아 침상을 만들고 유등을 모아 등잔을 만들어주는 등, 생사동을 그 어느 동굴보다 더 아늑하게 꾸며주었다.

또 녀석이 아장아장 걸음마를 시작할 땐 각자 여벌로 지급받은 옷을 모아 그것으로 녀석의 옷가지를 만들어주라며 금초초를 감동시키기도 했고, 또 녀석이 온천에 빠지면 어쩌나, 무저갱에 빠지면 어쩌나 싶어 그 주변으로 돌담을 만들어주기도 했다.

그렇게 세월이 흘러 녀석이 달음박질을 시작할 쯤, 또래가 없어 심심하겠다 싶어 함께 놀이 상대가 되어주기도 했고, 녀석이 온천에 쉬를 해버리거나 무저갱으로 뛰어내리려 하는 등 어이없는 말썽으로 부모에게 혼이 나면 슬며시 다가가 녀석을 위로해 주기도 했다.

그리고 언제였던가?

녀석이 자신들의 흉측한 몰골을 보고 어린 마음에 자기도 팔을 잘라 자신들처럼 비정상적인 모습이 되려고 돌멩이로 제 팔을 내리찍는 모습을 보고는 다들 가슴 한 켠이 먹먹해지기도 했다.

그렇게, 평생 웃을 일 없고 즐거울 일 없을 것 같던 이곳에서 녀석은 기쁨과 슬픔, 감동과 안타까움을 동시에 맛보게 해준 존재였다. 그러니 모두의 가슴속에 묵자후는 친아들 이상이요, 친조카 이상이 될 수밖에 없었다.

그런 녀석을 제대로 키워보겠다는데, 그것도 만인이 우러러보는 사람으로 키우겠다는데 어느 누가 반대할 수 있단 말인가?

때문에 마인들은 묵잠과 금초초의 거듭된 사양에도 불구하고 묵자후를 이곳 마인들의 공동 전인으로 삼기에 이르렀다.

하지만 세상에는 모든 사람들이 옳다고 소리쳐도 저 혼자 아니라며 고함을 지르는 사람이 있게 마련이다.

천금마옥이라고 예외는 아니었다.

"도대체 그 녀석이 뭔데? 그 녀석이 무슨 보물단지라고 그렇게 감싸고도는 거야?"

무풍수라는 혈영노조의 결정을 도저히 이해할 수 없었다.

자신이 아는 묵자후는 아직 코흘리개 꼬맹이에 불과하다. 그리고 그 아비 되는 놈은 마도의 명예를 헌신짝처럼 던져 버린 비겁자에 불과하다. 그런데 왜 모두들 그놈 부자에게 미친 듯이 빠져드는가 말이다.

지금 이곳 서열 사위이자 옛 철마성의 창업 공신이나 마찬가지였던 아우는 징계 오 년을 받고 용암동굴 근처로 유폐(幽閉)되게 생겼는데 아무도 그에 대해 항의를 하거나 따지는 놈이 없다. 다들 묵자후 그 꼬맹이 이야기만 나누고 있다.

아무리 아침저녁으로 변하는 게 인심이라지만 한솥밥을 먹던 동료들끼리 이래서야 되겠는가?

하다못해 그놈 밑에 있던 녀석들이라도 나와봐야 하지 않는가 말이다.

"에이, 배신자들! 마도계의 쓰레기들!"

무풍수라는 수없이 투덜거리며 흡혈시마를 구덩이에서 끄집어냈다. 놈을 용암동굴 근처로 압송하기 위해서였다.

"쩝, 내가 너무 심하게 다뤘나?"

무풍수라는 찢어진 눈을 더욱 가늘게 뜨며 흡혈시마의 몸 상태를 훑어봤다.

조금(?) 처참하긴 처참했다.

가뜩이나 늘어진 살집에 묻혀 있던 새우처럼 작은 눈.

이젠 그 눈두덩에 시커먼 멍이 들어 아예 보이지조차 않았다.

거기다 하늘을 바라보던 뒤집힌 코는 완전히 짓뭉개져 땅바닥을 향하고 있었고, 그나마 성하던 다리는 기역 자로 꺾여 허연 뼈가 튀어나와 있다. 그런 데다가 구덩이를 파고 그 안에 온갖 벌레를 집어넣은 뒤 녀석을 처넣었으니 살점도 조금

상한 것 같았다.

"그래도 뭐, 워낙 튼튼한 녀석이니……."

무풍수라는 씨익 웃으며 흡혈시마의 마혈과 아혈을 풀어 줬다. 딴에는 아우를 향한 친절의 발로였는데, 놈의 입에서 어이없는 말이 튀어나왔다.

"크윽! 이 늑대만도 못한 새끼! 의형이란 새끼가 동생을 이 모양으로 다루다니! 으드득! 두고 봐! 언젠가는 네 몸뚱이를 아작아작 씹어 먹고 말 테니까."

무풍수라는 깜짝 놀라 얼른 흡혈시마의 아혈을 찍어버렸다.

"쯧쯧, 자네는 이래서 항상 내 밑인 거야. 내가 자네를 이리 험하게 다룬 것은 대장로의 명이 있었기 때문이야. 그래서 마음은 천 갈래 만 갈래로 찢어지지만 멸사봉공(滅私奉公), 상명하복(上命下服)의 자세로 약소하게 손을 썼는데 그게 그리도 불만이란 말인가? 그리고, 사람이 아무리 화가 나더라도 할 말, 못할 말 골라가면서 써야지, 입에서 나온다고 불쑥 내뱉으면 나더러 어쩌란 말인가?"

무풍수라는 점잖은 말로 흡혈시마를 다독이며 주변에 있던 수하들을 불러 그를 부축하라 이른 뒤 용암동굴로 향했다.

그런데 동굴 입구에 이르니 몇 사람이 나와 있었다.

혈영노조를 비롯한 금옥 팔마존들이었다.

"오랜만에 마음 닦는다고 생각하고 푹 좀 쉬게."

"먹을 건 제때 보내주겠으니 아무 걱정 말고 지내시오."

그렇게 금옥 팔마존들의 위로 아닌 위로를 받으며 흡혈시마는 용암동굴 근처에 유폐되었다. 이미 주변에 흡혈시마가 머물 만한 동굴을 파고 그 앞에 진을 펼쳐 허락없이는 아무도 드나들지 못하게 한 것이다.

"자! 다 됐습니다. 이제 그만 돌아가시지요."

수하들을 시켜 진법 설치를 마무리한 마뇌가 혈영노조 쪽을 돌아보며 말했다. 그러나 혈영노조는 대답 대신 용암만 바라보고 있었다.

"무슨 생각을 그리 골똘히 하고 계시는지요?"

마뇌가 재차 묻자 혈영노조는 그제야 정신을 차렸다.

"아, 미안하네. 잠시 딴생각을 하고 있었어."

그러면서 마뇌에게 다가간 혈영노조는 용암을 가리키며 물었다.

"자네 생각은 어떤가? 저 용암 말일세."

마뇌는 남들에게 들은 용암의 형상을 떠올리며 차분한 음성으로 대답했다.

"글쎄요, 일단은 좋은 쪽으로 생각하고 있습니다."

"일단은?"

"예. 이미 알고 계시겠지만 저 용암을 이용하면 철광석을 녹일 수 있습니다. 그렇게 되면 병장기를 만들거나 탈출에 유용한 도구를 만들 수 있으니 향후 큰 도움이 될 것입니다."

"흠, 그럼 안 좋은 쪽은 뭔가?"

"듣자 하니 용암 반대편으로 엄청난 두께의 암벽이 늘어서 있다고 하더군요. 그래서 그쪽으로 물길을 틀지 못한다는 게 아쉽습니다. 또 만약의 경우, 저 용암이 폭발하기라도 하면 우리 모두 이곳에서 생매장당할 수 있으니 그 역시 걱정이 되구요."

"그렇군. 나 역시 자네와 비슷한 생각을 하고 있었네."

"그러셨습니까?"

"그렇다네. 하지만 난 이왕이면 좋은 쪽으로 생각하고 싶네. 자네 말대로 저 용암을 활용해 제대로 된 병장기와 도구를 얻으면 이곳을 탈출하는 게 전혀 불가능한 일만은 아닐 것이니, 그 시기를 앞당길 수 있도록 최선을 다해볼 생각이라네."

그 말에 모두 공감한다는 듯 고개를 끄덕였다.

그때 폭마가 주저주저한 표정으로 물었다.

"저어, 그런데 사공 형이 자백한 이야기에 대해서는 어찌 생각하십니까?"

"사공 형? 아! 흡혈시마 녀석 말이군. 글쎄, 이곳에 괴물이 산다는 이야기는 별로 믿고 싶지가 않군. 그러나 후아의 상태를 보니 그저 흘려버리기에도 뭣하고… 그래서 어찌하면 좋을까 고민 중이라네."

"그럼 아이들을 시켜 이곳을 조사해 보라고 할까요?"

마뇌의 물음에 혈영노조가 고개를 끄덕이려는 순간, 무풍수라가 끼어들었다.

"굳이 그럴 필요까지는 없을 것 같습니다. 그냥 동굴 입구만 폐쇄해 버리고 말지요."

"음, 왜?"

혈영노조의 물음에 무풍수라가 긴장한 표정으로 대답했다.

"만약 그 괴물이 정말로 존재한다면 다들 공포에 휩싸일 것 같습니다. 또 그 괴물들이 우리를 덮치기라도 한다면 피해가 극심할 것 같으니 그냥 이대로 동굴을 폐쇄해 버리는 게 좋을 것 같습니다."

"흠, 자네 생각은 어떤가?"

마뇌는 잠시 침묵을 지키다가 느릿한 음성으로 대답했다.

"글쎄요, 저 역시 사공 형의 진술을 모두 믿는 건 아닙니다만, 육 형의 섭혼술은 무시할 수 없으니 고민이 되는군요. 그래서 두 가지 방법을 모두 병행해 봤으면 싶습니다."

"흠, 그럼 자네 말대로 하는 게 좋겠군. 우선 용암을 끌어올 때 아이들더러 주변을 샅샅이 조사해 보라고 하고, 만약 수상한 흔적이 보이면 저곳을 막아버리도록 하지."

"예. 그래야 모두 안심할 수 있을 것 같습니다."

"그럼 그 문제는 그렇게 하기로 하고, 후아의 수련 계획은 어찌 됐나?"

"예. 다들 서로 먼저 가르치겠다고 난리더군요. 그중 몇 놈은 아예 비무대회를 열어 순서를 정하자고 하구요."

"비무대회? 그거 좋은 생각이군. 하긴 다들 너무 오래 갇혀 있었지."

"예. 그래서 비무대회는 후아 문제와 상관없이 육 개월에 한 번씩 치르기로 하고, 후아의 수련 문제는 각자의 특성을 고려해 순서대로 가르치기로 했습니다."

"흠, 그럼 기초부터 시작하는 건가?"

"그렇습니다. 그러나 첫 단계를 맡은 녀석들이 함부로 손을 대 후아를 망쳐 버릴 수도 있으니 저녁에는 우리가 돌아가면서 그날 배운 것을 봐주기로 했습니다."

"좋은 생각이군. 그런데 그렇게 되면 생사도나 마도요화가 섭섭해하지 않을까? 자기 아들인데 얼굴 볼 시간이 줄어든다고 말이야."

그러자 묵잠이 괜찮다는 듯 어깨를 으쓱했고, 마뇌가 연이어 대답했다.

"물론 그런 점을 감안해서 아침 시간이나 잠자리에 들 시간에는 반드시 집으로 돌려보낼 생각입니다."

"그렇군. 벌써 각자 머무는 곳이 집이 되어버렸군."

그 말에 모두 웃음을 터뜨렸다. 묵자후 하나 때문에 이곳이 정겨운 공간으로 변해 버린 듯했기 때문이다.

"그건 그렇고… 수련지는 어디로 정했나?"

"예. 처음엔 천급 구역으로 하려다가 지금 구역으로 정했습니다. 그 근처에 수련장으로 쓸 만한 곳이 있다더군요."

"그래? 그럼 그렇게 하도록 하게."

대화를 마친 혈영노조는 막 자리를 뜨려다가 무풍수라를 돌아봤다.

"참! 음풍 노제는 요즘 어떻게 지내고 있나?"

"글쎄요. 동굴 입구가 막혀 있어 어떻게 여쭤보기가……."

"그렇군. 벌써 칠 년이 지났지?"

"예."

"그래, 시간이 좀 더 걸리더라도 이번 폐관을 통해 극마(剋魔)의 경지를 넘어 탈마(脫魔)의 경지를 이루었으면 좋겠군."

그 말을 끝으로 혈영노조가 자리를 떴다.

나머지 사람들 역시 혈영노조를 따라 하나둘 자리를 떴다.

어느새 텅 비어버린 공간.

진법 속에 갇힌 흡혈시마마저 자기가 갇힌 동굴 주변을 살펴보기 위해 자취를 감추자 저 건너편 용암계곡에서 희미한 소음이 흘러나왔다.

후두둑, 툭, 툭…….

갑자기 암벽 일부에 쩍쩍 금이 가더니 몇몇 돌 부스러기가 추락하기 시작한 것이다. 그 충격에 의해 용암이 파문을 일으키자 진홍빛 몸체를 가진 새가 슬며시 고개를 내밀었다.

키아아!

불새는 노란 눈을 들어 좌우를 둘러보더니 다시 용암 속으로 사라져 갔다.

제5장

수련

魔道
天下

지급 구역.

천신이 깎아놓은 듯한 기암절벽을 넘어 한참 걸어 들어가
면 이백여 평의 넓은 공지 위에 고운 흙을 깔아 연무장처럼
꾸며놓은 곳이 있다.

중간중간 석순이 돋아 있고 천장에도 그리 많지 않은 종유
석이 달려 있어 수련의 효과를 극대화할 수 있는 곳.

더구나 사방에 유등을 켜두어 전체적으로 은은한 빛이 흐
르고 있는 연무장에 두 사람이 서 있었다.

한 사람은 사십대 초반쯤 되어 보이는 매서운 눈매의 중년
인이었고, 다른 한 사람은 이제 열두 살이 된 탄탄한 몸매의

묵자후였다.

찰랑한 머리카락을 등 뒤로 모아 묶고, 깡말랐지만 나름대로 근육이 잡힌 상체를 그대로 드러내고 있는 묵자후.

매서운 눈매의 중년인은 그런 묵자후를 보며 천천히 입을 열었다.

"내 이름은 상진(相眞)이라 한다. 강호의 친구들은 나를 울부짖는 표범 같다고 하여 곡두표(哭頭豹) 상진이라고 부르기도 하지. 오늘 내가 가르칠 무공은 곤법(棍法)이다. 이미 여러 숙부들에게 배워 잘 알고 있겠지만, 곤봉은 길이 칠 척, 무게 네 근, 날 길이 두 치 정도의 중봉(中棒)을 쓴다. 그 이유는 곤법의 특징인 치고 찌르는 것[一打一刺]을 보다 원활히 하기 위해서다."

중년인은 슬쩍 죽봉을 들어 보이며 말을 이어나갔다.

"보다시피 이건 죽봉에 불과하지만 실제 강호에서는 끝에 날카로운 쇠붙이를 단다. 간혹 철추를 달거나 쇠사슬을 다는 놈들도 있고, 그 모두가 때리고 찌르는 곤봉의 이점을 최대한 살리기 위해서인데, 그런 연유로 강호에서는 창을 쓰는 사람도 두려워하지만 곤법을 제대로 쓰는 사람을 매우 두려워한다. 그 이유는……."

곡두표 상진이 설명하는 동안 묵자후는 말없이 땅만 쳐다보고 있었다.

상진은 한참 설명을 이어나가다가 그 모습을 보고 버럭 고함을 질렀다.

"이 녀석! 강론 중에 무슨 생각을 하고 있는 거냐?"

묵자후는 깜짝 놀라 고개를 들었다.

"숙부님의 강론을 듣고 있는 중입니다."

곡두표 상진이 눈을 가늘게 떴다.

"정말이냐?"

"…네."

"좋다, 그럼 내가 왜 도검이나 창을 배우기 전에 곤법부터 배우는 게 좋다고 하더냐?"

묵자후가 대답했다.

"곤법 자체가 도검(刀劍)과 창의 묘용을 모두 갖고 있기 때문입니다. 또한 곤법의 투로나 초식 연계가 권법의 이치와 맞닿아 있어 모든 무학의 입문공이자 완성공이기도 한 때문입니다."

"흠, 딴생각에 빠져 있는 줄 알았더니 잘 듣고 있었구나. 그럼 이제 곤법의 발경(發勁)은 어떻게 이루어지는가, 그리고 어떻게 하면 각 초식의 변화에 따른 발경 기법이 가장 효율적인가를 설명해 주겠다."

다시 긴 설명이 이어졌다.

묵자후는 강론을 듣는 내내 우울한 표정을 하고 있었다.

'지겨워. 정말 지겨워 죽겠어.'

하루 이틀도 아니고 벌써 오 년째다. 오 년째 아침부터 저녁까지 이 생활을 반복하고 있었다.

'그렇다고 못하겠다고 할 수도 없고.'

그랬다. 자신을 향한 숙부와 백부들의 기대와 희생을 아니 어찌 게으름을 피울 수 있을까?

그래서 마음은 콩밭에 가 있지만 귀로는 열심히 설명을 듣는 묵자후다. 이미 삼 년 전에 분심공(分心功)을 배웠기에 가능한 일이었다.

'그러나 점점 지루하고 짜증나. 이대로는 폭발할 것만 같아.'

하긴 그럴 만도 했다.

마뇌가 짠 수련 계획은 어린 묵자후에게 있어 너무나 가혹했다.

마뇌는 아직 묵자후의 나이가 어린 것을 감안해, 하나를 깊이 아는 것보다는 다양한 무공을 익힐 수 있도록 조치했다. 그러면서도 수박 겉 핥기 식으로 넘어가지 않기 위해 보완 장치도 마련했다.

즉, 묵자후에게 가르칠 무공을 각각 도법과 검법, 창봉법(槍棒法)과 궁사(弓射), 권장지각(拳掌指脚)과 수조법(手爪法), 보신법(保身法)과 내외공, 그리고 축골공(縮骨功)과 귀식대법(龜息大法), 섭혼술 등의 잡공(雜功)으로 나눠, 일 년차 땐 오 일에 한 사람씩, 이 년차 땐 사흘에 한 사람씩, 삼사 년차 땐 이틀에 한 사람씩 돌아가며 무공을 가르치게 한 것이다. 그러다 보니 오 년째인 지금에 이르러서는 벌써 팔백 명이 넘는 숙부들에게 무공을 배워, 오늘 배우는 곤법 역시 일곱 번째로 배우고 있는 것이다. 따라서 여전한 설명에 여러 번 듣던 이야기니 딱히 새로울 것도 없고 흥미로울 것도 없었다.

게다가 자신이 결정해서 배우는 게 아니라 모두에게 등 떠밀려 배우다시피 하고 있으니 무슨 흥이 나고 무슨 재미를 느끼겠는가?

하지만 그런 심정도 몰라주고 상(相) 숙부가 자세를 취하고 있다.

"자! 이제 시범을 보여주마. 먼저 예비 초식인 기수식이다. 이 초식은 어깨, 허리, 다리의 합일(合一)을 생각하며 마음과 뜻과 기를 하나로 모아 하단전을 팽팽하게 해줌과 동시에……."

상세한 설명을 덧붙이며 직접 시범을 보여주는 상 숙부.

이전에 배우던 숙부들보다 고수여서 그런지 조금 다르긴 달라 보였다. 그러나 그렇게 큰 차이가 있어 보이지는 않았다.

뭐랄까, 좀 더 부드럽고 좀 더 멋있으며 좀 더 강해 보인다고나 할까?

'그래 봤자 근원은 똑같아. 육합(六合)의 힘을 실어 발경을 보다 강력히 폭출하는 것.'

그때 상진의 목소리가 들려왔다.

"자! 네가 한번 해봐라."

"예."

묵자후는 이미 지급받은 죽봉으로 그가 보여준 초식을 그대로 펼쳐 보였다.

곡두표 상진은 그런 묵자후를 보며 고개를 끄덕였다.

'과연 듣던 대로군. 쉽지 않은 요결에 쉽지 않은 초식을 포함시켰건만 저렇게 정확하게 따라 하다니. 더구나 저 나이에 벌써 발경이라……. 역시 괴물은 괴물이군.'

그런데 왠지 기세가 약해 보인다.

'저 초식에선 폭풍처럼 휘몰아쳐야 하는데 웬 산들바람이야?'

그렇게 생각하며 찬찬히 살펴보니 눈에 열정이 보이지 않는다. 마치 물 밖에 나온 고기처럼 억지로 하는 기색이 역력했다.

'음.'

상진은 한참을 지켜보다가 손을 들어 연무를 중단시켰다. 그리고는 우울하게 가라앉아 있는 묵자후의 눈을 직시하며 물었다.

"초식에 기백이 보이지 않는구나. 왜, 무슨 고민이라도 있느냐?"

그 말에 묵자후의 눈빛이 살짝 흔들렸다.

'이제껏 표정을 들킨 적은 한 번도 없었는데…….'

묵자후가 말없이 침묵만 지키고 있자 상진이 연이어 말했다.

"대답하기 싫으면 안 해도 된다. 그러나 솔직하게 말하는 게 오히려 도움이 될 거다."

묵자후는 천천히 고개를 들어 상진을 쳐다봤다.

이제껏 많은 숙부들을 겪어본 묵자후다.

숙부들 중에는 자상한 사람도 있고 엄한 사람도 있었다. 또 일방적으로 설명만 해주는 사람도 있는가 하면 자세를 봐주며 일일이 그 차이를 알려주는 사람도 있었다. 물론 가끔 몸으로 직접 체득케 해주는 사람도 있었고.

그렇게 천차만별인 숙부들 중에서 이 사람은 뭔가 다른 것 같았다. 그래서 용기를 내서 말했다.

"상 숙부, 저랑 내기 안 하실래요?"

"내기? 뜬금없이 그게 무슨 소리냐?"

"사실 저 요즘 너무 답답해요. 하루 이틀도 아니고 계속 수련만 하고 있으니 미칠 것 같아요. 그래서… 하루만 놀고 싶어요. 어느 누구의 간섭도 받지 않고요."

"음."

상진은 곤혹스런 표정으로 묵자후를 쳐다봤다.

저 미소 뒤에 숨겨진 쓸쓸한 눈빛.

흐르는 세월은 어느새 묵자후를 열두 살짜리 소년으로 만들어주었지만 그의 얼굴엔 나이답지 않은 그늘이 져 있었다.

'하긴 그런 생각이 들 만도 하겠지.'

그조차 한숨이 나올 정도로 묵자후의 하루는 빽빽하게 돌아갔다. 아침부터 시작해 저녁까지 수련을 하고, 밤늦은 시각부터는 또다시 글공부를 하거나 낮에 한 수련을 복습해야 한다. 그리고 가끔 이른 새벽에 일어나 진법이나 병법까지 배워야 하니 어린 나이에 얼마나 힘이 들었을까?

그렇다고 이미 짜여진 계획을 바꿀 수도 없고, 어깨를 짓누르는 많은 이들의 기대와, 함께 놀아줄 또래 친구조차 없는 열악한 환경.

상진은 안쓰러운 눈빛으로 묵자후를 바라보다가 천천히 고개를 끄덕였다

"그래, 무엇으로 내기를 하자는 거냐?"

묵자후의 눈빛이 순간적으로 반짝 빛났다.

"저랑 오십 합만 겨뤄요. 내공을 쓰지 않고요. 그래서 제가 이기면 오늘 하루 자유를 주세요. 반대로 숙부께서 이기시면 이대로 계속 수련을 하고요."

상진은 눈을 동그랗게 떴다.

도대체 이 녀석이 자기를 뭘로 보고?

그러나 건방지다는 생각보다는 천진난만하다는 생각이 들었다. 그래서 어이없다는 표정으로 물어봤다.

"그래서는 네가 얻는 게 없지 않겠느냐?"

묵자후는 싱긋 웃으며 대답했다.

"얻는 게 없긴요. 설령 제가 진다고 하더라도 최선을 다해 봤으니 후회가 없을 거잖아요. 또 후회가 없으니 아쉬움 역시 없을 테고, 행여 제가 이기기라도 한다면 그 얼마나 기쁘겠어요?"

나이답지 않게 생각이 깊은 말이었다.

"좋다! 그럼 나중에 후회하는 일이 없기를 바라마."

그 말과 함께 상진이 자세를 바로잡았다.

"와라! 특별히 삼 초를 양보해 주마!"

그렇게 정파인들 흉내를 내며 묵자후를 가소롭게 여겼는데,

"타앗! 갑니다!"

녀석은 만만치 않았다. 아니, 가슴이 철렁할 정도였다.

쐐애애액!

첫 시작부터 허초 속에 살초를 숨기더니 두 번째 초식부터는 노골적으로 악랄한 초식을 뿌려왔다.

"이놈! 정말 제대로 배웠구나!"

상진은 감탄사를 연발하며 곧바로 반격을 개시했다.

"앗? 삼 초까지 봐준다고 하셨잖아요?"

"녀석, 순진하긴. 삶과 죽음이 오가는 결투인데 그 말을 믿었더란 말이냐?"

쐐애액! 파파팟!

"어이쿠! 이마 뚫릴 뻔했잖아요!"

"어쭈? 말할 시간도 있는 거 보니 아직 여유가 있는 모양이구나."

"으악! 으갸갸!"

"이 녀석, 엄살은? 어이쿠! 연극이었구나!"

"하하! 이미 늦었어요!"

"천만에!"

따다다다닥!

"어쭈? 막았어?"

"이번엔 제 차렙니다! 타아압!"

그렇게 정신없이 초식을 주고받는 두 사람.

그들의 비무는 정파인들이 보면 기겁할 정도로 살벌했다.

매 초식마다 살기가 넘쳤고, 시시때때로 해괴한 초식과 비겁한 암수(暗手)가 오가기도 했다.

그나마 내공을 쓰지 않아 다행이라지만, 제대로 맞으면 한동안 침상에 누워 있어야 할 정도였다.

그런데도 두 사람은 그에 익숙한 듯 추호도 사정을 봐주지 않았다.

"타아압!"

"끼야앗!"

따다다다닥!

"혹! 혹!"

어느새 이십여 초가 홀쩍 지나갔다.

'세상에 뭐 이런 괴물 같은 놈이 다 있어?'

곡두표 상진은 내심 기가 막혔다.

비록 이곳에서는 서열 구백위권이라지만, 한때는 강호를 주름잡았던 철마성의 무력 부대 부대주(副隊主)가 바로 자신이었다. 그래서 당시 자신이 부리던 수하만 해도 철마성에 복속한 흑도 방파의 조무래기들까지 합쳐 오백 명에 이를 정도였는데, 그런 자신과 호각지세를 보이고 있는 묵자후를 보니 기가 막혀 말도 나오지 않았다.

아무리 내공을 쓰지 않았다지만 저 기기묘묘한 초식 운용을 보라. 가끔 경험 미숙으로 미세한 파탄을 드러내지만 않았다면 벌써 자신은 몇 번이나 위기를 맞았으리라.

'정말 제대로 배웠어! 정말이야!'

다른 건 둘째 치고 녀석의 눈빛만 봐도 알 수 있었다.

대부분의 삼류무인들은 안법(眼法)이라고 하면 그저 상대를 매섭게 노려보는 것으로만 알고 있다. 그러나 상승의 안법은 그런 게 아니다. 상대를 노려보는 게 중요한 게 아니라 상대를 관(觀)하는 데 있다.

부분을 통해 전체를 깨닫고, 전체를 보면서 부분을 깨닫는 것. 그래서 상대를 이기는 것에만 관심을 두지 않고 나와 상대의 차이를 깨닫는 데 그 목적을 둔다. 그런데 묵자후의 눈빛이 바로 그와 같았다.

뿐인가?

보폭이 크면 영활하지 않고 보폭이 작으면 안정되지 않다(步大不靈, 步小不穩)는 권가(拳家)의 가르침을 충실히 따르고 있었고, 나아갈 때는 발을 낮게 하고 물러날 때는 높이 하니 좀체 균형이 흐트러지지 않는다.

거기다 단련은 어려운 것으로 하되 사용할 때는 쉬운 것으로 하라는 공방(攻防)의 요결에 맞게, 짧고 빠르게 봉을 휘둘러 오니 괜히 자신의 손발이 바빠진다.

더욱이 높이 공격하면 위로 들어 막고, 낮게 공격하면 아래로 잘라 막으며, 높지도 낮지도 않게 공격하면 좌우로 막는다는 요결에 따라 빈틈없이 수비하니 좀체 공격을 성공시킬 수 없다.

'도대체 이 녀석은?'

게다가 첨경(沾勁)으로 달라붙고 주경(走勁)으로 막아내며 화경(化勁)으로 흘리고 찬경(鑽勁)으로 찔러오니 이제 이마에 식은땀이 솟을 지경이다.

'미치겠군. 이러다 정말 오십 초를 넘기는 거 아냐?'

하지만 그보다 놀라운 건 녀석의 초식 운용 능력이었다.

흔하디흔한 용형보(龍形步)로 날아올라 구전신법(九轉身法)으로 몸을 틀어, 쌍비각(雙飛脚)으로 내리찍고 혈아조(血牙爪)로 어깨를 할퀴어온다. 그에 놀라 섬전각(閃電脚)으로 대응하니 어느새 마검십팔식(魔劍十八式)으로 종아리를 베어온다.

"좋구나!"

입으로는 그렇게 소리쳤지만 속으로는 가슴이 철렁했다. 그래서 얼른 청룡탐조(靑龍探爪)의 수법으로 몸을 피하면서 사살곤(死殺棍)으로 놈의 손목을 노렸다.

하지만 녀석은 번개같이 몸을 틀어 파천용조(破天龍爪)의 수법으로 정수리를 찍어온다. 그에 놀라 자세를 낮추니 마침내 녀석의 빈 허리가 눈에 들어온다.

"후후! 끝이다, 놈!"

그렇게 외치며 회심의 일격, 분광역천(分光逆天)으로 묵자후의 허리를 베어갔는데, 아뿔싸!

퍽!

눈앞에 별이 번쩍했다. 동시에 낭심 부위에서 끔찍한 통증이 느껴졌다

"크흡?"

어찌나 아팠던지 비명조차 제대로 나오지 않았다.

'끄으으… 어찌 이럴 수가?'

이런 전형적인 수법에 당하다니?

일부러 상대의 머리를 노려 시선을 분산한 뒤, 슬쩍 허점을 드러내 상대로 하여금 자세를 낮추게 만든 후 낭심을 후려 차는 것은 자기 같은 마인들의 전형적인 수법, 요음퇴(尿陰腿)였다.

그런데 강호에서 수십 년 굴러먹어 이미 그 초식에 대해 누구보다 잘 알고 있는 자신이 오히려 녀석에게 당할 줄이야?

낭심이 터져 나가는 듯한 고통은 둘째 치고 우선 부끄러워 견딜 수 없었다.

그런데도 녀석은 한 발 더 나아가 자존심까지 완전히 짓밟아 버린다.

"미안합니다아아!"

퍼억!

녀석의 마무리 초식.

자신의 뒤통수를 사정없이 후려쳐 버린 초식은 자신이 방금 가르쳐 줬던 포효육십사격(咆哮六十四擊)이었다.

곡두표 상진은 눈앞에 별 무리가 아롱거리는 것을 느끼며 서서히 의식을 잃어갔다.

"끄응."

시간이 얼마나 흘렀을까?

누군가가 자신을 흔드는 느낌을 받으며 상진은 서서히 정신을 차렸다.

"이봐, 여기서 왜 이러고 있나? 후아 녀석은 어디로 가고?"

눈을 떠보니 다정마도 양휘옥이 자신을 쳐다보고 있다.

"아, 후아 녀석, 벌써 갔습니까?"

"그게 무슨 뚱딴지같은 소린가? 내일까지 자네 담당이 아닌가?"

"그, 그게……."

곡두표 상진은 대답을 얼버무리는 한편으로 왠지 모를 섭섭한 기분이 들었다.

'녀석, 아무리 그래도 깨워주고 갈 것이지……'

그러면서 고개를 흔드는데 머리가 지끈거려 왔다. 그래서 무심코 손을 갖다 대는데, 머리에 뭔가가 둘둘 말려 있다.

풀어보니 녀석이 두르고 있던 일자건(一字巾)이었다.

'녀석, 그래도 잔정은 있군.'

이 일자건은 묵자후가 가장 아끼는 것이었다.

묵자후가 네 살 때였던가? 몇몇 마인들이 이마에 영웅건을 두르고 있는 걸 보고는 자기도 만들어달라며 생떼를 부려 금초초에게 생일 선물로 받은 것이었다. 그날 이후로 단 한 번도 푸는 모습을 본 적이 없었는데, 그걸로 자신의 상처를 동여매 주다니……

괜히 콧날이 시큰했다.

그런데,

"저건 또 뭔가?"

양휘옥의 말에 고개를 돌려보니 누군가가 바닥에 낙서를 해놨다.

안력을 모아보니 웬 원숭이 한 마리가 혀를 쏙 내밀고 있는 그림이었다.

'요 망할 놈의 자식.'

상진은 인상을 구기며 자리에서 일어났다.

묵자후가 남긴 그림을 보고 그제야 자신이 속았다는 걸 깨달은 것이다.

'나쁜 놈! 공력을 쓰지 않기로 해놓고…….'

괜히 헛웃음이 나왔다.

놈의 초식 운용 능력에 놀라 녀석이 첨경, 주경, 화경 등, 온갖 공력을 다 쓰고 있다는 걸 깜빡해 버렸다.

'그렇다 하더라도 그 녀석 나이를 생각하면 대단한 일이지.'

하지만 조금 걱정이 되기도 했다.

자신이 당한 건 아무 상관이 없지만 부디 이 일로 녀석이 자만하지 말아야 할 텐데.

상진이 생각하기에 묵자후는 아직 진정한 실전을 겪어보지 못했다.

눈앞에서 피가 튀고 살점이 날아가는 실전.

그리고 등 뒤에서 암기가 날아들고 사방에서 적들이 동시에 달려드는 집단전도 아직 겪어보지 못했다.

'내일은 이걸 알려줘야겠군. 강호는 자만하거나 방심하는 순간 죽음이 찾아오는 곳이라는 사실을.'

그렇게 생각에 잠겨 있는데 양휘옥이 다시 말을 걸어왔다.

"이봐, 많이 다친 것 같은데, 무슨 일인가? 그 피 묻은 건은 뭐고 또 저 낙서는 뭔가?"

이 선배는 색마로도 유명하지만 떠버리로 더 유명한 사람이다. 그러니…….

"아무 일도 아닙니다."

상진은 얼굴을 붉히며 서둘러 연무장을 떠나갔다.

"허, 저 친구, 대체 무슨 일이지?"

양휘옥은 멀어져 가는 상진을 보며 고개를 갸웃거리다가 텅 빈 연무장을 보며 뒤늦게 발을 굴렀다.

"근데 후아 이 녀석은 어디로 가버린 거야? 얼른 녀석에게 어제 가르쳐 준 색공(色功)에 대해 비밀을 지켜달라고 부탁해야 하는데……."

다정마도 양휘옥.

그가 뜬금없이 연무장을 찾아온 이유였다.

"끼야호! 이힛!"

묵자후는 괴성을 지르며 동굴 벽 양쪽을 번갈아 후려 찼다.

그 반동을 이용해 바닥에 발을 딛지도 않고 빠르게 앞으로 나아가다가 어느 순간 묘하게 몸을 틀어 허공에서 공중제비를 돌아 멋있게 바닥으로 착지했다.

"킥킥, 이제야 그 아저씨 별호의 비밀을 알았어. 세상에, 울부짖는 표범이라더니, 킥킥킥."

묵자후는 비무 내내 우스워 죽는 줄 알았다.

곡두표 상진이 공세를 뿌려올 때마다 그의 얼굴 표정이 희한하게 바뀌었기 때문이다.

별호 그대로 표범이 징징 우는 것 같달까? 그래서 웃음을 참느라 자기도 모르게 공력을 쓰고 말았다.

"그래도 뭐, 당한 사람이 바보지."

저 멀리 보이는 연무장을 향해 혀를 쏙 내민 묵자후는 다시 고개를 돌려 잠시 턱을 괴었다.

'그런데 어디로 놀러 가지?'

모처럼 얻은 자윤데도 마땅히 갈 곳이 없었다.

생사동으로 가자니 엄마가 왜 벌써 왔냐며 의아해할 것이고, 폭마동으로 가자니 폭마 백부가 요즘 들어 무척 바쁜 것 같았다.

'하긴 빨리 용암의 물길을 틀어야 하니…….'

벌써 발견한 지 오 년이나 지났지만 용암의 물길을 트는 일은 지지부진했다. 자칫 잘못하면 천금마옥 전체가 불바다가 될 수 있기에 치밀한 계산을 통해 어느 정도까지만 끌어와야 했기 때문이다.

그런데 문제는, 이곳에 용암의 물길을 틀 만한 도구가 전혀 없다는 사실이었다. 그래서 다들 생으로 땅을 파서 길을 내야 했고, 이제 그 마무리만 남았다. 그 일을 폭마 백부가 맡고 있었던 것이다.

"쳇! 이건 너무 허탈하잖아? 그토록 고생해서 겨우 자유를 얻었는데 갈 곳이 없다니, 참나."

그렇게 좌우를 두리번거리며 혼자 짜증을 부리던 묵자후,

갑자기 눈을 빛내며 한 사람을 떠올렸다.

'아! 그 괴물 같은 아저씨!'

저 종유석 뒤로 거미줄처럼 퍼져 있는 동굴들을 보자 문득 떠오른 생각이었다.

어른들에게 듣기로, 그 아저씨는 용암동굴 부근에 유폐되어 있다고 했다.

'흠, 어쩐다? 그곳은 금지 구역이라던데……'

몇 년 전까지만 해도 다시는 가고 싶지 않은 곳이었는데 오늘따라 왠지 가보고 싶었다. 어른들이 금지 구역이라며 못 가게 하니 더 그런 기분이 드는지도 몰랐다.

"좋아! 가보는 거야! 가서 그 아저씨가 어떻게 지내고 있나 살짝만 엿보고 오는 거야."

묵자후는 신형을 솟구쳐 다시 동굴 벽을 번갈아가며 후려 차기 시작했다.

"에계계? 이게 뭐야?"

용암동굴 입구에 다다른 묵자후는 순간적으로 당황했다.

겉보기에는 멀쩡해 보이던 곳이 한 발을 들이밀자마자 천야만야한 낭떠러지로 변해 버린 것이다. 그래서 화들짝 발을 빼내니 다시 멀쩡한 동굴로 보이고.

"아! 그러고 보니 이게 바로 진법이라는 거구나!"

묵자후는 이미 수년간 마뇌에게 진법을 배웠다. 그러나 이

론으로만 배운지라 한 번도 겪어보거나 펼쳐 본 적이 없었다.

"어쩌지? 한번 도전해 봐?"

잠시 망설이던 묵자후는 지그시 입술을 깨물었다.

"여기까지 왔는데 그냥 돌아가면 사내가 아니지."

묵자후는 혼잣말을 중얼거리며 천천히 가부좌를 틀었다.

이때까지 배운 내용을 떠올려 보기 위해 명상에 잠긴 것이다. 하지만 반 각도 지나지 않아 튕기듯 일어서고 말았다.

"아유, 머리 아파! 생각할수록 머리만 더 복잡해지네."

원래 진법이란 게 그렇다.

모르는 사람들은 진법이라고 하면 그저 제갈량의 팔진도나 조조의 팔문금쇄진 같은 군부의 진법만 떠올리지만, 강호의 진법은 그보다 훨씬 더 복잡하고 변화난측(變化難測)했다.

위로 하늘을 속이고 아래로 사람을 속여 풍운만변(風雲萬變)하고 기문둔갑(奇門遁甲)하니 그 기기묘묘한 변화를 어찌 다 헤아릴 수 있으랴?

그런 이유로 입문하는 자는 많지만 천고의 기재가 아니면 그 진체(眞諦)조차 엿보기 힘들어 제아무리 이름난 석학이라도 어렵다며 고개를 설레설레 흔드는 게 바로 진법이었으니, 배운 지 이제 겨우 수삼 년에 지나지 않은 묵자후가 그 복잡다단한 이치를 어찌 다 깨달았으랴.

"쳇! 이럴 줄 알았다면 평소에 좀 더 열심히 배워둘걸."

그러나 후회는 아무리 빨라도 늦는 법.

한숨을 푹푹 쉬며 어찌할까를 고민하던 묵자후, 어느 순간 주먹을 불끈 움켜쥐며 소리쳤다.

"좋아! 제까짓 게 어려워 봤자 진법이지. 일단 부딪치고 보는 거야."

어차피 진법은 태극, 음양, 삼재, 사상, 오행, 육합, 칠성, 팔괘, 구궁 등으로 이루어져 있다.

게다가 제 식구밖에 없는 이곳에 설마하니 살상진(殺傷陣)이야 펼쳐 놓았겠느냐 싶어 덜컥 진 안으로 뛰어들었다.

"보자, 일단 오행진이라 가정하고, 중궁(中宮)인 토(土) 방위부터 찾아볼까?"

그러나 마뇌가 그리 호락호락한 사람이던가?

"어이쿠!"

중궁을 향해 한 걸음을 내딛자마자 이글거리는 화염이 나타나고 혼백을 뒤흔드는 귀곡성이 들려온다.

"윽! 이게 뭐야? 갑자기 왜 이런 변화가? 으으……."

하지만 이미 진은 이목을 속이는 환상이라는 걸 알고 있는 묵자후. 당황한 가운데서도 얼른 파해법을 떠올려 봤다.

'갑자기 불덩이가 이글거리고 소리로 혼란을 주니 나도 모르게 화(火) 방위로 온 모양이다. 그런데 이상하네? 화 방위라면 뭔가 즐거운 환상이 나와야 할 텐데……."

내심 이상하다 싶었지만 배운 대로 원리를 따져 봤다.

'화(火)는 붉으니 구궁의 칠적(七赤)이라. 칠적은 팔괘의

태(兌)에 해당하니 내가 서 있는 곳은 서쪽. 그래, 오른쪽으로 가면 중궁이 나올 것 같다. 오른쪽으로 가보자.'

그러나 웬걸?

중궁이 나오긴커녕 사방에서 시퍼런 창칼이 날아왔다.

"으악! 이게 아닌데? 갑자기 왜 이놈들이 튀어나와?"

깜짝 놀란 묵자후는 후닥닥 뒤로 달아났다. 그런데,

"어이쿠! 이건 또 뭐야?"

이번엔 발밑에 징그러운 벌레들이 우글거린다.

"으아아! 침착, 침착하자! 어차피 진은 환상이야. 원리만 파악하면 그 안에 답이 있어."

그러나 답이 나오긴커녕 오히려 머리만 복잡해진다.

'끙. 갑자기 발밑에서 벌레들이 기어나오니 이걸 어떻게 해석하지? 보자, 오행 중에 토(土) 방위의 기(己)가 젖어 있는 땅이나 물속에 가라앉은 흙을 의미하니 이곳을 토 방위라고 봐야 하나? 그렇다면 생(生), 경(景), 개(開), 상(傷), 경(驚), 휴(休), 두(杜), 사(死)의 팔문(八門) 중에 경문(驚門)이란 말인데… 어이쿠! 야단났다! 저놈들은 진짜다! 어서 이곳을 벗어나야 해!'

속으로 비명을 지르며 묵자후는 또다시 진 속을 헤맸다.

그러나 아무리 뛰어다녀 봐도 결과는 마찬가지였다.

갈수록 오리무중이라, 혼은 이미 구만리 밖으로 달아났고 사지 역시 맥이 풀려 더 이상 움직일 힘도 없었다.

"헉, 헉! 이게 뭐야? 결국 오행진도 아니고 칠성진도 아니란 말이잖아?"

결국 묵자후는 혀를 길게 빼고 그 자리에 드러누워 버렸다.

바로 그때, 기적이 일어났다.

너무 지쳐 있어 자기가 누워 있는 곳이 독사 굴이라는 것도 깨닫지 못하고 있던 묵자후. 그로 인해 오히려 생문을 발견하게 됐다.

"뭐야? 웬 뱀들이 몸 안으로 기어들어 와? 또 환상인가?"

고개를 설레설레 흔들며 방위를 파악하기 위해 좌우를 둘러보던 묵자후. 바로 앞쪽에 하얀 안개가 깔려 있고 그 너머로 웬 동굴이 입을 벌리고 있지 않은가?

"앗! 저기다!"

묵자후는 너무 기뻐 자리에서 벌떡 일어났다. 그 바람에 독사 떼가 마구 몸을 물어왔지만 아픔을 느낄 사이도 없이 폴짝 안개 밖으로 뛰어나갔다. 그리고 마침내 동굴 안의 괴인과 눈이 마주치게 됐다.

"거기 누구냐?"

'아차!'

괴인이 눈알을 부라리며 천둥 같은 고함을 지르자 묵자후는 깜짝 놀라 다시 진 안으로 달아났다. 그제야 저 괴인이 누군지 깨달은 것이다.

오 년 전, 자신을 죽이기 위해 눈에 불을 켜던 사람.

그 무시무시한 사람이 갇혀 있는 곳에 아무 생각 없이 뛰어

들려 했다니.

'휴… 하마터면 큰일 날 뻔했다.'

그런데 뭔가 이상했다.

바로 스무 발짝 앞에 자신이 서 있건만 전혀 못 알아보고 있었다.

'아! 진법 때문에 내가 보이지 않는 모양이구나.'

그때부터 묵자후는 편안한 마음으로 흡혈시마를 관찰하기 시작했다. 그러는 동안 독사들이 마구 허벅지를 물거나 목을 휘감아왔지만 눈 하나 깜짝하지 않았다. 어차피 환상에 불과하다고 생각했으니.

유폐동(幽閉洞)은 예상외로 컸다.

입구만 해도 서너 명이 동시에 들어갈 수 있을 정도로 넓었고, 유등 아래 앉아 있는 흡혈시마 뒤로도 칠흑 같은 어둠이 자리하고 있어 깊이도 만만찮은 것 같았다.

그러나 입구를 막아놓은 바위는 이미 산산조각으로 부서져 있고 그 주변으로 수많은 박쥐들의 시체가 나뒹굴고 있다.

흡혈시마는 그 가운데 쭈그리고 앉아 자신을 노려보고 있었다. 그런데 그의 얼굴이 왠지 낯설어 보였다.

축 늘어난 살집 아래 묻힌 새우 같은 눈은 여전했지만, 하늘을 향하던 콧등은 아래를 향해 짓이겨져 있고, 두툼하던 입술 역시 피투성이로 변해 있었다. 거기다 광대뼈 한쪽이 보기 흉하게 함몰되어 있고, 또 이빨도 서너 개 부러진 가운데 턱 부근도 온통 찢겨져 있어 옛 모습을 전혀 찾아보기 힘들었다.

묵자후는 그 속사정을 짐작했다.

'아마 동굴을 탈출하려다가 진법에 걸려 무진장 다친 모양이구나.'

정확한 추측이었다.

묵자후처럼 진법을 배우지 못한 사람은 갑자기 나타나는 환상에 당황하기 십상이다. 그래서 급한 마음에 이리 뛰고 저리 뛰다가 진 안에 숨어 있는 뾰족한 바위나 종유석 등에 상처를 입은 것이다.

하지만 사연이야 어찌 됐든 그토록 흉포하던 사람이 저리 초라한 몰골로 박쥐 시체만 물어뜯고 있는 걸 보자 왠지 가슴이 아파왔다. 그래서 안쓰러운 눈길로 그를 바라보는데, 귓전으로 그의 목소리가 또다시 들려왔다.

"거기 누구냐니까? 왜 대답을 안 해?"

마치 상처 입은 야수가 이빨을 드러내며 으르렁거리는 듯한 목소리였다. 그에 놀라 잠자코 침묵을 지키고 있자 흡혈시마가 비릿한 냉소를 흘리며 재차 입을 열었다.

"흐흐흐, 난 네놈이 누군지 알아. 네놈은 이곳에서 가장 비겁한 놈, 그래서 그 별호조차 비겁도라 불리는 묵가 놈의 아들이지?"

그 단순한 격장지계에 묵자후가 그만 말려들고 말았다.

"아니야! 우리 아빠 비겁도가 아니에요! 이곳에서 가장 용감한 생사도란 말이에요!"

묵자후가 발끈 소리치며 앞으로 나서는 순간,

"이놈! 걸렸구나!"

흡혈시마가 뇌성벽력 같은 호통을 지르며 묵자후를 덮쳤다.

"으악!"

깜짝 놀란 묵자후가 비명을 질렀지만 이미 늦어버렸다. 어느새 흡혈시마가 그 거대한 발로 가슴을 내리찍어 버린 것이다.

"흐흐흐, 요 겁없는 녀석. 여기가 어디라고 함부로 기어들어 와?"

흡혈시마는 괴소를 흘리며 양 무릎으로 묵자후의 어깨를 짓눌렀다. 그리고는 침을 꿀꺽 삼키며 묵자후의 목덜미를 물어뜯으려 했다. 바로 그때,

따끔!

갑자기 발뒤꿈치에서 미미한 통증이 느껴졌다.

"……?"

흡혈시마는 의아한 표정으로 고개를 돌려봤다. 그리고 곧 하얗게 질린 얼굴로 눈을 부릅뜨고 말았다.

"맙소사! 저놈들은? 으아아아악!"

흡혈시마가 사색이 되어 비명을 지르는 동안 묵자후는 영문을 몰라 눈만 끔뻑이고 있었다.

"한 방울만 주라. 응?"

"싫어요."

"제발 부탁이다. 딱 한 방울만. 응?"

"싫다니까요."

"으으… 넌 내가 불쌍하지도 않냐?"

진 근처에서 난데없는 실랑이가 벌어졌다.

흡혈시마와 묵자후 사이에 벌어진 실랑이였다.

진 바깥쪽에서 울상이 되어 연신 사정하고 있는 사람은 다름 아닌 흡혈시마였고, 진 안쪽에서 냉랭한 표정으로 고개를 획획 내젓고 있는 사람은 묵자후였다.

그런데 분위기가 갑자기 이렇게 변해 버린 이유가 뭘까?

그건 바로 묵자후의 품속에 숨어 있던 뱀 때문이었다.

그것도 보통 뱀이 아니라 이 근처에서는 단 한 번도 본 적이 없던 뱀. 그것도 천하 독물 순위 백위 안에 드는 무시무시한 독물, 금린혈선사(金鱗血線蛇) 때문에 벌어진 일이었다.

이미 진 속에 있을 때 독사 굴에 드러누워 온몸에 금린혈선사를 주렁주렁 달고 있던 묵자후. 흡혈시마의 격장지계에 넘어가 그 상태 그대로 뛰쳐나왔기에 묵자후의 몸 구석구석에 숨어 있던 뱀들이 갑자기 달려든 흡혈시마를 보고 그의 발뒤꿈치를 깨물어 버린 것이다.

금린혈선사의 독은 과연 지독했다.

물리자마자 전신이 마비되고 다리가 퉁퉁 부어버렸다.

흡혈시마는 다급한 마음에 공력을 끌어올렸고, 반 각의 시간이 지나서야 겨우 독을 억누를 수 있었다. 그러나 워낙 지독한 독이라 빨리 해독하지 않으면 목숨이 위태로울 지경이었다. 그래서 이 일을 어쩌나 싶어 망연자실해하고 있다가 문득 좀 전에 달아나 버린 묵자후가 진 안쪽에서 고개를 빼꼼히 내미는 것을 발견했다.

그때 든 생각.

저놈은 왜 멀쩡할까였다.

녀석은 아까 금린혈선사를 장식품처럼 두르고 있었다. 그러니 자신보다 훨씬 더 많이 물렸을 텐데…….

'혹시 그때 그 일 때문일까?'

퍼뜩 그런 생각이 들었다.

당시엔 심마에 빠져 있던 터라 환상으로 치부하고 말았지만 무풍수라에게 당하고 난 뒤부터 그때의 기억을 되찾게 됐다.

'그러고 보니 강호에서 종종 그런 일이 벌어진다고 들었다. 독물에게 물렸다가 겨우 살아난 사람은 독에 대한 내성이 대단히 강하다고.'

혹시 녀석도 그런 경우가 아닐까?

아니, 그보다 더한 경우인지도 모른다. 그때 녀석을 집어삼키려 했던 놈은 천하 독물 가운데 서열 일위 자리를 차지하고 있는 만년오공이었고, 만년오공의 식사(?)를 방해하기 위해 묵자후의 다리를 깨물어 버린 놈은 그보다 더한 괴물, 전설에서나 나온다는 화령신조(火靈神鳥)였으니.

'그런 무시무시한 놈들에게 물리고도 살아남았으니 저 녀석의 피는?!'

그때부터 시작된 실랑이였다.

자기 예상이 들어맞는다면 묵자후의 피는 고금에 드문 영약이나 다름없을 것이니.

그런데 녀석이 좀체 유혹에 넘어오지 않았다.

벌써 공력은 한계에 다다라 가는데…….

"제발이다. 딱 한 방울만 다오. 그러면 더 이상 널 괴롭히지 않으마. 아니, 황제처럼 떠받들어 주마. 천지신명에게 약속할게. 응?"

"글쎄, 싫다니까요."

대답은 그렇게 했지만 묵자후는 서서히 마음이 약해졌다.

저 애처로운 음성.

그리고 저 시커멓게 변해 버린 안색.

'가짜 뱀인 줄 알았는데 진짜였다니…….'

그렇게 생각하고 나니 은근히 스스로도 걱정되기 시작했다.

'딱 한 방울만 줘볼까? 그럼 내가 중독됐는지 아닌지 알 수 있잖아.'

물론 자신에겐 아무런 징후도 느껴지지 않았지만, 똑같은 뱀에게 물렸으니 왠지 걱정되었다.

그때 흡혈시마가 다시 간청을 해왔다.

"으으… 그럼 이렇게 하자. 네 피를 한 방울 주면 내 피도 한 방울 주마. 아니, 열 방울 주마."

"쿡."

흡혈시마의 말에 갑자기 웃음이 났다.

'도대체 저 아저씨는 날 어떻게 보고 있는 거야?'

묵자후가 웃자 흡혈시마는 왠지 희망이 엿보이는 것 같았다.

"진짜야. 열 방울 줄게. 네가 내 피를 먹으면 나처럼 키가 커질 거다. 진짜야! 그리고 무공도 가르쳐 주마! 나처럼 힘이 세지는 무공! 정말이다! 진짜로 약속하마!"

'점점?'

내심 기가 막혔지만 저렇게까지 애원하니 더 이상 외면할 수 없었다.

"좋아요. 그럼 딱 한 방울이에요?"

"오오! 고맙다! 정말 고마워!"

흡혈시마가 연신 고개를 숙였지만 그 모습을 외면하고 식지를 깨물어 피를 냈다. 그리고 손가락을 내밀었다.

"자요, 여기 있어요."

바로 그때였다.

"네 이놈, 거기서 무슨 짓을 하고 있는 게냐?"

갑자기 쩌렁쩌렁한 호통 소리가 들려왔다.

깜짝 놀라 고개를 돌려보니 부친이었다.

부친이 화난 표정으로 달려오고 있었고, 그 뒤에는 엄마와 마뉘, 폭마 등이 놀란 표정으로 달려오고 있었다.

그 광경을 보고 주춤거리는 사이, 흡혈시마가 다가와 얼른 식지를 깨물어 버렸다.

사람들은 그 광경을 보고 대경실색했다. 특히 생사도 묵잠의 분노는 상상을 초월했다.

"시마 선배! 당신이 감히……?"

그 말과 함께 묵잠의 전신에서 무시무시한 살기가 흘러나왔다. 동시에 금초초가 표독한 눈빛으로 십여 개의 암기를 꺼내 들었다.

흡혈시마는 얼른 묵자후를 쓰러뜨리고 그 목을 짓밟았다.

"잠깐! 거기서 한 걸음이라도 더 다가오면 이 녀석을 죽여 버리겠다!"

흡혈시마의 호통에 묵잠과 금초초는 얼어버린 듯 신형을 멈추고 말았다.

제6장

오해

魔道

天下

'아아, 상황이 이상하게 꼬여 버렸어. 이 일을 어쩌면 좋지?'

묵자후는 내심 당황하고 있었다.

자신은 단지 흡혈시마에게 피 한 방울을 주려던 것뿐인데 부친 등이 나타나 상황을 오해하고 말았다.

마음 같아선 얼른 해명을 해주고 싶은데 흡혈시마에게 목이 밟혀 있으니 어떻게 해볼 방법이 없다.

그래서 사지를 허우적거리며 발버둥 쳤는데, 그 때문에 오히려 장내의 긴장이 폭발적으로 높아져 갔다.

묵자후가 버둥거리자 묵잠과 금초초의 눈빛이 더욱 날카

로워졌고, 그들의 눈빛이 날카로워지자 흡혈시마 역시 흉포한 기세를 발하기 시작한 것이다.

이제 누구라도 손만 까닥이면 묵자후의 목숨이 생으로 달아날 판.

이래서는 안 되겠다 싶어 마뇌가 중재에 나섰다.

"자, 자! 다들 흥분을 가라앉히시지요. 설마 이대로 후아가 죽기를 바라는 건 아니겠지요?"

그 말에 장내의 살기가 잠시 가라앉았다. 마뇌는 그 틈을 이용해 재빨리 흡혈시마에게 말을 건넸다.

"이보시오, 사공 호법. 난 도대체 호법께서 왜 이러시는지 모르겠소. 설마하니 그새 마도인의 긍지를 잃어버리기라도 한 것이오?"

마뇌가 옛 직함을 들먹이며 자신을 나무라자 흡혈시마의 안색이 잠시 붉어졌다. 그러나 살기 띤 눈초리로 계속 자신을 노려보고 있는 묵잠 등을 보자 괜히 기분이 나빠져 냉랭하게 코웃음을 쳤다.

"흥! 마도인의 긍지라 하셨소? 저 더러운 배신자도 마음 놓고 큰소리치는 이곳에서 더 이상 마도인의 긍지를 찾을 필요가 있을까? 그딴 건 개에게나 줘버리라고 하쇼!"

"말씀이 너무 지나치시오. 묵 단주에 대한 부분은 이미 대장로께서도 이해를 하셨지 않소? 당시의 상황에선 어쩔 수 없었다고, 당신이라도 그리하셨을 거라고."

"아니! 모두가 그렇게 생각한다고 해도 난 아니오! 절대 받아들일 수 없소!"

"허허, 그래서 저 아이를 볼모로 삼은 것이오?"

"볼모로 삼다니? 이 녀석은 제 발로 찾아왔소. 그래서 둘이 정겹게 이야기를 나누던 중에 총군사가 온 것이오."

그 말에 금초초가 눈에 불을 켰다.

"흥! 정겹게 이야기를 하고 계셨다구요? 그 정겨운 이야기라는 게 후아의 손가락을 물어뜯는 이야기였어요?"

순간 흡혈시마가 버럭 고함을 질렀다.

"이년이? 총군사와 이야기하고 있는데 네년이 왜 나서? 우리 이야기가 끝날 때까지 너희 둘은 저 뒤로 가 있어! 안 그러면 이 녀석을 당장 죽여 버리고 말 테다!"

"흥! 우리가 진 밖으로 나가면 후아를 어쩌시려구요?"

"흐흐, 어쩌긴. 다들 이 녀석을 금이야 옥이야 떠받들기에 왜 그러나 싶어 근골이나 한번 살펴보려는 거야."

흡혈시마의 대답에 금초초는 어이없다는 표정으로 말했다.

"지금 그 모습이 근골을 살피는 모습이라고 생각해요?"

"흐흐흐, 내 방식이지. 먼저 피를 빨아 녀석의 몸 상태를 확인해 보고 난 뒤 근골을 살피려 했지."

그러면서 보라는 듯 묵자후의 피를 빨려고 했다. 그러자 금초초가 소리를 지르며 암기를 치켜들었고, 마뇌가 다시 중재에 나섰다.

"이보시오, 사공 호법. 장난은 그만 치시고 진짜 당신이 원하는 게 뭔지 이야기해 보시오."

'뭐긴 뭐야, 해독이지!'

속으로는 그 말을 하고 싶었으나 그놈의 자존심이 뭔지 계속 엉뚱한 소리를 늘어놓고 말았다.

"방금 말했지 않소? 이 녀석의 근골을 살펴보고 싶다고."

"말도 안 돼! 그 말을 우리더러 믿으란 말이에요?"

금초초가 어이없다는 듯 소리치자 흡혈시마는 느물거리는 표정으로 대답했다.

"흐흐흐, 믿건 말건 네년 자유니까 그것까지는 내 알 바 아니지."

순간 금초초의 눈썹이 바짝 곤두섰다. 그러자 묵잠이 나서서 그녀를 말렸고, 그 틈을 이용해 마뇌가 다시 물었다.

"그럼 근골을 살펴서 뭘 어쩌시려고?"

"보고 마음에 들면 내 제자 삼을까 싶어서."

장난 같은 흡혈시마의 말에 모두 멍한 표정을 지었다. 특히 금초초는 황당하다는 표정으로 코웃음을 쳤다.

"하! 기가 막혀 말이 안 나오는군요. 도대체 우릴 뭘로 보고 그런 엉뚱한 소리를 지껄이시는 거예요?"

그러자 흡혈시마가 놀리듯 물었다.

"엉뚱한 소리라고? 왜? 보아하니 다들 이 녀석에게 무공을 가르쳐 주고 있는 것 같은데, 나는 왜 안 된다는 거지?"

"몰라서 물어요? 당신 무공은 인류을 거스르는 무공이잖아요."

"뭣이라? 내 무공이 인류을 거슬러? 쿡쿡, 이거 미치겠군."

잠시 허공을 보며 웃던 흡혈시마. 이내 고개를 돌리며 정색한 표정으로 말했다.

"좋아! 아니라는 부인(否認)은 않겠어. 그러나 그건 일시적인 현상이야. 어느 정도 경지에 이르면 스스로 마성에서 벗어날 수 있어!"

"흥! 어느 세월에요? 세상 사람들에게 식인마란 소리를 듣고 난 다음에요?"

그 말에 흡혈시마가 벌컥 화를 냈다.

"식인마라니? 내가 사람 고기를 먹은 건 딱 두 번뿐이야. 그것도 한 번은 재수없는 정파 놈들을 죽이고 난 뒤 갑자기 마성이 폭발해 그들의 시체를 먹은 것이고, 다른 한 번은 모두에게 두려움을 주기 위해 일부러 시체를 먹은 것뿐이야!"

흡혈시마의 변명 아닌 변명에 금초초는 한숨을 내쉬었다.

"휴, 그래요. 딱 두 번만 그랬다고 쳐요. 하지만 그때 당신에게 먹힌 정파인들의 숫자가 백 명도 넘어요. 그것도 아마 한 달 동안이었지요?"

정곡을 찌르는 금초초의 말에 흡혈시마는 잠시 당황한 표정을 지었다.

"그, 그게… 말했잖아. 일시적인 현상이라고. 그 고비만 넘기면 짐승의 피로 갈증을 달랠 수 있어!"

"그걸 어떻게 믿어요? 당신 스스로를 돌이켜 봐요. 지금도 날마다 피를 갈구하고 있잖아요."

"제기랄! 방금 말했잖아! 일시적인 현상이라고! 정파 놈들에게 무공을 잃어버리는 바람에… 그래서 다시 되찾는 과정이라서 그런 거야. 대략 칠성 정도의 공력만 회복하면 되는데 이제 겨우 사성이라서 그래. 그리고 사성일 때가 갈증이 제일 심할 때지. 그래서 그런 것뿐이야."

"그렇다 하더라도 당신 무공은 안 돼요."

"왜? 왜 내 무공만 안 된다는 거지? 설마 나 외엔 모두 완벽한 무공을 갖고 있다는 소리야? 이거 웃기지 말라고. 다들 한 가지씩의 부작용은 다 갖고 있잖아? 그래서 정파 놈들이 우릴 마인이라 부르는 거고!"

"그래도 인성만큼은 잃지 말아야 해요!"

"개소리! 극성에 이르면 괜찮다잖아!"

"흥! 어느 세월에요?"

"휴우! 이미 한 이야기를 또 해달란 말인가? 좋아, 말해주지. 이곳에서 최고 고수가 누구야? 대장로와 음풍마제 모진악(茅振岳) 대형이시지? 그런데 두 사람 다 어때? 대장로는 심장을 찔러도 죽지 않는 불사혈영신공(不死血影神功)을 익혔지만 한 달에 한 번 사지가 뒤틀리는 고통에 시달리지. 또 우리

대형은 어떤가? 이름이야 그럴듯하게 아수라파천무(阿修羅破天舞)라 지었지만 실상을 알고 보면 죽은 시체에서 음기를 취해야 하는 강시공이지. 그러다 보니 음기가 성한 보름마다 살인 충동에 휩싸이잖아? 그러니 나머지 놈들이야 말할 필요도 없지. 다들 이런저런 결점을 갖고 있거나 마성에 빠지는 무공들이지. 그런데 왜 내 무공만 갖고 그래? 난 벌써 이 녀석에게 무공을 가르쳐 주기로 약속했어. 그리고 이 녀석은 승낙을 했고. 그러니 근골을 살펴보고 난 뒤에 제자로 삼아버릴 거야!"

"거짓말하지 말아요! 우리 후아가 그런 약속을 할 까닭이 없어요!"

"흐흐흐, 어디, 정말인지 거짓말인지 이놈에게 직접 물어볼까?"

이야기가 점점 엉뚱하게 흘러가고 있었다.

애초, 금린혈선사의 독을 해독하기 위해 시작된 일이 느닷없는 인질극을 거쳐 급기야는 묵자후에게 무공을 전수할 수 있느냐 없느냐 하는 자격 시비로 뒤바뀌어 버렸다.

묵자후는 그런 과정을 지켜보면서 내심 답답한 기분이 들었다. 그냥 한쪽은 사정이 이렇게 됐다고 사과하고, 다른 쪽은 오해해서 미안하다고 하면 끝날 것을 왜 이렇게 일을 복잡하게 만드는지 이해가 되지 않았다.

그러나 이미 설전은 벌어졌고, 화살은 자신에게 날아왔다.

'도대체 이 상황에서 무슨 대답을 하라고?'

속으로 황당한 기분이 들었지만 묵자후는 재빨리 생각을 정리했다. 일이야 어찌 됐든 양쪽이 더 이상 싸우지 않도록 해주면 된다.

잠시 후, 흡혈시마가 살짝 숨통을 틔워주자 묵자후는 두어 번 기침을 한 뒤 천천히 입을 열었다.

먼저 금초초를 보며 말했다.

"엄마, 이분 말씀이 맞아요. 제게 무공을 가르쳐 준다고 했어요. 그러나 전 아직 승낙을 안 했고 제자가 되기로 한 것도 아니에요."

당연한 말이었지만 흡혈시마는 벌컥 화를 냈다.

"이 녀석이 어디서 거짓말을 해? 네 녀석이 피를 주면 내가 무공을 가르쳐 주겠다고 했잖아? 그런데 네 녀석이 내게 피를 줬으니 내 제안을 승낙한 거나 마찬가지지. 그러니까 넌 지금부터 내 제자가 되어 무공을 배워야만 해!"

그 말에 금초초가 발끈해서 소리쳤다.

"세상에 그런 억지가 어딨어요?"

"어디 있긴, 여기 있지."

두 사람이 또다시 언쟁을 벌이려 하자 묵자후가 재빨리 끼어들었다.

"잠시만요! 그럼 좋아요. 제가 무공을 배우는 건 그렇다고 쳐요. 대신 아저씨도 약속을 지켜요. 제 피를 주면 더 이상 절 괴롭히지 않고 황제처럼 떠받들어 주기로 하셨죠? 그러니 우선 이 발부터 좀 치워주세요."

"음? 내가 그런 소리를 했던가?"

"분명히요!"

흡혈시마는 잠시 인상을 찌푸렸다. 그러나 곰곰이 생각해 보니 우선 해독이 먼저다. 비록 묵자후의 피를 먹어 그나마 독기가 진정되었지만 어서 공력을 운기해 남은 독을 완전히 태워 버려야 한다. 그래야 싸우든 말든 운신의 폭이 넓어진다.

"좋다. 그 대신 네가 먼저 약속을 지켜야 한다."

"그게 뭔데요?"

"뭐긴 뭐야? 내 무공을 배우기로 했으니 입문 구결부터 외워야지. 네 녀석이 완전히 외웠다고 생각되면 그때 풀어주마."

"좋아요."

"후아야, 안 돼!"

금초초가 사색이 되어 소리쳤지만 묵자후는 태연한 표정으로 대답했다.

"괜찮아요, 엄마. 이분 말씀대로 무공을 극성으로 익혀 버리면 되니까요. 그리고 무공을 배우는 과정에서 심마가 오면 이분 피를 먹으면 돼요. 아까 약속하셨죠? 제가 피 한 방울을 주면 열 방울을 주시겠다고. 그런데 제 손가락을 거의 핥다시피 하셨으니 적어도 백 방울 이상은 주셔야 돼요."

"그, 그, 그런……?"

이번에는 흡혈시마가 사색이 되어버렸다.

이때 마뇌가 다시 끼어들었다.

"들어보니 대충 일이 해결된 것 같구려. 그럼 마지막 결정만 남았소. 후아 생각은 저런데 묵 단주 생각은 어떠시오?"

묵잠은 생각해 볼 것도 없다는 듯 고개를 가로저었다.

"별로 받아들이고 싶지 않은 제안입니다."

그러자 묵자후가 소리쳤다.

"아버지! 아버지가 항상 그러셨잖아요! 남자는 목에 칼이 들어와도 약속은 지켜야 한다구요!"

묵잠은 다시 고개를 저었다.

"강요된 약속은 약속이 아니다."

묵자후는 재차 소리쳤다.

"아니에요! 강요에 의한 게 아니에요! 이 아저씨가 독사에게 물려서 그런 것뿐이에요!"

'어이쿠! 이 녀석이?'

예상치 못한 묵자후의 말에 흡혈시마는 가슴이 철렁했다.

이제 저들이 자기 상태를 알게 됐으니 자기만 궁지에 몰리게 되지 않았는가?

그러나 묵잠은 흡혈시마 쪽은 쳐다보지도 않았다. 고요한 눈길로 묵자후의 눈을 쳐다보다가 천천히 고개를 끄덕였다.

"좋다. 네가 정 그렇게 하겠다면 허락하마. 단, 시마 선배가 약속을 지켜준다는 가정하에서."

묵잠은 당신 생각은 어떠냐는 듯 금초초를 돌아봤다.

금초초는 한참 묵자후를 노려보다가 마지못한 표정으로 고개를 끄덕였다. 그러자 마뇌가 결론을 내렸다.

"자, 그럼 문제가 모두 해결된 듯하니 이제 후아를 풀어주시오."

그러나 흡혈시마는 묘한 표정으로 고개를 내저었다.

"이미 이야기했을 텐데요. 이 녀석이 구결을 외우고 나면 그때 풀어주겠다고."

"그럼 어서 구결을 전해주시오."

"흐흐, 이거 왜 이러십니까? 제 무공을 사방팔방 까발리란 말입니까?"

"그럼 대체 어쩌자는 것이오?"

"흐흐흐, 제 이름을 걸고 약속드리지요. 이 녀석을 잡아먹지 않을 테니 모두 진 밖으로 물러나 계십시오. 넉넉잡아 한 시진이면 족할 것이오."

"음."

마뇌는 잠시 불쾌한 표정을 지었으나 아무 말 없이 뒤돌아섰다. 그러자 묵잠과 금초초 등이 한동안 묵자후를 쳐다보다가 그 뒤를 따랐다.

모두 떠나고 나자 흡혈시마는 약속대로 구결을 전수하기 시작했다. 그러나 정상적인 구결이 아니었다.

이미 예전부터 묵잠에게 앙심을 품고 있었던지라 몇몇 구결을 틀리게 전수해 준 것이다.

"자! 열 번이나 말해줬으니 대충 외웠겠지? 어디, 외운 데까지 읊어봐라."

물론 묵자후는 구결을 단번에 외워 버렸다. 그러나 흡혈시마의 미소가 마음에 걸려 몇몇 구결을 일부러 못 외운 척했다. 그가 과연 제대로 가르쳐 준 건지 확인하기 위해서였다.

"이 부분에서 자꾸 헷갈려요. 폭기(爆氣), 취기(取氣), 내외(內外)……."

그 말에 흡혈시마는 옳다구나 하는 표정을 지었다. 방금 묵자후가 질문한 부분이 바로 자신이 바꾼 부분이었기 때문이다.

원래는 폭기혈기(爆氣血氣), 취기흡기(取氣吸氣), 내외금강(內外金剛), 등천혈룡(騰天血龍)이었지만 취기흡기(取氣吸氣), 폭기혈기(爆氣血氣), 내외상합(內外相合), 등천혈룡(騰天血龍)으로 가르쳐 준 것이다.

"이런 바보 같은 놈! 벌써 몇 번이나 말해주더냐, 그 부분이 가장 중요하다고? 좋아, 다시 한 번 이야기해 주마. 귀를 열고 잘 들어라. 취기흡기, 폭기혈기……."

흡혈시마는 다시 한 번 구결을 알려주며 속으로 배를 잡았다.

'흐흐흐, 생사도 이놈! 어디 네 자식이 주화입마에 빠져 폐인이 되는 모습을 똑똑히 지켜보거라. 그리고 내 앞에서 개처럼 엎드려 애원을 해보거라. 제발 한 번만 용서해 달라고. 큭큭큭, 푸하하하하!

그러나 흡혈시마는 이때까지만 해도 전혀 예상을 못하고 있었다. 자신이 바꾼 그 구결로 인해 묵자후가 얼마나 엄청난 기연을 얻게 되는지…….

생사동으로 돌아온 묵자후는 금초초에게 엄청난 꾸중을 들었다. 아무 말도 없이 용암동굴로 놀러 간 데다 겁없이 흡혈시마에게 무공을 전수받은 때문이었다.

금초초는 화난 얼굴로 두 번 다시는 용암동굴에 놀러 가지 말라고 했다. 흡혈시마의 무공도 가능하면 익히지 말고, 혹시라도 꼭 익히고 싶다면 조금만 익히라고 했다. 그래서 약간이라도 문제가 있다 싶으면 곧바로 자신이나 아빠에게 이야기하라고 했다.

반면 묵잠은 별다른 잔소리 없이 이마를 쿵 쥐어박으며 앞으로 매사에 신중하라고만 했다.

묵자후는 그러겠다고 대답했지만 나중에 기회가 생기면 또 한 번 놀러 가봐야겠다고 생각했다. 흡혈시마가 무사히 중독에서 벗어났는지 확인해 보고 싶어서였다.

"그런데 제가 용암동굴에 놀러 간 건 어찌 아셨어요?"

그렇게 물어봤다가 하마터면 금초초에게 맞아 죽을 뻔했다.

알고 보니 자신이 연무장을 빠져나간 직후, 곡두표 상진이 생사동을 찾아온 모양이었다. 그래서 자기 고민을 대신 이야기해 주었고, 그에 놀란 두 사람이 백방으로 자신을 찾아다니다가 도저히 종적을 찾을 수 없자 마뇌의 도움을 받아 천금마옥 전체에 비상령을 내린 모양이었다.

이후, 몇 사람으로부터 용암동굴 부근에서 자신을 본 것 같다는 말을 듣고 황급히 달려온 것이라 했다.

'에고고. 그러면 온 동네에 소문이 다 났겠네.'

사건이 이렇게까지 커질 줄 몰랐던 묵자후는 창피해서 고개조차 들 수 없었다. 그리고 그날의 후유증은 무척 컸다.

원래는 곡두표 상진의 조언에 따라 수련 일정을 재조정하려 했으나 괘씸죄에 걸려 하루 일과가 더 빡빡해져 버렸다. 그로 인해 용암동굴에 놀러 갈 시간은 고사하고 날마다 수련에 쫓겨 코피를 흘리기 일쑤였다.

"에효, 내가 괜히 화를 자초했구나."

그때부터 묵자후는 슬슬 요령을 피우기 시작했다. 가뜩이나 배우기 싫던 차에 억지로 시키니 반발심만 더 커진 것이다.

하지만 그 와중에도 흡혈시마가 가르쳐 준 금강폭혈공과 마뇌에게 배우는 진법만은 열심히 파고들었다.

진법의 경우엔 워낙 혼이 나서였고, 금강폭혈공은 사연이야 어찌 됐든 정당한 피(?)의 대가라 생각했기 때문이다. 그러다가 묵자후는 차츰 금강폭혈공의 매력에 빠져들었다.

'호, 이거 신기하네? 주변에서 기를 취한 뒤 그 기를 흡수하니 진기가 폭발적으로 늘어나네? 거기다 몸도 더 커지는 것 같고. 알고 보니 그 아저씨, 생각보다 좋은 사람이었구나!'

그렇게 엉뚱한 오해를 하게 된 묵자후. 그러나 내외상합이란 구결부터는 무슨 말인지 이해가 되지 않았다.

'안과 밖을 서로 합친다고? 그럼 내공과 외공을 합치란 소린가, 아니면 내공과 외공을 겸비하란 소린가? 도대체 무슨 말인지 이해를 못하겠네. 거기다 등천혈룡은 또 뭐야? 이 무공을 익히면 갑자기 혈룡이 되어 하늘을 날 수 있다는 뜻인가?'

묵자후는 혼자 끙끙거리다가 도저히 안 되겠다 싶어 몇몇 숙부들에게 물어봤다.

대답은 각양각색이었다.

비록 흡혈시마가 지어낸 말이긴 하지만, 내외상합은 무학의 중요한 요결 중 하나였다.

그걸 좁게 해석하면, 안으로 정기신(精氣神)을 합일시키고 밖으로는 근육과 뼈를 단련한다는 뜻이 되고, 넓게 해석하면, 마음이 일면 몸이 따라 움직이고 몸이 움직이면 마음이 따라 움직인다는 조화경(造化境)을 뜻하게 되니, 마인들의 대답 역시 각자의 무위에 따라 천차만별일 수밖에 없었던 것이다.

특히 고수일수록 점점 더 알아듣기 힘든 말로 설명을 하니 아직 치기 어린 소년에 불과한 묵자후로선 오히려 머리가 복잡해졌다. 그러다 보니 금강폭혈공을 참오하면서 생각에 잠기는 시간이 많아졌고, 그로 인해 요령을 피우면서 무공을 배워도 그 성취가 몰라보게 빨라졌다.

그러나 묵자후 스스로는 문제의 구결을 도저히 이해할 수 없어, 하루빨리 흡혈시마를 만나 그에게 해석을 부탁하고 싶었다.

그런데 그를 만나기 위해서는 진법 공부를 더 열심히 파고들 수밖에 없었다. 왜냐하면 그날의 소동 이후 마뇌가 또다시 진법을 바꿔 버렸기 때문이다.

아무튼, 묵자후가 한편으로는 열심을 내고 다른 한편으로는 게으름을 피우는 동안 시간은 쏜살처럼 흘러 어느새 용암동굴 사건이 벌어진 지 두 달이 지났다.

그날도 묵자후는 정해진 일과에 따라 무공을 수련하고 있었다. 특히 이날따라 조금 더 게으름을 피웠는데, 그 이유는 이날 배우는 무공이 다름 아닌 잡공류(雜功流)였기 때문이다.

이미 어린 시절부터 혈영노조의 위압적인 풍모에 매료된 묵자후다. 더구나 냉혹무정한 손속으로 이곳 마인들의 은근한 추종을 받는 부친의 영향을 받아 자기도 모르게 화끈한 무공을 선호하는 묵자후다.

그런데 축골공이니 복밀검(腹密劍)이니 귀식대법이니 하

는, 아무리 생각해 봐도 조잡스럽기 짝이 없어 보이는 무공을 배우게 되니 흥이 날 리 없었다. 그래서 이곳 서열 육백오십 위에 해당하는 키 작은 숙부, 오행귀(五行鬼) 장진화(張珍華)가 세모꼴 눈을 번득이며 열심히 시범을 보이고 있었지만 시큰둥한 표정으로 듣는 둥 마는 둥 하고 있었다.

그러다가 오행귀의 성화에 못 이겨 손바닥만 한 대나무 칼을 뱃속 깊이 삼켰다가 입 밖으로 발출해 내는 복밀검의 상승 수법을 수련하고 있을 때였다.

스스슷.

갑자기 등 뒤에서 서늘한 기파가 느껴졌다.

깜짝 놀라 고개를 돌려보니 은발, 은염에 잔뜩 일그러진 미소를 띠고 있는 괴인이 으스스한 안광을 발하며 이쪽으로 다가오고 있었다.

묵자후는 순간적으로 등골이 오싹해, 입 밖으로 발출하려던 비수를 꿀꺽 삼키며 노인을 쳐다봤다.

예감은 정확하게 맞아떨어졌다.

"헉? 속하 오행귀가 장로님을 뵙습니다."

오행귀가 은발, 은염의 괴인 음풍마제를 보고 급히 고개를 숙였지만 음풍마제는 그를 무시한 채 묵자후만 노려봤다. 그리고는 찰나간에 신형을 움직인다 싶더니 어느새 묵자후 앞에 이르러 얼음장 같은 살기를 내뿜었다.

"이놈! 내가 네 목숨을 구해줬으니 이 자리에서 죽여 버려도 아무 할 말이 없으렷다!"

카랑카랑한 음성과 함께 쇠갈퀴 같은 손이 무시무시한 속도로 묵자후의 목울대 부위를 낚아채 왔다.

"헉!"

묵자후는 깜짝 놀라 철판교의 신법으로 그 손길을 피했다.

하지만 음풍마제 같은 고수가 그 정도 반응을 예상하지 못할 리 없다.

"훙!"

싸늘한 코웃음을 치며 음풍마제가 내뻗던 손을 꺾어 손날로 가슴 부위를 베어왔다. 실로 모골이 송연한 살수(殺手)였다.

대경실색한 묵자후는 재차 신형을 틀었다.

허리를 눕힌 상태에서 옷자락이 팽이처럼 돌아가자 음풍마제의 수도(手刀)가 애꿎은 허공만 찌르고 말았다.

그러나 음풍마제는 눈도 깜짝하지 않았다.

어느새 신형을 날려 묵자후의 퇴로를 막아서더니 안면을 향해 거센 권격(拳擊)을 뿌렸다.

그 위기의 순간,

파라락!

이번에는 묵자후의 신형이 어디론가 사라졌다.

"훙! 감히 잔재주를?"

음풍마제는 재차 코웃음을 치며 내질렀던 팔을 오므려 팔꿈치로 아래쪽을 내리찍었다.

쾅직!

"윽!"

마침내 묵자후가 짧은 신음을 토했다. 음풍마제에게 어깨를 찍혀 버린 것이다.

얼핏 보면 방금 묵자후가 음풍마제의 공격권에서 완전히 벗어난 것처럼 보였지만 사실은 그게 아니었다.

음풍마제가 권격을 발출하자 순간적으로 축골공을 운용해 그의 공격을 살짝 피해 버린 것이다. 그런데 음풍마제의 눈썰미가 워낙 뛰어나다 보니 오히려 움직임을 간파당해 어깨를 가격당하고 말았다.

"아야야!"

묵자후는 바닥에 주저앉아 퉁퉁 부은 어깨를 어루만졌다.

음풍마제는 그런 묵자후를 보며 뺨을 씰룩였다.

'어이가 없군. 그 짧은 순간에 축골공을 펼친 것도 놀라운데 마지막 순간에 몸을 틀어 암경(暗勁)을 흘려버리다니?'

이제껏 강호를 종횡하면서 이런 경우는 처음이었다.

보통 축골공을 펼치기 위해선 약간의 준비 시간이 필요했다.

축골공 자체가 근육과 뼈를 동시에 수축시키는 무공이다 보니 제아무리 고수라도 몸에 부작용이 없도록 미리 관절과 신경 등을 풀어둬야 한다. 그런데 상식을 완전히 뒤엎어 버리는 운용 속도에다가 저 나이에 벌써 이화접목(移花接木)의 수법이라니?

'웬만하면 고통없이 죽여주려고 했더니 도저히 안 되겠군.'

음풍마제는 싸늘한 눈빛으로 공력을 좀 더 끌어올렸다. 그러자 그의 전신에서 으스스한 살기가 흘러나오기 시작했다.

묵자후는 그 모습을 보고 고개를 갸웃거렸다.

보아하니 저 할아버지는 음풍마제가 틀림없어 보인다. 그런데 다른 사람들에게 이야기 듣기로는 저 할아버지가 대장로 할아버지와 함께 자기 이름을 지어줬고, 또 스스로의 내공을 소진해 가면서 자기를 치료해 줬다고 들었는데 왜 갑자기 나타나 자신을 죽이려고 하는 것일까? 그것도 십이 년 만에 나타나서.

'혹시 폐관수련을 하시다가 주화입마에 빠지신 게 아닐까?'

당연히 그건 아니었다.

음풍마제가 갑자기 묵자후를 죽이려고 하는 이유는 지난 십이 년 동안 폐관에 들어야 했던 고통스러운 세월에 대한 보상 심리 때문이었다.

당시 음풍마제는 비록 묵자후의 홍역을 다스려 주기 위해 진원지기까지 소진했지만, 내심 이삼 년 정도만 폐관하면 원기를 다시 회복할 수 있을 것이라고 생각했다. 그만큼 스스로의 무공에 자신이 있었기 때문인데, 막상 폐관에 들어가니 이게 어찌 된 일인가? 도무지 공력이 모이질 않았다.

뒤늦게 알고 보니 이곳 공기가 너무 탁해서 선천지기를 키우기에 적당치 않았던 것이다. 거기다 그의 나이가 이미 칠순을 넘다 보니 체력과 정력에 한계가 있어 과거에 비해 원기회복이 늦어지는 것이었다.

그 사실을 깨닫고 난 뒤부터 음풍마제는 울분과 회한에 찬 세월을 보내야만 했다.

괜한 자존심으로 오기를 부렸다가 무려 십이 년 동안 피똥을 싸게 되었으니 그 심정이 오죽할까?

그때부터 음풍마제는 좁은 동굴 안에서 날마다 묵자후를 저주하기 시작했다.

'그놈의 아기만 태어나지 않았더라도 내가 이 모양 이 꼴이 되진 않았을 것이다!'

그런 심정으로 음풍마제는 묵자후에게 저주를 퍼부으며 십이 년을 하루같이 버텼다. 그 증거가 바로 그가 폐관하고 있던 동굴 벽에 가득 새겨진 낙서들이었다.

좁고 둥근 벽면마다 온통 '묵자후, 묵자후, 이 때려죽일 놈의 묵자후. 이 찢어 죽일 놈의 아기새끼'라는 식으로 도배가 되어 있을 정도였다.

그러던 차에 마침내 자신을 그토록 고생시킨 원흉(?)을 보게 되었으니 그 심사가 어땠겠는가?

아마 눈앞에 있는 이가 묵자후 아니라 묵자후 할아비라도 살심이 치밀 수밖에 없었을 것이다.

하지만 그런 사정을 전혀 모르고 있던 묵자후는 순진하게도 저 주화입마에 빠진 할아버지를 어찌 달래야 좋을지 몰라 머리만 싸매고 있었다.

그러나 묵자후는 길게 고민할 필요가 없었다.

음풍마제가 또다시 살수를 날려오고 있었으니.

쉬이익!

'이크! 위험!'

묵자후는 또다시 아슬아슬하게 음풍마제의 공격을 피해 버렸다. 그런 상황이 두어 번 반복되자 음풍마제는 이제 온몸에 열이 뻗치다 못해 펄펄 끓어오를 지경이었다.

'으드득! 내가 저런 꼬맹이를 상대로 오 초나 허비하다니!'

가뜩이나 헛손질하는 것도 열받아 죽겠는데, 수백 가지의 무공을 번갈아 펼쳐 가며 미꾸라지처럼 빠져나가는 묵자후를 보자 이젠 체면이고 뭐고 따질 계제가 아니었다.

"오냐, 이놈! 네놈이 과연 언제까지 피할 수 있는지 어디 두고 보마!"

급기야 음풍마제는 자신의 성명절기인 아수라파천무를 운용했다. 그러자 그의 전신이 강시처럼 홀쭉해지더니, 양손에서 손톱이 한 자 정도 튀어나와 겉보기에도 으스스해 보였다.

묵자후는 그 모습을 보자 가슴이 철렁 내려앉았다.

예전에 흡혈시마에게 쫓기던 기억이 새삼 떠오른 것이다.

'아아, 이제 더 이상 버티기 힘들겠어. 저 할아버지도 그때 그 아저씨처럼 마성이 폭발한 모양이야. 아니, 오히려 그 아저씨보다 훨씬 상태가 안 좋은 것 같은데 이 일을 어쩌면 좋지?'

그런 생각으로 고민하다 보니 뭔가가 퍼뜩 떠올랐다.

'아! 금강폭혈공!'

그 무공을 쓰면 진기가 폭발적으로 배가된다. 뿐인가? 시간이 지나면 몸도 강해지고 키도 훨씬 커진다.

'급하다. 어서……'

묵자후는 재빨리 금강폭혈공을 운용했다. 그 순간,

"크크크, 이놈! 이제 그만 죽어라!"

음풍마제가 벌써 공격을 가해왔다.

그의 손속은 이전에 비해 몇 배나 지독했다.

그가 가볍게 손을 휘저은 것 같은데도 대기가 갈라지고 사방에 손 그림자가 가득했다. 과연 아수라파천무라는 이름에 전혀 부끄럽지 않았고, 만약 묵자후가 금강폭혈공을 운용하지 않았더라면 칼날 같은 손톱에 찢겨 넝마가 되어버렸으리라.

그러나 제아무리 금강폭혈공이라 해도 수련한 지 얼마 되지 않았으니 버티는 데 한계가 있었다.

"잡았다, 요놈!"

"으윽!"

폭기의 요결로 정신없이 보법을 펼치던 묵자후는 사 초 정도 지나자 더 이상 버티지 못하고 그만 목줄을 잡히고 말았다.

"흐흐흐, 요 쥐새끼 같은 놈! 드디어 내 손에 들어왔구나!"

음풍마제는 비릿한 살소를 흘리며 한 손으로는 묵자후의 목을 움켜잡고, 다른 한 손으로는 손톱을 세워 묵자후의 심장을 찔러갔다.

'으으……'

서서히 다가오는 죽음의 손길.

묵자후는 피가 나도록 입술을 깨물었다.

아무리 심마에 빠졌기로서니 이건 해도 해도 너무하지 않은가? 상대가 제아무리 생명의 은인이라지만 이렇게 허무하게 죽어줄 수는 없다.

'이익! 제정신도 아닌 사람에게 조금 미안하긴 하지만……'

음풍마제가 막 묵자후의 심장을 꿰뚫으려는 찰나,

피웃!

굳게 다물어져 있던 묵자후의 입이 확 벌어지고, 그 안에서 시퍼런 물체가 벼락처럼 튀어나왔다.

"끄아악! 이런 찢어 죽일 놈!"

음풍마제는 비명을 지르며 제자리에서 펄쩍펄쩍 뛰었다.

묵자후가 토해낸 대나무 비수에 의해 한쪽 귀를 반 이상 잘려 버린 것이었다. 그것도 폐관수련을 통해 육감을 극도로 발달시켰기에 망정이지 그렇지 않았더라면 자칫 목을 뚫릴 뻔했다.

"크으으, 이놈! 이대로 목을 부러뜨려 주마!"

잘려 나간 귓바퀴를 만지작거리며 한참 발작하던 음풍마제는 돌연 손에 힘을 주기 시작했다. 그대로 묵자후의 목을 부러뜨리기 위해서였다.

그런데 이게 어찌 된 일인가?

갑자기 놈이 우두둑 커지기 시작하더니 한 발을 땅에 딛고 다른 발로 옆구리를 가격해 온다.

"하, 이놈. 정말 가지가지 하는군."

음풍마제는 어이가 없어 고개를 설레설레 내저었다.

도대체 이런 무공은 또 어디서 배웠단 말인가?

갑자기 몸이 커지고 목에 철갑이라도 두른 듯 딱딱해지는 무공이라니?

"가만, 그러고 보니 이 무공은?"

비록 운용 방식은 달랐지만 이 무공은 자신이 아끼던 의제 흡혈시마의 무공이 분명해 보인다.

'그런데 이놈이 어떻게 시마 녀석의 무공을 배웠단 말인가? 그놈과 이놈 아비는 서로 원수지간이나 마찬가진데……. 혹시 아우의 신변에 무슨 일이?

음풍마제의 눈빛이 갑자기 흉포해졌다.

"이놈! 네놈이 어떻게 이 무공을 배우게 됐느냐? 어서 바른 대로 고하지 못할까?"

그렇게 음풍마제가 묵자후의 목을 흔들며 마구 고함지를 때였다.

우르르! 콰아앙!

갑자기 저 멀리서 엄청난 폭음이 들려왔다. 뒤이어 지면이 우르르 떨리더니 멀리서 '와!' 하는 함성이 들려왔다.

"음? 이게 무슨 소리지?"

음풍마제는 의아한 표정으로 고개를 돌려봤다. 하지만 질문에 대답해 줄 사람은 아무도 없었다.

방금 전까지만 해도 근처에 있던 오행귀는 이미 어디론가 사라지고 없고, 또 이곳 자체가 묵자후를 위한 연무장이다 보니 특별한 일이 아니면 찾아올 사람도 없었던 것이다.

"빌어먹을. 할 수 없이 직접 알아봐야겠군."

음풍마제가 투덜거리며 재차 손을 쓰려 할 때였다.

"콜록콜록!"

갑자기 묵자후가 기침 소리로 신호를 보냈다.

"음? 네놈이 안다고?"

묵자후가 고개를 끄덕이자 음풍마제는 서서히 손에 힘을 뺐다. 별로 미덥진 않았지만 워낙 오랜만에 듣는 폭음이라 호기심이 일었던 것이다.

"용암… 드디어 용암이 뚫린 모양입니다."

"용암이라니? 그게 무슨 뚱딴지같은 소리냐?"

음풍마제가 고개를 갸웃거리자 묵자후는 자신이 아는 한도 내에서 상세히 설명했다. 그러자 음풍마제의 안색이 시시각각 변해가더니 급기야는 마구 웃음을 터뜨리기 시작했다.

"와하하! 드디어, 드디어 이곳을 벗어날 수 있게 됐구나! 이제야 희망이 보여! 으하하하하!"

이제 음풍마제는 묵자후고 흡혈시마고 안중에도 없었다. 그저 내일의 희망에 들떠 미친 듯이 웃어젖혔다. 그 바람에 다시 목을 조이게 된 묵자후. 사지를 버둥거리며 음풍마제의 손아귀를 벗어나려고 안간힘을 썼다. 그 바람에 음풍마제가 다시 정신을 차렸다.

그는 묵자후를 쳐다보며 흐뭇한 표정으로 고개를 끄덕였다.

"좋다! 네 녀석이 내게 좋은 소식을 전해줬으니 그 보답으로 고통없이 죽여주마. 자, 천천히 눈을 감아라."

묵자후가 어이가 없어 눈을 동그랗게 떴지만 음풍마제는 태연한 표정으로 다시 손톱을 치켜들었다. 그때 또다시 폭발음이 들려왔고, 요란한 발자국 소리가 그 뒤를 이었다.

폭발음에 놀랐는지 지급 구역에 있던 마인들이 하나둘 몰려나오기 시작한 것이다.

어느새 수백 명으로 불어난 그들. 폭발음이 들려온 쪽으로 가기 위해 연무장을 지나치다가 음풍마제와 그 손아귀에 잡혀 있는 묵자후를 보고 다들 깜짝 놀란 표정을 지었다.

"험, 험."

음풍마제가 머쓱한 표정으로 얼른 손을 내리는 사이, 이번에는 폭발음이 들려왔던 쪽에서 또 한 무리가 몰려왔다.

그들은 혈영노조를 비롯한 천급 구역의 고수들로, 오행귀로부터 이곳 상황을 전해 듣고 급히 달려오는 중이었다.

그들 중 혈영노조가 먼저 입을 열었다.

"쯧쯧, 십 몇 년 만에 출관했다기에 무슨 도라도 닦은 줄 알았더니 이게 무슨 짓인가? 모처럼 돌아와서 한다는 짓이 겨우 어린아이 목이나 틀어쥐는… 틀어쥐는……."

혈영노조는 말하다 말고 갑자기 안색을 굳혔다.

"자네… 도대체 그 아이에게 무슨 짓을 한 건가?"

혈영노조가 뺨까지 떨며 음풍마제를 노려보는 동안 주변 분위기 역시 급변하기 시작했다. 모두 분노에 찬 눈빛으로 음풍마제를 노려보기 시작한 것이다.

'뭐야? 분위기가 갑자기 왜 이렇게 변해?'

음풍마제는 일순간 당황했다.

애초에 혈영노조가 나타날 때부터 뭔가 상황이 이상하게 돌아간다 싶었지만, 그래도 자신이 누군가? 명색이 이곳 이인 자인 데다가 무려 십이 년 세월을 폐관으로 보내다가 지금 막 출관하지 않았던가? 그러니 다들 그럴듯한 인사말 정도는 해줄 것이라 기대하고 있었는데 왜들 저런 눈빛으로 자신을 쳐다보고 있단 말인가?

음풍마제는 도저히 영문을 알 수 없어 묵자후를 돌아봤다. 그리고는 자기도 모르게 경악성을 터뜨리고 말았다.

"아니, 이놈이 왜 이래? 이놈이 왜 갑자기 죽어버린 거야?"

음풍마제는 갑자기 머리가 혼란스러워졌다.

자신은 아직 손도 쓰지 않았는데 녀석이 이미 시체로 변해 있다니? 그것도 푸르죽죽한 안색에 혀까지 길게 빼문 채.

실로 귀신이 곡할 노릇이었다.

'혹시 목을 조여서 그런가? 그래도 숨이 막혀 죽었다면 그 징후를 알아차렸을 텐데? 혹시 그냥 기절한 건가?'

그러나 상태를 보니 그것도 아니었다. 은밀히 맥을 짚어보니 이미 호흡이 끊긴 지 오래였다.

음풍마제는 어찌나 당황했는지 모두가 지켜보고 있다는 사실마저 잊어버린 채 묵자후의 뺨을 찰싹찰싹 후려쳤다.

"이놈아, 정신 차려! 얼른 정신을 차리란 말이야!"

그러나 그 모습이 모두의 분노를 자극했다.

저 양반이 십 몇 년 만에 나타나서 묵자후를 죽이더니 이젠 연극까지 하는구나라는 눈빛들이었다.

"아냐! 난 죽이지 않았어! 정말이야!"

그렇게 소리쳐 봤지만 음풍마제 스스로 생각해도 말이 안 되는 변명이었다. 모두 지켜보고 있는 가운데 계속 이놈 목을 틀어쥐고 있었으니 도저히 변명의 여지가 없었던 것이다.

"자네, 더 이상 모두를 자극하지 말고 그 아일 고이 내려놓게. 어서!"

급기야 혈영노조가 고함을 지르며 다가오자 음풍마제는 그만 울상이 되고 말았다.

'이런 빌어먹을! 출관 첫날부터 망신살이 뻗치는구나.'

차라리 아까 죽여 버렸다면 큰소리라도 칠 수 있었을 텐데.

이유야 어찌 됐든 놈과 일 대 일로 싸우고 있었으니 놈이 버릇없이 대들었다고 하면 된다. 그러나 지금은 아니었다.

모두 지켜보고 있는 가운데 일방적으로 목을 거머쥐고 있었으니 괜한 오해를 사게 된 것이다.

그런데 묵자후는 정말 죽어버렸을까?

당연히 아니었다.

음풍마제에게 심장을 찔리기 직전, 또다시 폭발음이 들려오고 때맞춰 지급 마인들이 나타나자 얼른 귀식대법을 펼친 것이었다.

물론, 단순히 귀식대법만 펼쳤다면 음풍마제 같은 고수가 못 알아볼 리 없다. 좀 더 진짜처럼 보이기 위해 마뇌에게 배운 천변만화공을 가미, 피부색을 바꿨고, 작년에 배운 초보적인 강시술을 접목해 사지까지 굳게 만들었다.

뿐인가? 암혼당 살수 아저씨들에게 배운 은신술 중 체온하강법까지 가미해 버렸으니 의외의 상황에 놀란 음풍마제가 순간적으로 착각할 수밖에.

결국 그날의 소동은 음풍마제가 혈영노조에게 한바탕 혼쭐이 나고, 또 묵자후가 혈영노조에게 추궁과혈을 받고 간신히 깨어나는 것처럼 연극함으로써 일단락됐다.

　그리고 묵자후가 깨어나자 겨우 안도의 한숨을 내쉰 마인들은 용암 공사가 성공리에 끝났다는 소식을 듣고 일제히 환호성을 질렀다. 뒤이어 음풍마제의 출관을 축하할 겸 용암 공사 이후의 일을 논의하기 위해 마인들은 온천 주변에서 대회합을 가졌다.

　묵자후는 몸이 아프다는 핑계를 대고 회합에서 빠져나온 뒤 은밀히 용암동굴로 향했다.

　모처럼 자유가 주어졌기에 이 기회를 통해 흡혈시마를 만나 문제의 구결을 파악해 보려는 것이었다.

제7장

긴장

魔道天下

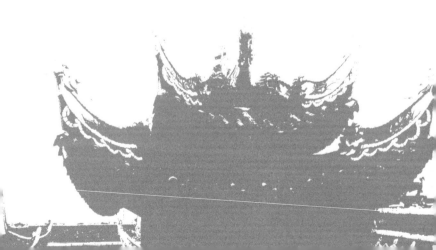

흡혈시마가 광증을 일으키는 바람에 우연히 발견된 곳, 용암동굴.

천금마옥 가장 깊숙한 곳에 위치하고 있는 그 동굴로 가기 위해서는 두 갈래의 길이 있었다.

하나는 최근에 길을 낸 용암의 물꼬를 튼 동굴 쪽으로 들어가는 것이고, 다른 하나는 흡혈시마가 유폐되어 있는 동굴 쪽으로 들어가는 것이었다.

그런데 문제는 그 동굴들이 서로 멀지 않은 곳에 있다는 사실이었다. 그러다 보니 예전 생각만 하고 발길을 재촉하던 묵자후는 동굴 입구에 이르러 그만 걸음을 멈출 수밖에 없었다.

다들 회합에 간 줄 알았더니 아직 몇 사람이 남아 마무리 공사에 열중하고 있었던 것이다.

'휴! 하마터면 들킬 뻔했네. 그런데 진짜 장관이구나! 저 용암을 이용해서 무기도 만들고 사다리도 만든다고 했지?'

묵자후는 눈앞에 펼쳐진 붉은 호수를 보며 내심 감탄을 터뜨렸다.

기관진학의 대가인 마뇌와 화기의 달인인 폭마가 서로 힘을 합쳐 만든 방원 오십 장 규모의 호수.

그 형태는 전체적으로 꽃봉오리처럼 생겼다.

물꼬를 따라 흘러나온 용암이 다른 곳으로 새지 않도록 먼저 호수 중앙에 깊은 구덩이를 파고, 그 주위로 물막이 식으로 된 이중, 삼중의 구덩이를 파 용암이 어느 한계선을 넘으면 자연스럽게 다음 물막이로 넘어가도록 했다. 이후 맨 바깥쪽에 있는 호수 한쪽으로 작은 배수로를 만들어, 그곳으로 흘러나온 용암 줄기에 철광석을 담글 수 있도록 해놓았다. 그리고 호수 주위에는 높은 벽을 쌓아 유사시에 용암 줄기를 한꺼번에 덮을 수 있도록 해놓았다. 그래서 먼발치로 봐도 그들이 이 공사에 얼마나 심혈을 기울였는지 알 수 있었다.

'그러나 용암을 이용해서 무기를 만들려면 약간 시간이 걸린다고 했지?'

누가 말했는지 모르겠지만, 저 용암을 본격적으로 활용하기 위해서는 우선 천금마옥 전체를 뒤져 다량의 철광석을 확

보해야 한다고 했다. 그리고 그것들을 녹여 쇠를 얻기까지는 짧으면 몇 달, 길면 몇 년의 세월이 걸릴지도 모른다고 했다.

그래도 아무 도구나 무기조차 없이 버텨야 했던 과거에 비하면 훨씬 나은 결과를 얻을 수 있을 것이다.

'그렇게 되면 드디어 이곳을 벗어나 강호로 간다고 했지?'

묵자후는 아직 강호가 어떤 곳인지 잘 몰랐다.

부모를 비롯해 모두에게 이야기는 많이 들었지만 단 한 번도 가본 적이 없었기 때문이다.

'강호는 어느 특정한 장소를 가리키는 게 아니랬지? 꿈과 낭만이 가득한 공간, 그러면서도 늘 죽음을 생각해야 하는 무인들의 숙명과, 그런 무인들을 사모해 목숨을 거는 여인들의 애정이 있는 곳이랬지?'

언젠가는 꼭 한 번 겪어보고 싶은 세계였다. 그러나 아직은 아니었다. 아직 묵자후는 꿈이 뭔지 모르고 낭만이 뭔지도 모르며 여자가 뭔지는 더더욱 모르는 철부지 소년에 불과했다. 그래서 강호를 생각하면 늘 가슴이 두근거렸지만 낯선 환경을 접해야 한다는 두려움도 함께 갖고 있었다.

'에이, 내가 지금 무슨 생각을 하고 있는 거야? 강호가 뭔지는 나중에 생각해 보기로 하고, 우선은 저 아저씨들의 눈을 피해 동굴로 들어갈 수 있는 방법을 생각해 내야겠다.'

땀을 뻘뻘 흘리며 공사에 열중하고 있는 아저씨들을 보니 도저히 단시간에 끝날 것 같지가 않았다.

'그렇다고 이대로 발길을 돌리자니 언제 또 이런 기회가 올지 모르고…….'

묵자후는 잠시 생각에 잠겼다가 문득 한 가지 생각이 떠올라 환한 미소를 지었다.

'그래! 지둔술(地遁術)이 있었지?'

지둔술이란 말 그대로 땅을 파고 그 안에 숨거나 아니면 땅속으로 이동하는 기술.

이것 역시 암혼당 살수 아저씨에게 배운 것이다.

'그러고 보니 잡공이라고 무시할 게 아니네. 복밀검도 그렇고 귀식대법도 그렇고, 다들 무척 쓰임새가 많구나. 앞으로는 잡공이라고 무시하지 말고 좀 더 열심히 배워둬야겠다.'

그렇게 결심하며 묵자후는 천천히 땅을 파기 시작했다.

먼저 바닥이 무른 곳을 골라 손으로 얼마쯤 파낸 뒤, 양손을 모으고 물구나무를 섰다. 그리고는 신형을 맹렬히 회전하면서 무서운 속도로 땅을 파 내려가기 시작했다. 그렇게 얼마쯤 시간이 지나자 묵자후의 모습은 완전히 땅속으로 사라져 버렸다.

"휴, 이놈이 한 번쯤 올 때가 됐는데……."

흡혈시마는 오늘도 한숨을 내쉬었다.

도대체 며칠째 이러고 있었는지 이젠 속이 새까맣게 타 들어가다 못해 입에서 연기가 풀풀 치솟을 정도였다.

흡혈시마가 이렇게까지 애타게 기다리는 사람은 누구일까?

바로 묵자후였다.

예상대로 묵자후의 피는 흡혈시마에게 영약이나 다름없는 효력을 발휘했다. 그때부터 오매불망 묵자후를 기다리고 있었는데, 벌써 두 달이 지나가도록 소식이 없다.

"제기랄! 이럴 줄 알았다면 내공 구결을 다 알려주지 말걸."

뒤늦게 그런 후회도 해봤으나 이미 엎질러진 물. 후회해 봤자 속만 쓰릴 뿐이었다.

'그래도 정상적인 구결이 아니었으니 녀석이 찾아오거나 녀석의 아비가 울면서 찾아와야 하는데 이게 어찌 된 일이지? 도대체 뭐가 잘못된 거야?'

그렇게 흡혈시마가 땅이 꺼져라 한숨만 푹푹 내쉬고 있을 때였다.

후두둑, 툭, 툭!

갑자기 저 앞쪽에서 땅이 들썩거리더니 누군가의 얼굴이 불쑥 튀어나왔다.

"헉! 누, 누, 누구냐?"

흡혈시마는 의외에 상황에 놀라 자리에서 벌떡 일어났다.

그런데 찬찬히 쳐다보니 호랑이도 제 말 하면 온다고, 그토록 기다려 왔던 묵자후가 눈앞에 서 있는 게 아닌가?

"오! 이게 누구야? 묵가 꼬맹이 아니냐?"

흡혈시마는 잔뜩 미소를 짓다가 얼른 안색을 바꿨다.

'아차! 이렇게 촐랑거려선 안 되지. 이제 곧 저놈이 아쉬운 소리를 할 테니 잔뜩 생색을 낼 수 있도록 무서운 모습을 보여야겠다.'

흡혈시마는 생각과 동시에 인상을 썼다.

"이봐, 묵가 꼬맹이. 네 녀석이 여긴 어쩐 일이냐? 그리고 그 꼴은 또 뭐야?"

그런데 녀석의 반응이 어째 이상했다.

자신을 보며 친근한 미소를 짓더니 태연히 옷을 터는 게 아닌가?

그러면서 하는 말.

"아저씨, 저번엔 고마웠어요. 아저씨 덕분에 제 무공이 엄청 늘었어요."

그러더니 녀석이 스스럼없이 다가와 옆에 엉덩이를 붙이고 앉는다.

"아유, 지둔술을 이용해 땅속을 기어봤는데 영 엉망이에요. 제 꼴이 많이 우습죠?"

흡혈시마는 어이가 없어 멍하니 묵자후를 쳐다보다가 이내 눈을 부릅떴다.

"방금 뭐라고 했느냐? 지둔술로 여기까지 왔다고?"

"예. 배운 대로 진을 뚫어볼까 하다가 설마 땅속까지 위력을 발휘하겠냐 싶어 시험해 봤는데 역시 상관없었어요. 그런데 그 대가로 온몸이 흙투성이가 되고 말았어요."

태연한 묵자후의 대답에 흡혈시마는 순간적으로 말문이 막혀 버렸다.

'지둔술로 백 장이 넘는 거리를 이동했다고? 도대체 그걸 나보고 믿으란 소리냐?'

하긴 흡혈시마가 기가 막혀 할 만도 했다.

세상에 어느 누가 땅속을 백 장이나 이동할 수 있겠는가?

맨손으로 흙과 바위를 파내는 건 둘째 치고라도 땅속에서 어떻게 숨을 쉴 수 있단 말인가?

그런데 그게 가능하단다.

"귀식대법을 썼어요."

"귀식대법이라고?"

흡혈시마는 기가 막혀 피식 실소를 흘렸다.

귀식대법은 신체 기능을 일시적으로 정지시키는 수법이기에 그걸 시전하는 동안에는 사지를 움직일 수가 없다. 그런데 그걸 운용하면서 땅을 팠다고?

아무래도 이 녀석은 허풍이 너무 심한 것 같다.

그러나 녀석이 땅속에서 불쑥 튀어나오는 걸 봤으니 안 믿을 수도 없고…….

그때 묵자후가 아! 하는 표정으로 말했다.

"맞아요! 가만히 생각해 보니 아저씨에게 배운 무공 때문인가 봐요. 그걸 운기했더니 숨을 참으면서도 땅을 팔 수 있었어요. 정말 대단한 무공이에요. 진짜 감탄했어요!"

자신을 향해 엄지를 치켜 보이는 묵자후를 보며 흡혈시마는 울지도 못하고 웃지도 못하는 괴상망측한 표정이 되었다. 그러다가 고개를 내저으며 불쑥 물어봤다.

"그래, 이 어르신의 무공은 원래 대단하지. 그런데 한 가지만 물어보자. 혹시 내가 가르쳐 준 대로 운기를 하니 뭔가 이상한 기분이 들지 않더냐?"

"맞아요. 약간의 문제가 있었어요."

흡혈시마는 얼씨구나 하는 표정으로 미소를 지었다.

"그래, 아마 갈증이 많이 났을 거다. 배도 미친 듯이 고프고 이상한 환상이나 환청도 들렸겠지. 그러나 그건 일시적인 현상에 불과하니 아무 걱정 할 필요가……."

그러나 흡혈시마는 말을 끝까지 이어나갈 수 없었다.

묵자후가 눈을 동그랗게 뜨며 고개를 가로저은 때문이었다.

"어? 아닌데요? 환상이나 환청 같은 건 전혀 없었어요. 배가 고프거나 목마르지도 않았구요."

이게 무슨 뚱딴지같은 소린가?

"말도 안 되는 소리! 갑자기 이상한 장면이 떠오르거나 섬뜩한 웃음소리가 들려야 해! 그리고 뭔가가 미친 듯이 먹고 싶거나 마시고 싶어져야 돼! 그게 정상이야!"

"아, 아닌데요. 오히려 마음이 편안해지고 활력이 샘솟던데요? 혹시 제가 뭘 잘못 배운 건가요?"

아무렴! 잘못 배웠다.

잘못 배워도 아주 크게 잘못 배웠다.

"이놈! 이 쥐방울만 한 놈이 감히 누구 앞에서 거짓말을 해? 그 무공을 익히면 반드시 피가 먹고 싶어지고 사람 고기가 먹고 싶어져야 해! 그게 정상이야! 그런데 왜 되지도 않는 거짓말을 하는 거야? 오라! 네놈이 내게 피를 빼앗기기 싫어서 일부러 거짓말을 하고 있구나! 그렇지?"

흡혈시마는 불신 어린 표정으로 고함을 지르다가 갑자기 묵자후를 덮쳤다. 그러자 묵자후가 귀신같은 신법으로 몸을 피하더니 어느새 저만치 물러나 걱정스런 표정으로 흡혈시마를 바라본다.

"아저씨, 또다시 마성이 폭발하려고 그러는 거예요? 그럼 얼른 운기조식하세요. 제가 호법을 서드릴게요."

"뭐, 뭐라고?"

흡혈시마는 순간적으로 기가 탁 막혀 버렸다.

운기조식이라니?

지금 운기조식하면 오히려 흡혈귀가 되어버리는데?

'이 녀석이 지금 누굴 놀리고 있나?'

그러나 녀석의 표정을 보니 진심으로 자기를 걱정해 주는 것 같다.

'그럼 뭐야? 저놈이 엉터리로 가르쳐 준 내공심법을 통해 뭔가를 얻었다는 말이야?'

기가 막혔다.

녀석의 말이 사실이라면 사부란 작자가 자기에게 무공을 잘못 가르쳐 줬다는 말이 된다.

'그러나 그럴 리가 없다! 비록 개떡 같은 사부였지만 무공 하나만큼은 확실히 가르쳐 줬다.'

그렇다면 결론은 뭔가?

'금강폭혈공 자체가 미완성이거나 또 다른 경로가 있다는 뜻.'

문득 그럴 수도 있겠다는 생각이 들었다.

왜냐하면 금강폭혈공은 사부란 작자가 죽기 직전에서야 완성한 무공이었으니 뭔가 허점이 있을 수도 있었다.

그렇게 내심 생각을 정리한 흡혈시마는 질투와 감탄이 뒤범벅된 눈길로 묵자후를 쳐다봤다.

이제 녀석의 피를 빼앗아 먹는 건 차후 문제가 되어버렸다.

우선은 저 녀석이 어떻게 진기를 유도했는지 그 경로부터 알아내야 한다. 그것만 알아내면 평생을 괴롭혀 오던 이 지긋지긋한 심마를 떨쳐 버릴 수 있다. 또 그렇게만 되면 소위 말하는 탈마의 경지에도 곧바로 들어설 수 있게 된다.

'그런데 녀석을 어떻게 꼬드긴다?'

때마침 묵자후가 한 이야기가 퍼뜩 생각났다.

'그래, 녀석이 뭔가 문제가 있다고 그랬었지?

흡혈시마는 서서히 안색을 폈다. 그리고는 배시시 웃으며 눈짓으로 자기 옆자리를 가리켰다.

"자, 꼬맹아. 이리 와서 내 옆에 앉으렴. 방금 내가 널 덮친 이유는 마성이 폭발해서 그런 게 아니라 내가 가르쳐 준 무공을 얼마나 잘 익혔나 보려고 그랬던 거란다. 그러니 아무 걱정 말고 이리 와서 앉으려무나."

그러나 묵자후가 바보가 아닌 이상 곧바로 다가올 리 없다.

멀찍이 떨어져서 조그만 바위 위에 엉덩이만 살짝 걸친다.

흡혈시마는 그 모습을 보고 화가 치밀었지만 애써 미소를 지었다.

"녀석, 어지간히 놀란 모양이구나. 그래, 그 자리가 편하면 거기 앉아서 이야기하렴. 그런데 아까 우리가 어디까지 이야기했더라?"

"환상, 환청, 피, 사람 고기."

딱딱한 대답에 흡혈시마는 잠시 당황한 표정을 지었다.

"이런! 그건 농담이었는데 진심으로 받아들인 모양이구나. 미안하다. 내가 지나쳤어. 이렇게 사과할 테니 그만 화를 풀고, 아까 말하려고 했던 네 고민이 뭔지 그것부터 이야기해 보자."

흡혈시마가 평소답지 않게 연거푸 고개를 숙이자 묵자후는 그제야 표정을 풀고 두어 발짝 앞으로 다가왔다.

"제가 고민하는 것은 내외상합 때문이에요."

"내외상합?"

"예. 그게 정확히 무슨 뜻인지 알고 싶어요."

'이런, 빌어먹을!'

흡혈시마는 순간적으로 인상을 구겼다.

갑자기 팔자에도 없는 무학 강론이라니?

그러나 어쩌겠는가, 자신이 아는 한도 내에서 최대한 설명해 줄밖에.

"에, 또… 내외상합이란 안과 밖을 서로 조화시킨다는 뜻으로 안으로는 내공을 가다듬고 밖으로는 신체를 단련해……."

그런데 녀석의 표정이 이상했다.

마치 '아저씨도 그것밖에 몰라요?' 하는 표정이었다.

흡혈시마는 자존심이 상해 최대한 상상력을 발휘했다.

"…그렇게 안과 밖의 조화를 이룬 뒤 다음 단계로 들어선단다. 즉, 이제는 내공과 신체의 조화뿐만 아니라 정신까지도 함께 조화시켜야 하지. 바로 그런 이유로 내외상합이 쉬우면서도 어렵다는 말이다. 생각만으로 천 리를 움직이고 뜻으로 하늘을 쪼개 버리니 이 어찌 쉬운 일이겠느냐? 그래서 땡중들이나 도사 놈들이 하나같이 씨부려 대지. 내외상합을 이루면 천인합일은 물론이고 우화등선도 장난처럼 할 수 있다고."

그제야 묵자후의 눈이 반짝거리기 시작했다.

"그러니까 아저씨 말씀은, 진정한 내외상합을 이루기 위해서는 삼라만상과 하나가 되어야 한다는 말씀이군요?"

"그렇지! 이제야 알아듣는구나!"

물론 겉으로는 이렇게 맞장구쳤지만 속으로는 연신 콧방귀를 뀌어댔다. 말이야 쉽지, 그게 가능이나 한 소리냐며.

그러나 묵자후는 무척 진지하게 받아들였고, 그로 인해 두 사람의 거리는 한층 더 가까워졌다.

이제 엎어지면 코 닿을 거리.

마침내 흡혈시마가 본색을 드러냈다.

"그럼 이제 내가 한 가지 질문을 하마. 아, 아, 그렇게 긴장할 필요는 없어. 네가 제대로 배우고 있나 알아보려고 하는 거니까."

음흉한 표정으로 엉덩이를 갖다 붙인 흡혈시마는 은근슬쩍 운기 경로를 물어보기 시작했다.

그러나 돌아온 대답은 예상 밖이었다.

"운기 경로요? 아저씨가 알려주신 구결대로 했는데요?"

순간 흡혈시마의 표정이 와락 일그러졌다.

"그럴 리가 없다! 그 경로는… 그 경로는……."

흡혈시마는 그렇게 소리 지르다가 갑자기 호흡을 멈췄다.

어디선가 비릿한 냄새가 코를 찔러온 때문이었다.

'컥! 이게 무슨 냄새야? 독이다! 그것도 상상을 초월한……!'

생각과 동시에 전신이 마비되기 시작했다.

"앗! 아저씨! 왜 그래요? 갑자기 아저씨 얼굴이 시커멓게 변해가고 있어요!"

아련한 묵자후의 음성을 들으며 흡혈시마는 서서히 의식을 잃어갔다. 그리고 굳어버린 그의 동공에 시커먼 물체가 어른거렸다.

끼이이이.

어둠 속에서 시뻘건 안광을 번뜩이며 기음을 토해내는 물체는 다름 아닌 만년오공이었다.

놈이 턱밑에 달린 거대한 다리를 휘두르며 동굴 안으로 들어서고 있었다. 그로 인해 동굴 전체가 지진을 만난 듯 요동을 쳤고, 천장에서 무수한 돌무더기와 종유석들이 마구 떨어져 내렸다.

묵자후는 그 모습을 보고 심장이 덜컥 내려앉는 기분이었다. 오 년 전에는 의식을 잃어버리는 바람에 놈의 모습을 제대로 보지 못했으나 이번에 정면으로 놈을 보게 되자 혼백이 달아나 버린 듯 정신이 몽롱하고 사지가 벌벌 떨려왔다.

하지만 놈이 휘두른 턱다리에 의해 동굴 입구가 와르르 허물어져 내리자 찬물을 뒤집어쓴 듯 퍼뜩 정신을 차렸다.

'저놈을 이 안으로 들여보내선 안 돼!'

문득 그런 생각이 들었다.

만약 저 괴물이 이 안으로 들어오게 되면 자신뿐만 아니라 천금마옥 안에 있는 사람들 모두가 떼죽음을 당하게 된다.

'어떻게 해서든 저 괴물을 막아내야 해!'

그런데 무슨 수로?

도대체 무슨 수로 저 괴물을 막아낼 수 있단 말인가?

묵자후는 빠르게 머리를 굴려봤다. 그리고 번개처럼 떠오르는 한 가지 생각.

'그래, 진법! 혹시 진법이라면 놈을 막을 수 있지 않을까?'

묵자후는 생각을 떠올림과 동시에 몸을 움직였다.

주변에 떨어져 있는 돌들을 이용해 급히 오행진을 펼친 것이다. 하지만 내심 불안한 기분이 들어 흡혈시마를 동굴 안으로 옮긴 뒤, 자신의 식지를 깨물어 그에게 피를 먹여주었다. 그리고는 흡혈시마의 용태를 살피는 한편으로 만년오공의 움직임을 주시했다.

'제발 효과가 있어야 할 텐데……'

그러나 기대는 곧 실망으로 변해 버렸다.

끼아아!

우르릉, 쿠콰쾅!

만년오공이 기음을 터뜨리며 그 거대한 턱다리를 휘두르자마자 그토록 애써 펼쳤던 진세가 흔적도 없이 사라져 버린 것이다. 이지(理智)를 가진 사람과 달리 미물에게는 진법이 통하지 않았던 것이다.

묵자후는 암담한 표정으로 진세를 쳐다보다가 흉흉한 눈빛으로 좌우를 둘러보던 만년오공과 정면으로 눈이 마주치고 말았다.

끼아아!

순간, 놈이 기음을 흘리며 시퍼런 녹광을 뿜어왔다.

"크윽!"

만년오공의 독에 가슴을 강타당한 묵자후는 비명을 지르며 일 장 밖으로 튕겨나고 말았다.

"으으으……."

한동안 신음을 흘리며 바닥을 뒹굴던 묵자후, 어느 순간 튕기듯이 일어나 만년오공을 노려봤다. 비록 가슴 부위에선 시퍼런 연기가 치솟고 있었지만 그 외에는 별다른 외상이 없어 보였다.

만년오공은 그런 묵자후를 보고 의아한 표정으로 눈알을 굴리다가 자존심 상한 표정으로 재차 독기를 내뿜었다.

취이익!

"크윽!"

이번에는 어깨를 얻어맞은 묵자후.

역시 저 뒤로 튕겨났다가 인상을 찌푸리며 다시 일어났다.

이제 만년오공은 잔뜩 흥분했다.

저 발톱만 한 인간이 자신의 독을 두 번이나 버텨내다니?

끼와악!

만년오공은 괴성을 토하며 재차 독기를 내뿜었다. 동시에 쇠갈퀴 같은 턱다리를 휘두르며 앞으로 나아왔다. 그로 인해 천장이 무너지고 자욱한 흙먼지가 피어오르며 동굴을 가득 메워 버렸다.

그러나 이번에는 묵자후도 호락호락하지 않았다.

만년오공이 독기를 내뿜는 순간 바닥을 굴러 날카로운 돌조각을 집어 들었다. 그리고는 놈이 턱다리를 휘두르는 찰나, 허공으로 공중제비를 돌며 놈의 주둥이를 향해 돌조각을 날렸다.

비도술의 하나로, 상대의 혼까지 부숴 버린다는 쇄혼투(碎魂透)의 수법이었다. 하지만 결과는 아쉽기 짝이 없었다.

놈이 재빨리 몸을 트는 바람에 창대 같은 다리 하나만 잘라 내고 만 것이다.

끄워어!

무려 백여 쌍이 넘는 다리 중 하나인데도 놈은 무척 고통스러운 모양이었다. 사지를 비틀며 마구 비명을 질러 천장에서 또다시 돌무더기가 와르르 쏟아져 내렸다.

묵자후는 얼른 바닥에 떨어져 있던 놈의 다리를 집어 머리 위로 쏟아져 내리는 바위들을 쳐냈다. 뒤이어 놈의 다리를 창처럼 겨누며 경계 태세에 들어갔다.

그 모습을 보자 만년오공의 분노는 극에 달했다.

저 발칙한 인간이 감히 누구 다리로 자신을 겨눠?

거기다 그 다리로 빙빙 돌리기까지 해?

끼아아아아악!

만년오공은 이제 눈에 보이는 게 없었다.

천장이 무너지든 말든 그 거대한 몸집을 일으켜 마구 다리를 휘둘러왔다.

무려 백여 쌍이 넘는 흉기가 눈앞을 어지럽혔지만 묵자후는 침착하려 애썼다. 대체 어찌 된 사연인지는 모르겠지만 놈의 독에 맞아도 아무 이상이 없으니 지금부터는 저 괴물의 다리만 조심하면 된다. 그러면 놈은 덩치 큰 괴물에 불과하다.

내심 결의를 다지며 묵자후는 빠르게 보법을 펼쳤다.

머리 위로 떨어져 내리는 종유석들을 쳐내고, 아슬아슬하게 날아드는 쇠갈퀴 같은 다리들을 피하며 놈과 대치 상태를 이어갔다.

비록 흡혈시마가 걱정되긴 했지만 현재로서는 별다른 방법이 없었다. 어떻게든 저놈을 퇴치하는 게 급선무였다.

'그런데 이렇게 피하기만 해서는 안 돼. 이대로 가다간 오히려 내가 생매장당하고 말아.'

이미 동굴이 반 이상 허물어진 상황.

거기다 천장이 계속 무너지고 있어 운신의 폭이 점점 줄어들고 있었다. 그러니 모험을 하는 한이 있더라도 특단의 대책을 세워야 한다.

그때 퍼뜩 떠오른 생각.

'맞아! 내가 왜 그 생각을 못했지?

묵자후는 눈을 빛내며 자신의 손아귀에 있는 만년오공의 다리를 쳐다봤다.

'조금 위험하겠지만 놈의 다리를 하나둘 떼어내면 되지 않을까? 그렇게 되면 놈이 움직이지 못하게 될 테니 아무 걱정할 게 없어지잖아?

그때부터 묵자후는 용기백배하여 만년오공과 맞섰다.

끼아아아아!

섬뜩한 기음과 함께 머리 위로 세 개의 다리가 날아들었지만,

"이놈! 어디 혼 좀 나봐라!"

묵자후는 손에 들고 있던 다리로 놈의 다리를 거세게 후려쳤다.

그러나,

텅!

"크윽!"

묵자후가 한 가지 오판한 게 있었다. 그게 뭐냐 하면 놈은 상상을 초월하는 힘을 갖고 있었다는 것. 그 오판의 대가로 손에 든 다리가 힘없이 부러져 나갔고, 전신에 엄청난 통증을 느끼며 바닥으로 나뒹굴고 말았다.

끄끄끄끄끄!

만년오공이 비웃는 듯한 표정으로 다가왔다. 그리고는 얼

굴에 독액을 내뿜더니 그 거대한 턱다리를 벌려 묵자후의 목을 자르려 했다.

"으아아! 안 돼!"

묵자후는 비명을 지르며 두 손으로 놈의 턱다리를 잡았다. 그러나 놈의 힘에 밀려 양손이 힘없이 오그라들고 말았다.

'으으······.'

이제 눈 깜짝할 순간이 지나면 목이 뎅겅 잘려 나가 버릴 것이다.

묵자후의 눈빛이 암담하게 흔들리는 순간,

키이잇!

어디선가 소름 끼친 기음이 들려왔다. 동시에 저 어둠 속에서 눈부신 광채가 번쩍이더니 뜨거운 열풍이 휘몰아쳐 왔다.

'헉! 뭐, 뭐야?'

묵자후가 그 열기에 놀라 눈을 부릅뜨는 찰나, 만년오공이 비명을 지르며 펄쩍 뛰어올랐다. 그 짧은 틈을 이용해 간신히 놈의 손아귀에서 벗어난 묵자후는 얼떨떨한 표정으로 만년오공을 쳐다봤다. 그런데 실로 믿기지 않는 일이 벌어지고 있었다.

방금 전까지만 해도 그렇게 미친 듯이 날뛰던 만년오공이 당황한 표정으로 뒤로 물러나고 있었다.

'아니, 저놈이 갑자기 왜 저러지?'

대체 어찌 된 영문인지 알아보려고 해도 만년오공의 몸집이 동굴 전체를 꽉 메우고 있어 상황 파악이 힘들었다. 그러다가 놈이 고개까지 뒤로 젖힌 채 연신 괴성을 터뜨리자 본능적으로 저 뒤에서 무슨 일이 벌어진 것 같다는 생각이 들었다.

'아무래도 방금 전에 본 그 광채 때문인 것 같다. 어쩌지? 놈의 뒤를 따라가 봐?'

묵자후는 잠시 고민하다가 치솟는 호기심을 참지 못하고 동굴 안에 뉘어져 있는 흡혈시마의 상태를 확인해 본 뒤 슬그머니 놈을 뒤따라갔다.

벌써 놈이 동굴을 완전히 빠져나갔는지 자욱한 흙먼지 사이로 용암동굴의 붉은 광채가 보이기 시작했다.

"끙차!"

묵자후는 허물어져 버린 동굴 입구를 파헤치며 고개를 내밀었다. 그리고는 눈을 휘둥그레 뜨며 급히 바닥으로 얼굴을 파묻었다.

'맙소사! 내가 지금 꿈을 꾸고 있는 것일까?'

그러나 절대 꿈이 아니었다.

'세상에! 저렇게 엄청난 새가 존재할 줄이야! 그리고 저 몸놀림 좀 봐. 도저히 눈이 못 따라가겠어.'

상황은 묵자후가 감탄을 터뜨릴 만도 했다.

한눈에 봐도 범상치 않아 보이는 새가 벼락같은 속도로 마구 화염을 쏘아대고 있었다. 그리고 만년오공은 그에 대항해 독기를 내뿜으며 연신 괴성을 터뜨리고 있었고.

실로 눈으로 보고도 믿기지 않는 경천동지할 격전이었다.

그 광경을 보자 묵자후는 놈이 왜 자신을 두고 그냥 물러났는지 그 이유를 깨달을 수 있었다.

'아무래도 저 새가 날 살려주기 위해 저 괴물 같은 지네를 공격한 모양이다.'

물론 이 생각은 묵자후의 착각에 불과했다.

원래부터 만년오공과 화령신조는 서로 상극지간이었다.

그런데 이 무슨 운명의 장난인지 하필이면 둘이 같은 동굴 안에서 살게 되었다. 그래서 서로의 생존권을 지키기 위해 이제껏 목숨을 걸고 싸우고 있던 중이었다. 그러다가 마침 자신의 근심거리였던 만년오공이 갑자기 좁은 동굴 안으로 기어 들어 가자 화령신조가 기회다 하고 놈을 공격한 것이었다.

그러나 상황이야 어찌 됐든 결과적으로는 화령신조 덕에 목숨을 구하게 된 묵자후는 열띤 표정으로 화령신조를 응원했다.

끼아아아!

키이이잇!

두 영물의 싸움은 시간이 갈수록 격해져 갔다. 그로 인해 사방에 독기가 휘날리고 불길이 휘몰아쳤지만 묵자후는 틈틈이 몸을 피하면서도 끝내 자리를 떠나지 않았다.

그렇게 묵자후가 지켜보는 앞에서 용호상박으로 흐르던 격투는 조금씩 시간이 흐르면서 차츰 만년오공의 우세로 기울어갔다.

이곳이 흡혈시마가 머무르고 있던 동굴과 달리, 좌우에 장애물이 전혀 없는 넓은 공간이어선지 만년오공의 움직임 역시 화령신조 못지않게 매우 빨랐다. 거기다 백여 쌍이 넘는 창칼 같은 다리에 운무처럼 번져 가는 독액까지 갖추고 있어 화령신조의 움직임은 눈에 띄게 느려져 갔다.

물론 그렇다고 해서 화령신조가 당장 패색이 짙어졌다거나 일방적으로 수세에 몰리고 있다는 건 아니었다. 이전처럼 날카로운 부리 공격을 못하고 있을 뿐 간간이 위협적인 화염 공격을 뿜어대고 있었다.

'휴우, 정말 엄청난 혈전이로구나! 마치 아저씨들에게 듣던 강호의 싸움을 보는 것 같아.'

묵자후의 감탄처럼 두 영물의 싸움은 시간이 갈수록 점입가경으로 변해갔다. 마치 이번 기회를 통해 그동안의 승부를 결정지으려는 듯 서로 생사를 도외시한 채 미친 듯이 격전에 임했다.

이미 만년오공은 꼬리 쪽이 너덜너덜하게 헤집어져 검붉은 피가 흘러나왔고, 격전의 와중에서 몇 개의 다리가 떨어져 나가 동굴 바닥에 이리저리 나뒹굴고 있었다.

하지만 그런 상처도 화령신조에 비하면 그나마 양호한 편이었다.

화령신조는 그 탐스럽던 깃털을 반 이상 잃어버렸고, 그 늘씬하던 몸에는 만년오공의 다리에 베인 흉측한 상처로 가득했다.

묵자후는 그 모습을 보자 점점 마음이 조급해졌다.

동굴 바닥에 피를 뚝뚝 흘리며 날아다니고 있는 화령신조를 보자 도저히 승산이 없어 보인 것이다.

'아무래도 안 되겠어. 이대로 가다가는 저 새가 잡아먹혀 버릴 것 같아. 내가 나가서 저 괴물의 이목을 돌려놔야겠다.'

묵자후는 결심과 동시에 살그머니 비탈길을 내려갔다. 그리고는 바닥에 떨어져 있는 만년오공의 다리를 주워 발치께에 가지런히 쌓아놓은 뒤 그중 하나를 집어 들었다.

'아까처럼 놈의 다리를 맞혀야 해.'

묵자후는 만년오공과의 거리를 가늠하며 신중히 투창 자세를 취했다. 그리고는 흡혈시마에게 배운 폭혈공의 요결을 이용해 만년오공의 다리를 힘껏 집어 던졌다.

쐐애애액!

다리 한 짝이 무서운 속도로 바람을 갈랐다.

묵자후는 결과를 확인해 보지도 않고 곧바로 다음 다리를 집어 던졌다. 그렇게 연이어 다섯 개를 던지고 나자 묘한 음향이 귀를 자극해 왔다.

퍽! 퍽! 퍽!

다행이었다.

자신이 던진 다섯 개의 다리가 모두 명중했다.

"야호! 성공이다!"

묵자후는 그에 고무되어 자기도 모르게 큰 소리로 환호성을 질렀다. 그러자 만년오공이 고통스러운 비명을 지르며 휙 고개를 돌려왔다.

끼아아아!

순간적으로 놈의 눈에서 불똥이 튀는 듯했다. 동시에 놈이 앞뒤 가리지 않고 무서운 속도로 달려오기 시작했다.

"으아아!"

묵자후는 놈의 기세에 질려 후닥닥 비탈길로 올라갔다. 그리고 막 동굴 입구로 들어서려는 찰나,

콰아앙!

무시무시한 폭음과 함께 동굴 입구가 와르르 무너져 내렸다. 알고 보니 묵자후가 도망가지 못하도록 놈이 턱다리로 동굴 입구부터 부숴 버린 것이었다.

"으으......"

묵자후는 할 수 없이 뒤돌아섰다.

그러나 저 거대한 괴물을 무슨 재주로 당할 수 있을까 싶어 암담한 기분이 들었다.

그런 묵자후의 시선으로 수십 개의 창날 같은 다리가 날아왔다. 묵자후는 이를 악물며 사력을 다해 몸을 틀었다. 그러

나 한발 늦어버리고 말았다.

콰지직!

"크으윽!"

아슬아슬하게 심장 부위는 피했지만 놈의 다리에 오른쪽 어깨를 꿰뚫리고 만 것이다.

묵자후는 고통에 찬 비명을 지르면서도 어떻게든 몸을 빼내려고 애를 썼다. 그러나 놈은 아예 작심을 한 듯 그 거대한 몸집으로 묵자후를 깔아뭉개려 했다. 바로 그때 화령신조가 무서운 속도로 날아왔다.

묵자후를 상대하느라 허점이 드러난 만년오공의 목을 노리고 번개처럼 날아든 것이다.

그 서슬에 놀란 만년오공이 화들짝 몸을 틀었고, 그 바람에 묵자후는 겨우 압사를 면할 수 있었다. 그리고 화령신조는 애초에 노렸던 목 대신 만년오공의 한쪽 눈을 꿰뚫어 버리는 개가를 올리게 됐다.

끼아아아아!

만년오공은 처절한 비명을 지르며 후닥닥 달아났다. 물론 화령신조가 악착같이 따라잡았지만 놈의 명줄을 끊어놓지는 못했다. 놈이 최후의 수단으로 내단까지 토해내는 등 마구 발악을 했기 때문이다.

아무튼 우여곡절 끝에 짜릿한 역전승을 거두게 된 화령신조는 피투성이가 된 몰골로 동굴 이곳저곳을 날아다니며 의

기양양한 울음을 토했다.

묵자후는 그런 화령신조를 보며 희미한 미소를 지었다.

'녀석, 장하구나! 드디어 놈을 물리치고 또다시 내 목숨을 구해줬어.'

그 생각을 끝으로 묵자후는 서서히 의식을 잃어갔다.

만년오공에 대한 공포와 과다 출혈로 인해 혼절한 것이다.

화령신조는 그 모습을 보고 천천히 묵자후 곁으로 내려섰다.

녀석은 처음엔 사뭇 오만한 표정으로 묵자후를 쳐다보기만 했다. 그러다가 부리로 묵자후의 몸을 뒤집고 난 뒤부터는 알 수 없다는 눈빛으로 고개를 갸웃거렸다.

아무래도 이 인간은 예전에 한 번 본 듯한 인간인데 왜 자신을 도와줬는지 모르겠다는 표정이었다. 그리고 자신을 도와준 행동에 비해 몸이 너무 허약해 보인다는 생각을 한 모양이었다.

화령신조는 어찌할까 하는 표정으로 한동안 묵자후 곁을 배회했다. 그리고 발로 묵자후를 툭툭 건드려 보다가 할 수 없다는 듯 고개를 내젓더니 부리로 묵자후의 입을 벌리기 시작했다. 그리고는 아까워 죽겠다는 표정으로 묵자후에게 자기 침을 먹이기 시작했다.

물론 많이 먹인 것도 아니었다. 딱 두 방울만 먹이고는 냉정하게 몸을 틀어 용암 속으로 사라져 갔다.

이제는 화령신조마저 사라져 버린 텅 빈 동굴.

정신을 잃고 쓰러져 있는 묵자후를 보며 침을 꿀꺽 삼키는 사람이 있었다.

그는 다름 아닌 흡혈시마였다.

제8장

참변

魔道

天下

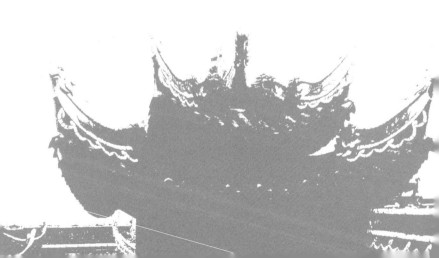

저 비탈길 위, 허물어져 버린 동굴 부근에서 흙먼지를 잔뜩 뒤집어쓴 채 눈알만 뒤룩뒤룩 굴리고 있는 흡혈시마의 눈엔 질투와 부러움이 뒤범벅되어 있었다.

사실 흡혈시마는 만년오공이 묵자후의 목을 자르려고 할 때부터 이미 정신을 차리고 있었다. 그러나 상대가 워낙 무시무시한 괴물이다 보니 도저히 묵자후를 도와줄 엄두를 내지 못하고 죽은 척 드러누워 있다가, 갑자기 만년오공이 사라져 버리고 묵자후마저 그 뒤를 따라가 버리자 무슨 일인가 싶어 밖으로 나왔다.

그런데 용암동굴 안쪽에서 요란한 괴성이 들려오고, 그 소리가 오 년 전에 들었던 화령신조의 울음소리란 걸 깨닫고는 몰래 가슴을 쓸어내렸다. 그리고 그때부터 고민에 휩싸였는데, 과연 이대로 상황이 종료되기를 기다리는 게 좋은가, 아니면 가서 두 영물의 싸움을 지켜보고 그 결과에 따라 움직이는 게 좋을 것인가를 두고 갈등에 휩싸인 것이다.

물론 원칙대로라면 이대로 숨어 있는 게 옳았다. 그러나 묵자후를 떠올리자 도저히 기다리고만 있을 수 없었다.

녀석의 피는 자신에게 보약 이상의 영약이었고, 녀석이 제 맘대로 해석한 금강폭혈공은 자신의 마성을 단번에 없애줄 뿐만 아니라 무위까지 급상승시켜 줄 수 있는 신공절학에 다름 아니었다. 그러니 녀석의 생사 여부도 확인해 보지 않고 어찌 숨어 있을 수만 있겠는가?

결국 흡혈시마는 위험을 무릅쓰고 용암동굴로 향했다.

그러나 가장 먼저 보게 된 장면은 만년오공이 자신을 향해 그 무시무시한 턱다리를 날려오는 광경이었다. 그에 놀라 혼이 구만 리 밖으로 달아났지만 알고 보니 자신을 향한 공격이 아니라 묵자후를 향한 것이었다.

그때부터 간이 콩알만 해져 조마조마한 심정으로 상황을 지켜보던 흡혈시마.

어느덧 싸움이 끝나고, 화령신조가 묵자후에게 침을 먹이는 장면을 보게 되자 자신도 모르게 용심이 치솟았다. 과거에 들은 숱한 신화와 전설이 떠오른 때문이었다.

옛날에 어떤 영웅은 어떤 영물을 구해주고 뭔가를 받았다더라, 혹은 어떤 영물을 죽이고 뭔가를 취했다더라 하는 식의 소문들.

그 생각이 떠오르자 눈앞에서 벌어지고 있는 광경 역시 심상치 않아 보였다. 말로만 들어오던 기연이 분명해 보였다.

'일이 저렇게 될 줄 알았다면 내가 대신 나설걸.'

만약 그랬다면 자신이 저 영물의 침을 받아먹었을 게 아닌가?

그 생각을 하자 괜히 질투가 났다. 그러던 차에 화령신조까지 사라지자 슬그머니 욕심이 치솟았다.

'보아하니 저 녀석은 아직 생사 불명인 것 같다. 그러니 녀석이 정신 차리기 전에 어서……'

흡혈시마는 서둘러 비탈길을 내려갔다.

혹시 그 괴물들이 다시 나타나지 않을까 잔뜩 신경이 쓰였지만, 그보다는 화령신조의 영기를 저 녀석이 모두 흡수해 버리면 어쩌나 싶어 바쁘게 걸음을 재촉했다. 그리고 묵자후 곁에 다다르자마자 혀로 묵자후의 입을 벌린 뒤 그 침을 빨아먹기 시작했다.

'왜액! 에구구, 이놈의 팔자! 살다 보니 영약을 얻어먹으려고 별짓 다 하는구나.'

흡혈시마는 내심 울상을 지으면서도 미친 듯이 묵자후의 입 안을 헤집었다. 그런데,

'으아악! 이, 이, 이게 어찌 된 일이야?'

갑자기 흡혈시마의 표정이 창백하게 변해갔다. 그가 묵자후의 타액을 다 빼어 먹었다고 생각하며 입을 떼려는 순간, 묵자후의 전신에서, 보다 정확히 말하자면 묵자후의 입 안에서 가공할 흡입력이 생성되더니 자신의 진기를 마구 빼앗아 가는 게 아닌가?

그 기세가 어찌나 엄청나던지 흡혈시마는 도저히 입을 뗄 수도, 몸을 움직일 수도 없었다.

갑자기 이런 믿지 못할 현상이 벌어지게 된 이유는 묵자후의 체내에서 만년오공의 독기와 화령신조의 영기가 치열한 싸움을 벌이고 있어서였다. 그 가공할 싸움의 여파가 묵자후의 무의식을 깨워 본능적으로 금강폭혈공을 발동하게 만들었고, 이때 입 안에서 낯선 기운이 느껴지자 그 기운까지 몽땅 빨아들이기 시작한 것이다.

그러나 이런 사정을 알 리 없는 흡혈시마.

묵자후에게 모든 공력을 빼앗기게 되자 한순간에 십 년은 늙은 듯 피골이 상접하게 변해갔다. 그로 인해 망연자실한 표정으로 삶의 의욕을 잃어갈 무렵,

'오오오! 이, 이럴 수가?'

이번에는 정반대의 현상이 일어났다.

빠져나갔던 기가 다시 돌아오기 시작한 것이다.

그것도 보통 기가 아니라 만년오공의 기운과 불새의 기운,

거기다 예전에 묵자후가 받아들인 수많은 마인들의 공력까지 융합된 지고지순한 기운이 해일처럼 밀려들고 있었던 것이다.

그 바람에 흡혈시마는 또다시 입술을 뗄 기회를 놓쳐 버렸다. 그도 그럴 것이, 무인이라면 꿈에서조차 바라 마지않는 일이 자신에게 벌어지고 있었으니, 흡혈시마가 바보가 아닌 다음에야 딴 짓(?)을 할 마음의 여유가 없었다.

더구나 그 기운이 다른 운기법도 아닌 금강폭혈공, 그것도 묵자후 스스로 깨우친 운기법으로 휘돌고 있었으니 흡혈시마는 그저 감격에 벅차 모든 신경을 몸 안에서 소용돌이치고 있는 기운에 집중하고 있었다.

오성, 육성, 칠성……

묵자후에게서 넘어온 기운은 흡혈시마의 막힌 혈과 꼬인 혈을 타통시키며 빠르게 회전해, 급기야는 예전에 잃어버린 흡혈시마의 공력까지 되찾아주었다.

'오오! 조금만 더, 조금만 더! 조금만 더 지나면 단번에 극마의 경지를 넘어 탈마의 경지에 들어서게 된다.'

그렇게 흡혈시마가 한참 희열에 들떠 있을 때였다.

갑자기 저 뒤에서 인기척이 났다. 그리고 느닷없는 호통 소리가 들려왔다.

"아니, 자네, 거기서 뭐 하고 있는 겐가?"

호통 소리의 주인공은 다름 아닌 무풍수라였다.

더구나 그는 혼자 온 게 아니었다. 음풍마제와 함께 왔다.

'컥! 하필이면 이럴 때?'

흡혈시마는 두 사람을 보자 이내 울상이 되고 말았다.

그러나 두 사람은 그에 아랑곳하지 않았다. 특히 무풍수라는 안색까지 붉혀가며 고래고래 고함을 질렀다.

"아니, 저놈의 자식이 몇 년 처박혀 있더니 갑자기 돌아버렸나? 대형께서 오셨는데 인사할 생각은 않고 애새끼한테 입이나 맞추고 있어? 너, 변태냐? 변태냐고, 이 빌어먹을 놈아?!"

하지만 그런 소리를 듣고도 흡혈시마는 아무 대답을 할 수 없었다.

'흑흑, 어떻게 오해해도 좋으니 제발 건드리지만 말아줘. 제발······.'

그러나 하늘도 무심하시지, 흡혈시마가 자기 말에 대꾸할 생각조차 않고 눈알만 데굴데굴 굴리고 있자 울컥 화가 치민 무풍수라, 바람처럼 날아와 흡혈시마의 머리통을 거세게 후려쳐 버렸다.

철썩!

그런데 이게 어찌 된 일인가?

무풍수라의 손이 흡혈시마의 머리에 딱 달라붙어 꼼짝도 않는 게 아닌가?

"헉! 이게 뭐야? 내 손이 왜······?"

그러나 무풍수라는 더 이상 말을 이어나갈 수 없었다. 갑자기 전신의 기운이 썰물처럼 쭉 빨려 나간 때문이었다.

'으아악! 이게 무슨 일이야?'

무풍수라는 심장이 튀어나올 정도로 놀라 급히 손을 떼어내려고 안간힘을 썼다. 그러나 흡혈시마에게서 흘러나오는 흡입력에는 도무지 당할 재주가 없었다. 그래서 옴짝달싹 못하고 진기만 빼앗기고 있는데, 이상한 것은 그때부터 흡혈시마의 표정도 사색이 되어간다는 점이었다.

사연인즉슨, 비록 경로는 다를망정 자신이 익힌 내공과 비슷한 기운으로 대주천을 당하고 있던 흡혈시마. 갑자기 기운이 전혀 다른 무풍수라의 진기가 들어오자 내부 경락이 적응을 못하고 완전히 뒤틀려 버린 것이다. 거기다가 잠시 시간이 흐르면서 자신의 진기마저 또 빨려 들어가니, 겨우 예전의 내공을 회복하고 그다음 단계로 나아가고 있던 흡혈시마로선 실로 땅을 치며 통곡하고 싶은 심정이었다.

'으아아! 이 빌어먹을 자라새끼! 이제부터 너랑은 영원히 원수지간이다! 끄으으!'

그렇게 흡혈시마가 속으로 무풍수라를 저주하고 있을 때, 진기의 흐름이 또다시 바뀌었다. 빨려 나갔던 진기가 취기, 흡기 과정을 거쳐 다시 되돌아오고 있었던 것이다.

'오오! 다행이다!'

흡혈시마는 겨우 안도의 한숨을 내쉬었지만, 무풍수라는

아예 사색이 되어갔다.

'으아악!'

그가 눈을 퉁방울처럼 부릅뜨며 하얗게 질려 버린 이유는 자신의 운기 경로와는 전혀 다른 경로로 가공할 기운이 마구 밀려온 때문이었다. 그로 인해 이번에는 무풍수라의 경락이 엉망진창으로 꼬여 버렸다.

'끄아아아아아!'

그렇게 무풍수라가 소리없는 아우성을 치고 있을 즈음,

"아니, 저놈들이 대체 뭐 하고 있어?"

이번에는 음풍마제가 다가왔다.

'으아아! 오지 마! 제발 오지 말아요!'

흡혈시마가 속으로 미친 듯이 애원했지만 헛수고였다.

"이놈들이 지금 내 앞에서 무슨 짓을 하고 있는 거야?"

철퍼덕!

"쿠우우우웁?"

'크흑흑! 결국……'

음풍마제가 대경실색하며 눈을 부릅뜨는 순간, 흡혈시마는 또다시 비통한 눈물을 흘려야 했다. 그리고 그때부터 세 사람은 울먹울먹한 표정으로 사색이 되어갔다.

특히 흡혈시마의 표정은 보기 애처로울 정도로 변해갔는데, 그 이유는 음풍마제의 내공이 워낙 뛰어난 데다 음한한 성질까지 갖추고 있어 묵자후에게서 진기가 되돌아오기도 전에 혈맥이 꼬여 버린 때문이었다. 그래서 이제는 흡혈시마조차 단시간에 회복하기 힘든 내상을 입고 말았다.

물론 나머지 두 사람이야 더 말할 필요도 없었고.

그들에게는 진기가 아무리 되돌아와 봐야 전혀 다른 경로, 전혀 낯선 기운으로 수백 번 대주천을 해버리니, 비록 경락이야 트이고 넓어졌을지 몰라도 이때까지 익힌 무공을 전혀 쓸 수 없게 되어버렸다. 그러니 오랜만에 의제를 방문해 지난 오 년간의 유폐를 위로해 주고자 마뇌를 닦달해 가며 찾아온 두 사람으로서는 의외의 봉변에 그만 넋이 나가 버렸다.

그래서 언젠가부터 묵자후가 운기를 마쳤음에도 불구하고 세 사람은 손을 뗄 생각조차 못하고 망연자실한 표정으로 허공만 쳐다보고 있었다.

그렇게 세 사람이 폐인처럼 멍하니 앉아 있을 때 묵자후가 서서히 정신을 차렸다.

"으음……."

마치 자다가 깨어난 사람처럼 평온한 안색으로 눈을 뜬 묵자후는 곧바로 인상을 찌푸렸다.

몸이 무언가에 눌린 듯 너무 무거웠기 때문이다. 그래서 주위를 둘러보니 괴물들은 온데간데없고 엉뚱한 사람들만 자기 위에 줄줄이 엎어져 있는 게 아닌가?

도무지 이해가 안 되는 상황이라 묵자후는 어리둥절한 표정으로 세 사람을 쳐다보고 또 좌우를 둘러보고 했다. 하지만 음풍마제 등은 입을 뗄 기운조차 없어 묵자후가 자신들을 어떻게 쳐다보든, 또 뭐라고 묻든지 간에 그저 초점 잃은 시선으로 멍하니 허공만 쳐다보고 있었다.

그런 세 사람을 보며 묵자후가 고개를 갸웃거리는 순간, 멀리서 희미한 폭죽 소리가 들려왔다.

"어? 저게 무슨 신호죠?"

어느새 어깨의 상처까지 깨끗이 회복한 묵자후가 의아한 표정으로 물어봤지만 세 사람은 여전히 넋을 잃은 상태였다.

묵자후는 자기가 잘못 들었나 싶어 재차 정신을 집중해 봤다. 그러나 분명 폭죽 소리였다.

"이상하네요. 평, 퍼펑, 퍼퍼펑! 이런 식으로 소리가 나는데, 무슨 비상 신호 같아요."

묵자후가 고개를 갸웃거리며 중얼거리자마자,

"방금 뭐라고 했느냐?"

음풍마제가 갑자기 눈을 부릅떴다.

"폭죽 소리가 평, 퍼펑, 퍼퍼펑! 이렇게 난다고 했어요."

순간, 음풍마제의 표정이 급격히 굳어갔다.

나머지 두 사람 역시 마찬가지였다.

"서, 설마… 놈들이?"

세 사람은 동시에 몸을 부르르 떨더니 누가 먼저랄 것도 없이 자리를 박차고 일어났다.

동굴을 나서자마자 희미한 고함 소리가 귀를 울려왔다.

뭔가 다급하고 절박하게 느껴지는 고함 소리였다.

폭죽도 연달아 터지고 있었다.

묵자후는 왠지 모를 두려움을 느끼며 강하게 지면을 박찼다.

그런데 뭔가 이상했다.

몸이 굉장히 가벼워진 것 같았다.

단 한 번 지면을 박찼을 뿐인데 바람이 눈부신 속도로 뺨을 스쳐 갔다.

'이상한데? 갑자기 몸에 활력이 넘쳐. 뭣 때문이지?'

그러나 의문을 느낄 사이도 없이 연무장에 이르렀다.

연무장에 다다르자마자 아련한 비명 소리와 함께 희미한 병장기 소리가 들려왔다.

묵자후는 쿵쿵 뛰는 가슴을 억누르며 허공으로 몸을 날렸다. 그리고는 천장을 향해 우뚝 치솟은 기암절벽 위로 올라가 좌우를 둘러봤다. 뒤이어 묵자후는 자기도 모르게 그 자리에서 굳어버리고 말았다.

저 멀리 보이는 지금 구역.

그 주변으로 시체가 수도 없이 나뒹굴고 있었다. 그리고 그 시체들 주변에서 낯선 복면인들이 마구 병장기를 휘두르고 있었다. 그들이 한 번 검을 휘두를 때마다 사방에서 피가 튀고 처절한 비명이 메아리쳤다.

묵자후는 순간적으로 눈앞이 하얗게 변해 버렸다.

난생처음 대하는 광경.

그것도 친혈육처럼 여겨왔던 아저씨들이 비참하게 죽어가고 있는 광경을 보자 자기도 모르게 눈에서 불똥이 튀었다.

저놈들은 누군가?

누구기에 감히 저런 만행을 저지르고 있단 말인가?

묵자후는 사지를 부들부들 떨며 흥분했고 또 분노했다. 그래서 목이 터져라 고함을 지르며 절벽 아래로 몸을 날렸다.

"우우우우! 멈— 춰!"

하지만 묵자후의 고함 소리는 아무런 반향(反響)도 일으키지 못했다. 묵자후 스스로 너무 흥분하는 바람에 목소리가 입안에서 콱 잠겨 나온 때문이었다.

그러나 몇 사람은 그 목소리를 알아들었다.

그중 한 사람이 급히 고개를 돌렸다.

묵잠이었다.

그는 이미 생사동을 나서, 지금 구역이 한눈에 내려다 보이는 기암절벽 위에서 혈영노조 등과 함께 상황을 예의주시하고 있었다. 그러다가 느닷없이 들려온 아들의 목소리에 급히 고개를 돌린 것이다. 그리고 그는 곧 대경실색한 표정으로 소리쳤다.

"후아야! 그리 가면 안 돼! 어서 걸음을 멈춰!"

그러나 묵자후는 그 소리를 듣지 못한 듯 앞만 보고 달렸다.

지금 묵자후의 발길이 향한 곳은 한창 도살극이 벌어지고 있는 지금 구역.

그 광경을 보자 마인들의 표정이 일제히 굳어갔다.

"음? 저놈은 뭐야?"

복면인들 중 한 사람이 무심코 고개를 돌렸다.

멀리서부터 무서운 속도로 달려오고 있는 소년.

그도 눈이 있고 귀가 있으니 못 알아볼 리 없다.

"음? 이곳에 저런 꼬맹이도 있었던가?"

복면인은 고개를 갸웃거리면서도 검을 비껴 세웠다.

그가 받은 명령은 최대한의 실력 발휘.

비록 앳된 소년에 불과하다지만 달려오는 기세가 왠지 심상치 않다. 또한 저 녀석이 달려오면서부터 동굴 안의 분위기가 서서히 달라지고 있었다. 딱히 어떤 느낌이라고 꼬집어서 말하긴 힘들었지만 사방에서 살기가 증폭되고 있달까? 묵직한 기운이 전신을 엄습해 왔다.

'괜한 잡념! 여기 있는 놈들은 모두 폐인이나 마찬가지라고 했다. 그러니 달려드는 놈이 있더라도 베어버리면 그뿐!'

생각과 동시에 그는 벼락같이 검을 뿌렸다.

어느새 꼬맹이가 코앞에 다다랐기 때문이다.

그러나,

파팟!

갑자기 꼬맹이의 모습이 온데간데없이 사라졌다. 그에 놀라 재빨리 검극을 틀려는 찰나,

덜컥!

턱에 아찔한 충격이 느껴졌다.

"크윽!"

그는 신형을 비틀거리면서도 재차 검을 휘둘렀다.

공격과 수비가 동시에 가능한 벼락같은 검격이었다.

그러나,

콰직!

이번에는 아랫도리에서 엄청난 충격이 전해져 왔다. 그 충격으로 인해 창자가 쥐어짜지는 듯하자 그는 본능적인 위기감을 느꼈다. 그래서 고통에 몸을 떨면서도 은밀히 좌수를 뿌렸다.

피피피핏!

찰나간에 십여 개의 암기가 폭사되었다. 그러나 아무런 반응이 없었다. 그에 당황한 복면인이 주위를 둘러보며 재차 검을 날리려는 찰나,

콰앙!

갑자기 정수리에서 엄청난 충격이 느껴졌다. 허공에서 공중제비를 돈 묵자후가 무릎을 아래쪽으로 곧추세우며 날린 슬격(膝擊)에 복면인의 두개골이 움푹 함몰되고 만 것이다.

"끅!"

복면인이 외마디 신음을 흘리며 그 자리에서 즉사하자 묵자후는 다람쥐처럼 안착했다.

그러나 묵자후의 눈빛은 거세게 흔들리고 있었다.

난생처음 저지른 살인.

그것도 두개골이 부서진 채 하얀 뇌수를 흘리고 있는 복면인을 보자 순간적으로 아무 생각도 나지 않았다. 그래서 멍하니 시체만 쳐다보고 있는데,

"이런 바보 같은 녀석!"

갑자기 뇌성벽력 같은 호통이 들려왔다. 동시에 눈앞에서 불꽃이 번쩍이더니 '카캉!' 하는 쇳소리가 들려왔다. 그에 놀라 화들짝 고개를 들어보니 낯익은 등판이 앞을 가로막고 있었다.

"아, 아버지?"

묵자후는 그제야 정신이 들었다.

자기가 잠깐 넋을 잃고 있는 사이에 누군가가 살수를 뿌려왔고, 때마침 달려온 부친이 자신을 구해준 모양이었다.

하지만 그로 인해 상황은 오히려 심각하게 변해 버렸다.

언제 나타났는지 근 이십 명의 복면인이 자신과 부친을 에워싸고 있었다.

그들의 기세는 살벌하기 짝이 없었다. 하나같이 유리알 같은 눈빛에 시퍼런 검기를 일렁이고 있었다. 그 모습을 보자

묵자후는 심장이 바짝 오그라드는 기분이었다.

난생처음 살인을 하고, 또 한 번도 겪어보지 못한 포위망 속에 갇혀 버린 묵자후. 그것도 이제까지의 비무와는 차원이 다른 격전지 한복판에 서 있다.

사방에선 역한 피비린내가 흐르고 주위에는 목불인견의 시체들이 나뒹구는 생과 사의 전장에서, 얼핏 보기에도 무시무시해 보이는 복면인들 사이에 포위되어 있으니 아직 어리고 합공 경험이 전혀 없는 묵자후로선 내심 주눅이 들 수밖에 없었다. 더구나 성급히 뛰어든 자신으로 인해 부친까지 위기에 빠져 버렸다고 생각하자 괜히 머리가 혼란스러워졌다.

그래서일까?

"아버지, 죄송해요……."

묵자후의 목소리가 잔뜩 떨려 나왔다.

묵잠은 그런 심정을 헤아린 듯 나직이 대답했다.

"괜찮다. 어차피 우릴 죽이려고 온 놈들이니……."

"우릴 죽이기 위해서 온 놈들이라구요?"

묵자후가 눈을 번쩍 뜨며 묻자 묵잠이 고개를 끄덕였다.

"그렇다. 저놈들이 바로 우릴 이곳에 가둔 놈들이다. 하늘 보기가 부끄러워 복면이나 쓰고 다니는 놈들! 바로 정파 놈들이다!"

그 말이 끝나자마자였다.

"뭣이라? 우리가 하늘 보기가 부끄러워서 복면이나 쓰고 다닌다고?"

갑자기 복면인들 사이에서 한 사람이 걸어나왔다.

그 역시 복면을 쓰고 있었는데, 그가 나서자 나머지 복면인들이 일제히 허리를 숙이며 좌우로 쫙 갈라섰다.

그의 기도는 다른 복면인들과 사뭇 달랐다.

턱을 살짝 치켜들고 눈을 아래로 내리깐 다소 거만한 자세였지만, 방심한 듯 걷는 걸음걸이에서도 숨 막히는 살기가 흘러나와 주변을 압박하고 있었다.

"듣자 하니 참으로 건방진 놈이로군. 사악하기 그지없는 마두 주제에, 그것도 살인과 방화, 약탈 등을 밥 먹듯이 저지르다가 그 죗값을 치르고 있는 주제에 하늘을 들먹이다니? 실로 인간 말종이 뭔지 그 전형을 여실히 보여주는 놈이로군."

복면인이 몇 발짝 앞으로 다가오며 섬뜩한 눈길로 묵잠을 노려봤다.

묵잠은 태연한 눈빛으로 그 말을 되받아쳤다.

"인간 말종이라……. 그렇게 따지자면 그쪽도 별로 할 말이 없을 텐데?"

"그게 무슨 소리냐?"

복면인이 와락 눈을 치뜨자 묵잠이 밀했다.

"그렇게 고리눈까지 치켜뜰 필요는 없어. 어차피 그대들도 칼밥 먹고사는 인생들. 험난한 강호에서 살아남기 위해서는 어쩔 수 없이 행하는 악행도 많다는 걸 알고 있을 텐데? 그런데 그걸 가지고 마두니 인간 말종이니 한다면 그대들도 우리와 별다를 바가 없지 않겠나?"

"뭣이라? 상황에 따라 어쩔 수 없이? 그래서 똑같다?"

"그렇지, 상황에 따라."

두 사람의 눈빛이 허공에서 불을 튀겼다.

묵자후는 긴장한 눈빛으로 두 사람을 쳐다봤다. 그때 복면인이 고개를 설레설레 흔들며 말했다.

"정말 어이가 없는 놈이로군. 도대체 네놈이 말하는 상황이 어떤 상황이기에 살인과 방화, 약탈 등이 정당화될 수 있단 말이냐?"

복면인이 눈을 가늘게 뜨며 묻는 순간,

"바로 이런 상황!"

그 말과 함께 갑자기 묵잠의 신형이 사라져 버렸다.

"앗?"

묵자후가 놀란 표정으로 부친의 종적을 찾는 순간,

번쩍!

허공에서 섬뜩한 경기가 폭사되었다. 복면인의 머리를 노린 묵잠의 공격이었다. 복면인이 그에 놀라 일시적으로 당황한 표정을 지었지만, 이내 검병을 움켜쥐며 서릿발 같은 안광을 발했다.

슈각!

묘한 음향과 함께 복면인에게서 찬연한 광채가 피어올랐

다. 동시에 스무 명의 복면인이 일제히 지면을 박찼다.

파라라라락!

쐐애애애액!

순식간에 동서남북이 차단되고 스무 줄기의 검기가 묵잠의 전신을 난자했다.

"아앗! 아버지!"

묵자후가 깜짝 놀라 신형을 날리려는 찰나,

휘리리리릭!

묵잠의 신형이 갑자기 지면으로 하강했다. 바로 그때,

"기다렸다, 놈!"

허공을 찌르러가던 복면인이 번개같이 검을 틀어 직도단천(直刀斷天)의 수법으로 묵잠의 정수리를 쪼갰다. 순간, 묵잠이 묘하게 신형을 비틀더니 등 뒤를 베어오던 복면인을 잡고 머리 위로 메쳐 버렸다.

"끄아아악!"

그러자 거만한 복면인의 검이 애꿎은 수하의 등판을 갈라 버렸고, 그 틈을 이용해 묵잠은 죽은 이에게서 검을 취했다.

"으으, 이놈!"

거만한 복면인은 자기 손에 죽은 수하를 보고 잠시 당황한 표정을 짓다가 곧 쩌렁쩌렁한 노호성을 터뜨리며 재차 검을 휘둘러왔다. 그 바람에 검로가 막혀 버린 나머지 복면인들이 잠시 우왕좌왕하는 찰나, 묵잠이 바람처럼 몸을 틀어 또 한 사람의 복면인을 베어버린 뒤 곧바로 신형을 돌렸다.

"으아아! 이놈! 어디로 달아나려고?"

거만한 복면인을 비롯한 나머지 복면인들이 무시무시한 기세로 묵잠을 뒤쫓아왔지만, 묵잠은 뒤를 돌아볼 마음의 여유가 없었다.

다짜고짜 묵자후에게 다가와 검을 입에 무는 한편, 묵자후의 가슴팍을 움켜잡고 사력을 다해 저 포위망 밖으로 집어 던져 버렸다.

"아앗? 아버지?"

묵자후가 깜짝 놀라 비명을 질렀으나 묵잠은 들은 척 만 척 곧바로 등을 돌렸다. 그리고는 눈앞으로 날아드는 열아홉 개의 검을 향해 정면으로 검을 부딪쳐 갔다.

카카카카캉!

검끼리 부딪쳤는데도 거센 폭음이 났다. 뒤이어 '크윽!' 하는 신음과 함께 묵잠의 몸이 허공으로 붕 날아올랐다.

원래 묵잠의 병기는 검이 아니라 도였기에 그 미묘한 차이를 극복하지 못하고 전신에 피를 흘리며 실 끊어진 연처럼 뒤로 튕겨나고 만 것이다. 그리고 그런 묵잠을 향해 십여 줄기의 검기가 다시 쇄도했다.

"안 돼애애!"

묵자후는 그 광경을 보고 급히 허공에서 공중제비를 돌았다. 속히 부친에게 달려가 함께 싸우려는 의도였는데,

"안 된다!"

묵직한 호통과 함께 누군가가 묵자후의 옷깃을 붙잡았다.

깜짝 놀라 고개를 돌려보니 금옥 팔마존 중 항상 흐릿한 안개에 휩싸여 있던 귀검 손포(孫佈)였다.

"이것 놔요! 안 그럼 죽여 버릴 거야!"

묵자후는 하얗게 눈을 치뜨며 거칠게 귀검을 뿌리치려 했다.

그러나 그는 태산이라도 되어버린 듯 요지부동이었다. 그리고 귓전을 파고드는 그의 음성.

"지금 네가 가면 네 아비는 정말로 죽고 만다!"

그 말에 묵자후는 벼락을 맞은 듯 신형을 멈추고 말았다. 그리고는 떨리는 눈빛으로 부친을 쳐다봤다. 그때부터 갑자기 시간이 느리게 흘러갔다.

쉭, 쉭, 쉭!

부친을 향해 날아가는 새파란 검기.

그 속에서 부친이 힘겹게 몸을 일으키고 있었다.

부친이 몸을 일으키는 동안, 몇 개의 검이 부친을 스치고 지나갔다. 허공으로 자욱한 피분수가 튀어 올랐다.

그러나 묵자후는 눈을 감을 수 없었다.

부친 역시 눈을 감지 않고 있었기에.

그리고 그 때문에 볼 수 있었다.

한없이 느리게 흘러가는 시간 속에서 부친이 빠르게, 매우 빠르게 움직이고 있다는 것을.

'아아…….'

필생필사(必生必死)의 보법!

적에게 둘러싸여도 최단거리만 움직이는 보법. 그리하여 치명적인 공격만 피하고 반격을 가하는 보법.

이제껏 말로만 들어오던 부친의 보법이 발휘되고 있었던 것이다.

"보았느냐? 네 아버지는 강한 사람이다. 저들 정도로는 그를 어쩌지 못해."

귀검의 목소리는 부친에게서 폭발적인 검기가 뻗어 나온 이후에 들려왔다. 묵자후는 자기도 모르게 눈물을 글썽였다.

그러나 전체적인 상황은 여전히 심각했다.

부친은 그나마 이십여 명의 복면인을 맞아 선전(善戰)을 벌이고 있었지만, 다른 곳은 그렇지 못했다. 고작 백여 명의 복면인을 상대하면서도 거의 일방적인 도살을 당하고 있었다.

묵자후는 그 광경을 보고 피가 거꾸로 솟는 기분이었다. 그래서 분노한 눈빛으로 귀검에게 물었다.

왜 손 백부 당신이나 대장로 등은 나서지 않느냐고?

저 많은 아저씨들이 죽어가고 있는데 왜 몸을 사리고 있느냐고?

그러자 귀검이 대답했다.

"내가 듣기로 넌 이미 병법에 입문했다고 들었다. 그게 사실이냐?"

뜬금없이 웬 병법 이야긴가 했더니 그럴 만한 이유가 있었다.

"그렇다면 이야기가 잘 통하겠구나. 병법은 군문(軍門)뿐만 아니라 강호의 싸움에서도 똑같이 적용된다. 즉, 강호에서도 큰 싸움이 있고 작은 싸움이 있다는 말이다. 우리가 아직 나서지 않고 있는 이유는 바로 그 때문이다. 눈앞의 싸움은 비록 처절해 보이긴 하지만 오늘의 승부를 판가름할 큰 싸움이 아니다. 그래서 다들 화가 나도 꾹 참고 있는 거지."

그러면서 그가 눈짓으로 저 건너편을 가리켰다.

"아직 네 눈엔 안 보이겠지만 저 뒤에는 아직도 많은 적이 숨어 있다. 그래서 다들 기다리고 있지. 놈들에게 우리 패를 보여주지 않으려고. 최후의 순간이 도래했을 때, 그때 한꺼번에 몰아쳐서 전세를 단번에 역전시켜 버리기 위해서이지. 그러니 화가 나더라도 조금만 참아라. 곧 놈들을 짓밟아 버릴 때가 올 것이다."

그 말은 사실이었다.

귀검의 말을 듣고 안력을 모아보니 과연 저 어둠 속에 이백여 명의 복면인들이 보였다. 그리고 그들 앞쪽에 느긋한 자세로 팔짱을 끼고 있는 십여 명의 복면인도 보였다.

그러나 묵자후는 현실을 이대로 받아들이고 싶지는 않았다.

눈앞의 현실을 이대로 받아들이게 되면 놈들에게 죽어가고 있는 저 아저씨들은 뭐란 말인가?

저들의 목숨은 목숨이 아니란 말인가? 그저 큰 싸움에서 승리하기 위한 미끼에 불과하단 말인가?

눈시울을 붉히며 항의했지만 묵자후 스스로도 안다.

지금은 그 방법이 최선이라는 걸.

그런 사실을 알기에 더 억울했다. 더 화가 나고 더 울분이 치밀었다.

자신들이 조금만 더 강했더라면, 조금만 더 힘이 있었더라면 이렇게까지 구차한 방법을 쓰지 않아도 될 것이다.

그러나 현재로선 이 방법밖에 없다. 원통하고 억울해도 현재는 자신들이 약자이니 현실을 있는 그대로 받아들여야 했다.

'그래, 상황을 원망할 게 아니다. 나 자신을 원망해야 한다. 차라리 내가 좀 더 강했더라면… 내가 아버지만큼이라도 강했더라면……'

그런 생각을 하며 묵자후는 주먹을 움켜쥐었다.

손톱이 살 속을 파고들어 극심한 통증이 느껴졌지만 이를 악물며 눈앞의 전황만 주시했다. 귀검 아저씨가 말한 역전의 순간이 어서 도래하기를 기다리며.

그런데 바로 그때였다.

갑자기 머리 위에서 몇 개의 신호탄이 터졌다. 동시에 '와아!' 하는 함성과 함께 저 뒤에서 대기하고 있던 아저씨들이 한꺼번에 뛰쳐나왔다.

'혹시 지금이 바로 역전의 순간일까?

그러나 그건 아닌 것 같았다.

지금 나타난 이들은 대부분 서열 삼백위 이하의 마인들이었다. 진짜 고수들, 이를테면 금옥 팔마존까지는 아니더라도 오보추혼 사무기나 다정마도 양휘옥 같은 고수들은 이번에도 나타나지 않았다.

아무래도 전황이 너무 일방적으로 밀리고 있어 사기 진작 차원에서 인원을 증파한 모양이었다. 그래도 그들이 가세하면서부터 상황이 서서히 역전되기 시작했다.

묵자후는 그 광경을 보며 잔뜩 흥분했다.

자신도 저 속에 뛰어들어 함께 피를 흘리고 함께 싸우고 싶어서였다. 그러나 귀검은 무슨 생각에선지 좀처럼 묵자후를 놓아주지 않고 있었다.

"흠, 이건 전혀 예상 밖의 전갠데?"

어둠 속에서 누군가의 음성이 흘러나왔다.

그 음성의 주인공은 주변에 있는 이들과 마찬가지로 시커먼 복면을 쓰고 있었다. 하지만 그 낮고 조용한 목소리에 왠지 모를 위엄이 배어 있어 주위를 잔뜩 긴장시키고 있었다.

"음."

단 한 가지라도 자신이 놓친 게 있을까 싶어 노회(老獪)한 눈빛으로 전장을 훑어보던 복면인.

그가 나직한 침음성을 흘리며 고개를 돌리자, 좌중의 시선이 일제히 그를 향했다.

"자네들은 어찌 생각하는가?"

노회한 눈빛이 등 뒤로 고개를 돌리며 묻자 어둠에 묻혀 있던 복면인들 중 한 사람이 공손히 대답했다.

"제 생각으로는 오히려 잘됐다고 생각합니다. 저들 덕분에 아이들의 전의가 불타오르고 있으니 예상하신 것 이상으로 실전의 효과를 기대할 수 있을 것 같습니다."

"흠, 그래?"

수하의 말에 노회한 눈빛의 복면인은 천천히 고개를 끄덕였다.

"그러나 놈들이 너무 설치도록 놔두면 곤란해. 자칫 잘못하다가 아이들의 사기가 떨어질 수도 있으니 보고 밀리지 않을 만큼만 더 내보내도록 하게."

"알겠습니다."

두 사람의 대화가 끝나자 백여 명의 복면인이 앞으로 나섰다. 노회한 눈빛의 복면인에게 극공의 예를 취해 보인 그들은 일제히 몸을 날려 전장으로 뛰어들었다.

그때부터 또다시 한 폭의 지옥도가 펼쳐졌다. 잠시 밀리고 있던 복면인들이 다시 기세를 올리며 살수를 뿌리기 시작한 것이다.

"으음."

혈영노조는 전황을 살피다가 나직한 침음성을 흘렸다.

'결국 위험을 무릅쓰고 도박을 벌여야 한단 말인가?'

왠지 내키지 않았다.

놈들과 싸우는 게 겁나는 게 아니라 그 이후가 걱정되어서였다.

'설마 내가 상황을 오판하고 있단 말인가? 아무리 생각해도 놈들이 몰살지계를 쓰고 있는 것 같진 않아 보이는데……'

혈영노조가 결전을 망설이고 있는 이유는 저 복면인들의 정체가 워낙 아리송한 때문이었다.

비록 놈들이 절정고수들이나 쓸 수 있는 검기를 뿌려대고 있었지만, 아무리 봐도 구대문파나 오대세가의 고수들 같진 않아 보였다. 왜냐하면 놈들이 사용하고 있는 초식 대부분이 명가의 기법이 아닌 실전 기법이었기 때문이다.

그렇다면 무림맹이 직접 내려 보낸 놈들이 아니란 말인데, 도대체 무슨 배짱으로 저런 살수를 뿌리고 있단 말인가?

설마 자기가 모르는 사이에 강호에 어떤 변화라도 일어났단 말인가?

머릿속이 복잡했지만 더 이상 생각할 여유가 없었다.

상황이 너무 몰리고 있어 이대로 가다가는 마지막 승부도 걸어보지 못하고 자멸할 수 있기 때문이었다.

"할 수 없군! 모두 출전을 준비하도록!"

마침내 기다리던 명이 떨어지자 마인들은 바짝 긴장하기 시작했다. 그중에서도 음풍마제나 무풍수라 등의 안색은 보기 딱할 정도로 굳어 있었다.

그들의 표정이 그렇게 굳어버린 이유는 잠시 전 묵자후에게 모든 내공을 빨려 버리고, 다시 그 이상의 내공을 돌려받긴 했지만 이미 내부 경락이 엉키고 꼬여 버려 도저히 공력을 끌어올릴 수 없었기 때문이다. 그렇다고 모두에게 그런 사정을 일일이 설명해 줄 수도 없고……

'아이고, 미치겠네.'

세 사람은 서로 시선을 교환하며 울상을 짓다가 엉거주춤 자리에서 일어났다.

그런 그들의 귀에 우렁찬 호령 소리가 들려왔다.

"가라, 전사들이여! 불타는 결의, 들끓는 패기로 저 오만한 무리들을 일거에 섬멸토록 하라!"

마침내 혈영노조가 옆구리에 박혀 있던 검을 뽑아 들며 명을 내리자 천금마옥의 고수들이 일제히 신형을 박차기 시작했다.

"와아아아아!"

천지를 뒤흔드는 함성으로 노도처럼 밀려오는 마인들.

그 기세에 질려 복면인들의 손발이 어지러워지기 시작했다.

퍼퍼펑!

"크아악!"

콰지끈!

"끄아악!"

사방에서 피가 튀고 살이 튀었다.

처절한 비명을 동반하며 암기가 날고 검기가 난무하고…….

시간이 흐를수록 장내는 아수라장으로 변해갔지만, 혈영노조의 무위는 가히 발군의 위력을 과시하고 있었다.

왼손에는 비파골에 꿰인 쇠사슬을, 오른손에는 몸속에 박혀 있던 검을 휘두르며 앞으로 나아가자 복면인들이 피떡이 되어 줄줄이 나가떨어졌다. 그러다 보니 혈영노조가 지나가는 곳마다 피가 강처럼 흘렀고, 그 주변으로 일정한 공간이 생겨났다.

반면, 음풍마제와 무풍수라 등은 악전고투를 치르고 있었다.

혈영노조처럼 적들을 단숨에 격살시키기는커녕, 혹시 놈들의 검에 다치기라도 하면 어쩌나 싶어 전전긍긍 몸을 사리기에 바빴다. 그러자 복면인들이 오히려 떼거리로 몰려와 세 사람은 피똥을 싸며 죽을 둥 살 둥 몸을 움직이고 있었다.

그나마 세 사람이 워낙 노련했기에, 그리고 주변에 있던 수하들이 신변을 보호해 주었기에 망정이지 그렇지 않았더라면 벌써 몇 번이고 황천길을 떠돌았을 것이다.

하지만 상황이 그 모양이다 보니 세 사람은 기진맥진, 이제는 누가 이겨도 좋다는 심정으로 어서 싸움이 끝나기만 기다렸다.

그런 심정은 무풍수라가 특히 더했는데, 그는 자기도 힘들어 죽겠는데 가끔 자기 등에 기대어 호흡을 고르는 음풍마제를 볼 때마다 귀싸대기를 한 판 걸어올리고 싶은 심정이었다.

저 대형이란 작자가 출관하고 나면 뭔가 새로운 세상이 열릴 줄 알았는데 이게 무슨 꼴이란 말인가?

천하의 무풍수라가 언제부터 저런 애송이들에게 개망신을 당하게 되었단 말인가?

'으드득! 결국 믿을 놈은 저놈뿐이야. 그래도 저놈이 앞을 가로막아 주어 세 번이나 죽을 고비를 넘겼잖아?'

무풍수라는 흐뭇한 눈길로 흡혈시마를 쳐다봤다. 그런데 저 빌어먹을 놈이 마치 못 볼 걸 봤다는 표정으로 급히 고개를 돌려 버린다.

무풍수라는 내심 기가 막혔지만 애써 참아 넘겼다.

'저 밴댕이 소갈딱지 같은 놈과 얼굴 붉혀봤자 내 체면만 상하지.'

그렇게 스스로를 달래며 무풍수라는 계속 흡혈시마 등 뒤에 숨어 놈들과 싸우는 흉내만 내고 있었다.

이렇게 서로가 서로에게 위험 부담을 떠넘기며 싸우는 시능만 내고 있는 세 사람을 제외하고는 다들 열심히 싸우고 있었다.

금초초는 묵잠 곁에서 두 명의 복면인을 상대하고 있었고, 폭마는 다섯 명의 복면인을 맞아 연신 권격을 날리고 있었다.

마뇌는 저 뒤에서 수하들에게 연신 신호를 보내고 있었다. 혹시 있을지 모를 최악의 사태를 대비해 진법을 설치하고 있는 중이었다.

나머지 마인들도 마찬가지였다.

오보추혼 사무기는 환상적인 보법을 이용해 복면인들 사이를 휘젓고 있었고, 다정마도 양휘옥은 색기 어린 눈빛으로 벼락같은 도법을 펼쳐 나갔다. 그리고 오행귀는 그 특유의 지둔술과 복밀검을 이용해 복면인들을 상대하고 있었고, 곡두표 상진은 온몸에 피를 흘리면서도 연신 포효육십사격을 펼치고 있었다.

묵자후는 그 광경을 지켜보며 온몸이 후끈 달아올랐다.

저 가슴 벅찬 함성과 격한 몸놀림들.

벌써 심장은 터질 듯이 요동을 치고, 전신 근육은 어서 제힘을 발산해 달라며 아우성을 치고 있는데 귀검 때문에 좀체 싸움터로 나갈 수 없으니 미치고 환장할 것 같았다.

그래서 몇 번이고 애원해 봤지만 아무 소용 없었다. 그는 마치 벽창호처럼 같은 말만 되풀이했다.

아직은 네가 나설 때가 아니니 참으라고, 나중에 강호에 나가면 저보다 더한 광경을 보게 될 테니 그때를 대비한 수련의 연장이라 생각하라고.

물론 묵자후는 그 말을 곧이곧대로 받아들이지 않았다.

도대체 자신을 뭘로 아느냐고, 아직도 죽음 따위나 두려워하는 어린아이로 생각하느냐고, 이렇게 비겁하게 숨어 있느니 차라리 싸우다가 죽는 게 낫겠다고.

그러다가 난생처음 뺨을 맞았다. 그리고 뒤이어 들려온 귀검의 음성.

"난 너를 어린아이로 보지 않는다. 그리고 네가 죽음을 두려워하지 않는다는 것도 잘 알고 있다. 하지만 알아야 한다, 이 싸움은 네 싸움이 아니란 사실을. 이 싸움은 과거 정파 놈들에게 맥없이 무릎을 꿇어버린 우리들의 싸움이다. 그리고 네가 싸울 상대는 고작 저들 따위가 아니다."

그 말을 듣는 순간 묵자후는 멍하니 굳어버렸다.

'내가 싸울 상대는 저들 따위가 아니라고?'

갑자기 말로 표현하지 못할 감정의 소용돌이가 휘몰아쳤다. 그런 묵자후의 가슴속에 비수처럼 틀어박히는 음성.

"남자는 먼저 스스로를 다스릴 줄 알아야 한다. 때가 아니면 분노도 참고 치욕도 감수할 수 있어야 한다. 하지만 그런 수모를 겪은 뒤에는 진정한 힘을 길러 복수할 줄 알아야 한다. 그게 진짜 사내다! 우리가 네게 기대하는 게 바로 그런 것이다. 지금은 순간에 분노하기보다 내일을 생각하며 스스로를 다스려라."

"⋯⋯."

묵자후는 더 이상 고개를 들 수 없었다. 그동안 게으르고 나태했던 시간들이 주마등처럼 스쳐 간 것이다.

이럴 줄 알았다면 평소에 좀 더 열심히 할걸.

이렇게 눈앞에서 아저씨들의 죽음을 보게 될 줄 알았더라면 그때 좀 더 열심히 해서 모두에게 환한 웃음을 안겨 드릴걸.

"우우욱!"

묵자후는 끝내 분루를 흘리고 말았다.

실로 모처럼 만에 흘려보는 후회의 눈물이었다.

제9장

비사

魔道
天下

"허허, 일이 이렇게 될 줄 알았다면 저 아이들까지 다 내보낼걸 그랬어."

노회한 눈빛의 복면인은 뒤늦게 한탄을 했다.

수하들을 추가로 보냈기에 상황을 낙관하고 있었는데 혈영노조 등이 합세하면서부터 전황이 단숨에 역전되어 버렸다.

저들의 기세를 보니 이젠 등 뒤에 있는 나머지 백 명의 수하들을 모두 동원해도 대세를 역전시키긴 힘들어 보였다.

"끌끌… 괜히 시간을 끌다가 나뿐만 아니라 자네들까지 나서게 됐군."

노회한 복면인이 혀를 차며 직접 나설 뜻을 보이자 옆에 있던 복면인이 놀란 표정으로 고개를 치켜들었다.

"하오면 예정에 없던 몰살지계를 쓰실 생각입니까? 위쪽에 지원을 요청할까요?"

그의 질문에 노회한 복면인이 헛웃음을 터뜨렸다.

"허허, 이 사람, 너무 앞서 나가는군. 저들의 기세가 대단하다고 해서 몰살지계를 써버리면 내가 무슨 면목으로 성주님을 뵐 수 있겠는가?"

"하오시면……?"

"일단 아이들이 상하게 되었으니 급한 불부터 끄고 봐야지. 그리고 시간을 끌다가 이야기가 통한다 싶으면 이쯤에서 물러나도 좋을 듯하네."

"그러다가 행여 존체라도 상하시면?"

순간, 노회한 복면인이 무시무시한 안광을 내뿜었다.

"갈! 상대가 아무리 불사마제라지만 나 역시 호락호락한 사람은 아니네!"

"죄, 죄송합니다. 그런 뜻이 아니었습니다."

촉빠르게 입을 놀렸던 복면인이 연신 고개를 숙이자 노회한 복면인은 안광을 거두며 휘휘 손을 내저었다.

"되었네. 아이들에게 대연환검진(大連環劍陣)을 발동하라 이르고 속히 저들에게 가보세나."

"알겠습니다."

촉빠른 복면인이 수하들에게 명을 내리는 동안, 노회한 복면인은 무릎도 굽히지 않고 두둥실 허공으로 떠올라 전장으로 향했다.

순식간에 공간을 이동해 어느새 전장 한복판에 다다른 복면인은 느린 듯 빠르게 검을 뽑아 들더니, 지면을 향해 일검을 내리그으며 고막이 떨어져 나갈 듯한 호통을 질렀다.

"모두 손을 멈추어라!"

그 음성이 울려 퍼짐과 동시에 하얀 광채가 지면으로 쇄도했다. 뒤이어 '쿠콰쾅!' 하는 폭음과 함께 지면이 쩍 갈라지고 그 주위로 거센 강풍이 휘몰아쳤다.

그 가공할 검격에 놀라 마인들이 손을 멈추는 순간, 이미 신호를 받은 복면인들이 뒤로 물러나며 두 개의 원이 교차하는 거대한 진을 형성했다. 이른바 대연환검진이라는 것으로, 두 개의 원진이 회전하면서 각 구성원들끼리 서로 자리를 바꾸거나 신속한 내응을 가능케 해 공수를 원활하게 해주는 검진이었다.

복면인들이 진을 형성하며 서서히 뒤로 물러나자 혈영노조 역시 손을 들어 마인들을 물렸다. 그러자 양 진영 사이에 십여 장의 공간이 형성되었고, 그 사이로 노회한 복면인이 표표히 내려섰다.

"음……."

마침내 적의 수괴가 나서고, 그 뒤로 예사롭지 않은 기도를 흘리고 있는 십여 명의 복면인이 시립하자 뭔가 일이 심상치 않게 돌아가는 듯해, 폭마는 그동안 아껴뒀던 화탄을 꺼내 의외의 상황에 대비했고, 마뇌 역시 여차하면 십면파황진(十面破黃陣)을 발동할 태세를 갖췄다.

그러는 동안 어느새 검을 환집(還執)한 복면인이 양팔 사이로 검을 끼우며 천천히 다가오기 시작했다.

그 안하무인(眼下無人)한 태도에 마인들의 표정이 험악하게 굳어갔다. 그러나 누가 고함을 지르기 전에 혈영노조가 먼저 앞으로 나아갔다.

이윽고 오 장여 거리를 두고 서로 마주 보게 된 두 사람.

'으음.'

'역시!'

두 사람은 약속이나 한 듯 묵직한 침음성을 흘렸다. 예상외로 상대가 만만찮아 보인 것이다.

하지만 그런 기색을 애써 감추며 서로를 노려보던 두 사람.

그중 노회한 눈빛의 복면인이 먼저 입을 열었다.

"처음 뵙겠소이다. 말학 후배가 불사마제를 뵙게 되니 감개무량하기 짝이 없소이다."

마치 기름이라도 바른 듯 매끄럽게 흘러나오는 음성.

그러나 혈영노조는 짧게 되받아쳤다.

"네놈은 누구냐?"

복면인은 난감한 표정으로 어깨를 으쓱했다.

"허허, 제가 누군지는 말해도 잘 모르실 것입니다. 마제께서 활약하실 당시엔 전혀 이름도 없는 사람이었으니."

혈영노조는 잠시 이맛살을 찌푸렸다. 하지만 강호에서는 이름을 밝히지 않는 일이 비일비재하니 굳이 따질 필요 없다 싶어 곧바로 핵심을 찔러 들어갔다.

"그럼 네놈들이 우리를 급습한 이유가 뭔가?"

복면인은 잠시 침묵을 지키다가 느릿한 어조로 대답했다.

"귀하쯤 되면 이미 짐작하시리라 믿습니다. 우리 아이들의 성과가 어느 정돈지 시험해 보려 했지요."

그 말이 끝나기가 무섭게 마인들 사이에서 분분한 고함 소리가 튀어나왔다.

"뭣이라? 시험?"

"저 찢어 죽일 놈이 감히 우리를 뭘로 보고?"

주변이 갑자기 소란스러워지자 혈영노조가 손을 들어 모두를 진정시켰다. 그리고는 복면인을 향해 재차 질문을 던졌다.

"그럼 그 대상이 우리들인 까닭은?"

복면인은 희미한 눈웃음을 지었다.

"뒤탈이 없기 때문이외다."

"뭣이라?"

"저, 저 똥물에 튀겨 죽일 놈!"

분위기가 또다시 격앙되었다.

이번에도 손을 들어 모두를 진정시킨 혈영노조는 고개를 끄덕이며 서늘한 눈빛으로 복면인을 쳐다봤다.

"뒤탈이 없다. 그럼 무림맹에서 나온 게 아니었군."

"그렇소이다. 얼마 전부터 우리가 이곳을 관리하게 되었지요. 그래서 상황도 알아볼 겸 아이들을 데리고 온 것이외다."

"우리… 라고?"

"그렇소. 강호 동도들이 영웅성(英雄城)이라 부르더군요."

"영웅성이라고?"

전혀 들어보지 못한 곳이었다.

"혹시 뇌존 탁군명이란 자가 세운 곳이더냐?"

혈영노조가 눈살을 찌푸리며 묻자, 저 뒤에 있던 복면인들이 일제히 살기를 일으키기 시작했다. 하지만 눈앞의 복면인은 노회한 눈빛으로 고개를 끄덕였다.

"그렇소이다. 뇌존께서 세우신 곳이지요."

"으음."

이번에는 혈영노조를 비롯한 마인들이 살기를 내비쳤다.

뇌존 탁군명은 자신들의 주군을 해친 철천지원수였으니.

그런데 뭔가 이상했다.

뇌존 탁군명은 화산파 속가제자 출신이었다. 그런데 무림맹을 떠나 갑자기 성을 세우다니?

그런 의문을 풀어주기라도 하듯 복면인이 말했다.

"다들 의아하시겠지만, 귀하들께서 갇혀 계시는 동안 세상이 많이 바뀌었소이다. 그래서 당시의 무림맹은 이미 해체되었고, 그 역할을 우리가 대신 맡게 된 것이지요."

"으음."

복면인의 말에 혈영노조 등은 한동안 허탈한 표정을 지었다. 자다가 눈 떠보니 어느새 도끼가 썩어 있더라는 말처럼 세월이 벌써 그렇게 흘렀나 싶어서였다.

하지만 곰곰이 생각해 보니 세월이 많이 흐르긴 흘렀다.

저 멀리 보이는 묵자후의 나이만 해도 벌써 열두 살이었으니. 거기다 묵자후가 태어나기 오 년 전부터 이곳에 갇혀 있었으니 마정대전이 끝난 지도 벌써 십칠 년이 지나 버렸다.

그런데 이제 와서 무림맹이 해체되어 버렸다고 하니 지난 세월에 대한 복수를 어디다 풀어야 한단 말인가?

그때 한 사람의 이름이 문득 떠올랐다.

"그렇다면 오늘 일은 뇌존이 명령한 것이냐?"

그러나 돌아온 대답은 실망스럽기 짝이 없었다.

"설마 그분께서 이런 일까지 신경 쓰시겠습니까?"

혈영노조는 울컥 자존심이 상했다. 그래서 그럼 누가 시켰느냐고 물어보려다가 꿀꺽 입을 다물고 말았다.

가만히 생각해 보니 무림맹이 사라졌건 말건 정파는 여전히 건재할 것이다. 더욱이 영웅성이란 단체까지 세워졌다고 하니 자신들의 목표 역시 불을 보듯 뻔했다. 어차피 복수할 대상은 정파 전체인데 구차하게 오늘 일을 누가 지시했는지 따져 물을 필요가 뭐 있겠는가?

혈영노조는 활활 타오르는 눈빛으로 출수를 준비했다.

그런데 복면인이 갑자기 뒤로 물러나며 고개를 가로저었다.

"아아, 귀하의 심정을 모르는 바는 아니지만 오늘은 이만 하는 게 어떻겠소? 말씀드렸다시피 우린 이곳 상황이 어떤가 알아보고 또 우리 아이들의 성과가 어떤지 알아보기 위해서 왔을 뿐이외다."

능청스런 복면인의 말에 혈영노조는 대노하고 말았다.

"뭣이라? 일을 이렇게 만들어놓고 그냥 내빼겠다는 소리 냐?"

혈영노조가 검을 치켜들며 고함을 지르자 복면인이 눈빛을 싹 바꾸며 차가운 음성으로 되물어왔다.

"그럼 여기서 끝장을 볼까요?"

"이이익! 이 발칙한!"

혈영노조는 끓어오르는 분노를 참지 못해 전신 공력을 끌어올렸다. 그러자 복면인 역시 검을 뽑아 들며 냉랭한 목소리로 말했다.

"물론 귀하는 천하의 불사마제시니 이대로 끝장을 보고 싶겠지요. 하지만 제 입장에서는 저 아이들이 걱정되어 견딜 수가 없구려."

검극으로 살짝 뒤를 가리켜 보인 복면인은 검극을 빙글빙

글 돌리며 계속 말을 이어나갔다.

"저 아이들은 모두 십 년 동안 공을 들인 녀석들이라 여기서 죽게 내버려 둘 수 없소이다. 그러니 양단간에 결정을 내려주시오. 싸우자면 싸울 것이오. 그러나 그렇게 되면 양패구상! 혹여 그쪽에서 몇 사람 살아남는다 하더라도 더 이상 생명을 이어나가긴 힘들 것이오. 왜냐하면 식량 공급을 바로 끊어버릴 테니. 반대로 이쯤에서 싸움을 그친다면 식량은 계속 공급될 것이고 우리 역시 물러날 것이외다. 이미 이번 싸움을 통해 몇몇 보완해야 할 점과 성과를 발견했으니……."

마치 조롱하는 듯한 복면인의 말에 혈영노조는 분노를 억누를 수가 없었다.

"감히! 감히 네놈이 우릴 협박하려는 것이냐?"

수염을 부르르 떨며 당장이라도 신형을 박찰 듯 고함을 지르는 혈영노조.

그때 누군가가 팔을 잡아왔다.

음풍마제였다.

지난 십 년간 회복했던 기력을 오늘 하루에 몽땅 소진해버린 그가 기진맥진한 표정으로 전음을 보내왔다.

"대장로, 오늘은 이만 합시다. 시세를 아는 자가 준걸이라고 했으니 훗날을 기약합시다."

"뭐라고? 자네 지금 제정신으로 하는 소린가?"

혈영노조가 눈을 부라리며 어이없어했지만 무풍수라까지

않는 소리를 해댔다.

"아이고, 대장로. 전 더 이상 못 싸우겠습니다. 이젠 지칠 대로 지쳤소. 그러니 놈들 말대로 오늘은 이만 휴전합시다."

그러자 뒤에서 눈치만 보고 있던 흡혈시마가 끼어들었다.

흡혈시마는 평소의 소신대로 결사항전을 외쳤다.

"대장로! 우리에게 내일이란 없습니다! 공격! 무조건 공격입니다! 그 길만이 죽어도 사는 길입니다!"

그러나 흡혈시마는 두 사람의 살기 찬 눈빛에 시달려야 했다. 그리고 세 사람의 의견을 들은 혈영노조는 흥분을 가라앉히고 천천히 주위를 둘러봤다.

이미 피투성이가 되어버린 수하들.

그중 멀쩡히 서 있는 사람은 전체의 반도 되지 않았다.

게다가 다들 빈손에 공력조차 회복하지 못한 상태.

그에 비해 놈들은 이미 검진까지 형성한 채 살기를 드높이고 있다.

'휴우, 이곳에 억류되어 있는 것도 원통한데 이런 참변을 겪고도 그냥 물러서야 한단 말인가?'

혈영노조는 장탄식을 토하며 어깨를 떨어뜨렸다.

만약 자신들이 계속 싸운다면 자존심은 세울 수 있을망정 내일의 희망이 사라져 버린다. 그러니 원통하고 절통하더라도 훗날을 기약하는 게 옳다.

"좋다. 가거라!"

그러나 마지막 자존심만은 굽힐 수 없었다.

자신들이 굴복해서 물러서는 게 아니니 놈들이 먼저 뒤돌아서야 한다. 그게 혈영노조의 마지막 자존심이었다.

그러나 놈들은 그쯤이야 아무래도 상관없다는 태도였다.

"그럼 다음에 또 뵙겠소이다."

그 말과 함께 복면인들은 태연히 등을 돌렸다. 마치 암습을 해볼 테면 해보라는 듯이.

"크윽!"

"저, 저 오만방자한 놈들!"

마인들은 그 모습을 보고 너나없이 분통을 터뜨렸다.

묵자후 역시 놈들의 뒷모습을 노려보며 이를 갈고 있다가 문득 놈들이 떠나고 난 자리에서 깊숙한 발자국을 볼 수 있었다. 비록 겉으로는 태연한 척했지만 놈들도 무척 긴장한 모양이었다.

그러나 다른 이들은 그런 흔적을 발견하지 못한 듯 저마다 땅을 후려치며 울분을 터뜨렸다. 그리고 복면인들이 모두 사라지고 나자 혈영노조가 털썩 바닥으로 쓰러졌다.

아직 공력을 회복하지 못한 상태에서 무리하게 기력을 끌어올려 잠시 탈진한 모양이었다.

"대장로님!"

"괜찮으십니까?"

놀란 표정으로 분분히 달려가는 마인들을 보면서 묵자후

는 남몰래 주먹을 움켜쥐었다.

고작 삼백 명의 복면인을 당하지 못해 저 많은 사람들이 목숨을 잃고 말다니…….

너무 원통해서 눈물도 나오지 않았다.

그렇게 허무하게 끝나 버린 묵자후의 첫 실전.

이날의 참변은 묵자후의 가슴에 깊은 생채기를 남겼다.

그가 첫울음을 터뜨릴 때부터 함께 지내왔던 사람들.

이 어둡고 음습한 공간에서도 자신이 늘 웃을 수 있도록 힘이 되어준 이들의 죽음은 묵자후의 인성(人性)에 많은 영향을 끼쳤다. 그러나 그건 나중의 일이니 이만 각설하기로 하고, 다음날 아침, 묵자후는 암벽 위에 걸터앉아 발아래를 내려다봤다.

아침이라지만 여전히 어둠이 지배하고 있는 공간.

그중 몇 군데에서 희미한 불빛이 피어오른 가운데 구슬픈 울음소리가 흘러나왔다. 그리고 많은 이들의 시신이 땅속에 매장되고 있었다.

난생처음으로 사람이 땅에 묻히는 광경을 보게 된 묵자후는 그동안 어른들이 말하던 죽음의 의미가 뭔지 어렴풋이 깨달을 수 있을 것 같았다. 그래서 흙으로 돌아가는 아저씨들과 말없는 작별을 나누며 눈물을 흘리고 있는데 누군가가 등 뒤에서 어깨를 어루만져 왔다.

"괜찮으냐?"

얼른 눈물을 훔치고 돌아보니 폭마 백부가 빙그레 웃고 있었다. 밤새 부상자들을 돌봐주다가 잠시 나와본 모양이었다.

"너무 슬퍼하지 마라. 어차피 인생이란 삶과 죽음이 교차하는 곳이니."

그 말과 함께 엉덩이를 붙이고 앉은 폭마는 쓸쓸한 목소리로 중얼거렸다.

"그래도 저 녀석들은 행복할 게다. 이 지긋지긋한 곳을 드디어 벗어나게 됐으니……."

"뭐라구요?"

묵자후가 울컥한 표정으로 쳐다보자 폭마가 묵자후의 머리카락을 흩뜨리며 허전한 미소를 지었다.

"녀석, 그런 눈으로 쳐다볼 필요 없다. 저 녀석들은 행복하게 죽었으니. 칼날 위에서 살다가 칼끝 아래에서 죽는 강호인들답게 적과 싸우다가 죽었으니 무슨 여한이 있겠느냐?"

폭마는 만감이 교차하는 눈빛으로 계속 말을 이어나갔다.

"그리고 보면 저 녀석들도 그렇고 우리 모두 참 대단하다는 생각이 든다. 정파 놈들이 우릴 이곳에 가둔 이유는 우리 모두를 짐승으로 전락시키기 위해서였는데, 다들 그런 상황을 잘 이겨내고 있으니. 음? 그게 무슨 소리냐고? 그러고 보니 후아 너는 이곳에서 태어나서 줄곧 이곳에서만 자랐기에 바깥 세상이 어떤지 전혀 모르겠구나."

묻지도 않는데 혼자 대답하는 폭마.

그 역시 동고동락했던 이들의 주검을 보니 만감이 교차하는지 물기 어린 눈빛으로 서서히 음성을 높여갔다.

"너도 한번 생각해 보려무나. 이곳 공기가 얼마나 탁한지. 특히 저 연기가 새어 나오는 무저갱 같은 곳 말이야. 아마 놈들은 저 유황만 보고 경솔히 판단했을 게다. 이런 곳이라면 우리 모두 견디다 못해 서로 상잔을 벌이거나 미쳐서 죽을 것이라고. 게다가 음식조차 턱없이 부족한 분량을 내려 보냈으니 우리끼리 아귀다툼을 벌이다가 서서히 죽어갈 것이라고. 그러나 틀렸다, 이놈들아! 우린 그 모든 걸 이겨냈다! 온천수로 갈증을 해결하고 박쥐 떼로 굶주린 배를 채웠단 말이다아아!"

갑자기 허공을 보며 한바탕 고함을 지른 폭마는 어색한 미소로 묵자후를 돌아봤다.

"휴우! 이제 좀 속이 후련하구나. 사실 지금에 와서 하는 말이지만 난 항상 두려웠단다. 우리가 계속 이렇게 갇혀 있다가 정말 짐승이 되어버리는 건 아닌가 싶어서. 그런데 오늘 저 녀석들의 주검을 보니 그건 아니었다는 생각이 들어. 저 녀석들 모두 짐승이 되지 않고 무인답게 죽었으니. 그래서 저들의 죽음이 그렇게 슬프지만은 않은 거야."

"……!"

묵자후로선 충격적인 이야기였다.

방금 막 백부가 말한 것처럼 자신은 이곳에서 태어났기에 이곳 상황을 전혀 심각하게 생각해 보지 않았다. 그런데 막상 이야기를 듣고 보니 정파인들에 대한 적개심이 마구 들끓어 올랐다.

"물론 이 모든 일은 정파 놈들 모두의 생각은 아니었을 것이다. 내가 아는 정파 놈들은 대부분 위선자에 불과하지만 개중에는 진짜 멋진 놈들도 많거든. 특히 구대문파 놈들은 명분과 체면을 중시하기에 이런 계획을 세웠을 리 없다. 아마 오대세가나 그 밑에 있는 군소문파들이 수작을 부렸을 게야. 우리가 살아 있으면 가장 골치 아플 놈들이 바로 그놈들이거든."

'오대세가나 군소문파?'

묵자후가 호기심 어린 표정으로 귀를 기울이자 폭마가 웃으며 말을 이어나갔다.

"너도 이미 알고 있겠지만 강호는 정파와 사파로 나눠진단다. 그걸 좀 더 세분화하면 정파와 사파, 그리고 마도로 나눌수 있지. 그중에서 정파는 구대문파와 오대세가, 그리고 그 밑에 기생하면서 도덕과 명분을 중시한다고 떠들어대는 군소문파 놈들을 가리키고, 사파는 자기 이익을 위해서라면 수단과 방법을 가리지 않는 비열한 놈들을 가리키지. 그에 비해 우리는 각자 주관에 따라 행동하고 그에 대한 책임을 진단다. 즉, 정파 놈들처럼 도덕과 명분을 따지지는 않지만, 그렇다고 사파 놈들처럼 비겁하고 치사한 짓을 하진 않는다는 말이다."

이 이야기는 이미 여러 번 들은 이야기였다. 그래서 고개를 끄덕이며 듣고 있는데 폭마가 서서히 음성을 높여갔다.

"그런 이유로 세상에서 가장 멋진 부류가 바로 우리들이라고 생각하는데, 정파 놈들은 그렇게 생각하지 않는단다. 명분과 체면을 따지며 점잔을 떠는 자신들에 비해 너무 당당하고 멋있어 보였던지 척마멸사니 제마멸사니 떠들어대며 마구 짓밟아오기 시작하더군. 아! 물론 어떤 놈들은 정종내공을 익혔느냐 아니냐에 따라 정파와 사파를 구분하기도 한다지만 그게 말이나 되는 소리냐? 무공이란 것 자체가 처음부터 정파의 무공이니 사파의 무공이니 하며 만들어진 게 아니잖아? 그런데도 놈들은 자기들이 인정해야 정종무공이고, 그렇지 않으면 비겁한 사술이라고 우겨대더군."

폭마는 정파와 사파, 그리고 마도에 대한 나름대로의 견해를 밝히면서 서서히 본론으로 들어갔다.

"너도 강호에 나가보면 알겠지만, 강호에는 별별 놈들이 다 있단다. 도사나 승려에서부터 시작해 산적, 수적, 심지어는 마적들까지 날뛰어대지. 그런데 돈 없이는 절대 못 살아가는 곳이 바로 세상이다 보니 많은 이들이 서로 이권을 다툰단다. 각자 더 좋은 상권, 더 많은 이익을 얻기 위해 눈에 불을 켜고 싸우는 거지. 그렇게 서로 뒤엉키다 보면 힘있고 권력있는 놈들이 세력을 형성하게 되고, 또 그들끼리 서로 싸우거나 견제하면서 차츰 힘의 균형을 이루게 되지. 그런 과정을 거쳐 탄생한 것이 바로 오대세가나 지역 명문가, 그리고 각 성의 패주(霸主)들인데, 삼십 몇 년 전 한 사내가 나타나면서 그 구도가 완전히 깨져 버렸단다. 그분이 바로 철혈마제 곽대붕님이시지."

철혈마제(鐵血魔帝) 곽대붕.

그는 당시의 마인들에 있어 신화적인 존재였다.

삼십대 중반의 나이로 강호에 출도한 사나이.

그럼에도 불구하고 그의 행보는 전혀 강호 초출답지 않았다.

어느 날 갑자기 대륙을 동에서 서로 횡단하며 연이은 비무를 벌여 순식간에 강호의 이목을 사로잡아 버렸다.

당시 남북 십삼 성(省) 중, 북 육 성을 횡단한 그의 비무는 숱한 고수들의 죽음을 동반했고, 그 때문에 정파는 물론이고 마도와 사파까지 그의 일거수일투족을 지켜보며 바짝 긴장했다.

그러나 시간이 흐를수록 그의 명성은 높아만 갔고 그 신위 역시 도를 더해갔다. 그러다가 마침내 종남파 장문인까지 쓰러뜨리자 많은 무인들이 그를 우상처럼 떠받들기 시작했다. 그리고 그 숫자가 일만을 헤아리게 되자 정파는 그를 강호 공적으로 선포하기에 이르렀다.

그러나 곽대붕과 그 추종자들은 그에 겁을 먹기보다는 오히려 성(城)을 쌓아 정파에 대항했다.

그게 바로 철마성의 시작이자 비극의 단초가 되어버렸다.

생각해 보라. 단순히 한 개인의 무위가 뛰어나다고 해서 일만 명에 이르는 무인들이 맹목적으로 추종할 리 있겠는가?

또 그렇게 모인 이들이 성을 쌓고 장장 이십 년 동안 정파 전체와 싸움을 벌일 수 있겠는가?

당연히 말도 안 되는 소리다.

일은 그렇게 간단하지 않았다.

곽대붕이 명성을 얻으면서부터, 그리고 종남파 장문인을 쓰러뜨리면서부터 진짜 마인들이 움직이기 시작한 것이다.

이제껏 정파의 위세에 눌려 있던 마인들, 특히 마도칠가(魔道七家)라 불리던 세력들이 곽대붕 곁으로 모여든 것이었다.

마도칠가.

떠도는 말로는 천마 이극창의 유진을 이어받은 곳이라고들 하지만 진위 여부는 어느 누구도 알 수 없는 어둠의 세력들.

폭풍 같은 도법으로 대막 일대를 지배하고 있던 철혈폭풍가(鐵血暴風家)와 천축에서 유래됐다는 환술을 이용해 서장(西藏) 일대에서 온갖 악명을 떨치고 있던 음양밀밀가(陰陽密密家).

. 타고난 신력에 육신갑(肉身鉀)과 부법(斧法)을 익혀 서역 일대에서 패주로 군림하고 있던 개세패웅가(蓋世覇雄家)와 옛

벽력당의 후예를 자처하며 화기와 폭약으로 산서 일대를 뒤흔들고 있던 진천벽력가(震天霹靂家).

그리고 기관진학으로 이름 높던 관외(關外)의 천외독심가(天外毒心家)와 살수 집단의 대표 격인 암흑무정가(暗黑無情家), 그리고 발해만(渤海灣) 일대를 휩쓸고 다니던 흑룡노도가(黑龍怒濤家)까지.

그동안 강호의 중심에서 소외되어 있던 칠대마가가 합류하면서부터 철마성은 금성철벽의 요새로 변해갔다.

그러자 그동안 사태를 관망하고 있던 흑도 방파들이 너도나도 가입해 욱일승천의 기세에 힘을 보태기 시작했고, 그 때문에 위기의식을 느낀 정파가 구대문파와 오대세가를 중심으로 무림맹을 설립하기에 이르렀다. 그리하여 결국 마도에서는 마정대전이라 부르고, 정파에서는 정사대전이라고 부르는 대혈투의 서막이 오르게 된 것이다.

또 그때부터 일진일퇴를 거듭하며 한동안 교착 상태에 빠져 있던 전황은, 화산파 속가제자 출신으로 호북 땅에서 작은 표국을 운영하고 있던 뇌존 탁군명이 가세하면서부터 급격한 변화를 보이기 시작했다.

화산파 속가제자 중 최고수로 손꼽히는 자. 그러면서도 매화검이 아닌 뇌전검(雷電劍)을 익혀 화산파의 이름을 또 한 번 드날린 자!

그동안 사문에서 수없는 도움을 요청해도 번번이 고개만

내젓던 그가 갑자기 정사대전에 뛰어들면서부터 전황이 급변하고 만 것이었다.

도저히 표사들이라고 여겨지지 않는 서른여섯 명의 수하와 함께 그가 전장을 누비기 시작하자 그토록 강인해 보이던 마인들이 추풍낙엽처럼 쓰러져 갔다.

그때부터 전황은 정파의 우위로 돌아섰고, 그 소식을 전해 들은 청년 협객들이 대거 정파에 합류하면서 대세는 급격히 기울어갔다.

그러던 어느 날,

감숙성 외곽 혈야평(血野坪)에서 각자의 명운을 건 최후의 전쟁이 벌어졌다.

무려 칠 주야에 걸쳐 벌어진 피 튀는 혈투.

처음엔 철마성이 의외의 우세를 보였다. 그러나 하루 이틀 시간이 흐르면서 전황이 기이하게 흘러가, 마지막 칠 주야 때는 철혈마제 곽대붕이 평소답지 않은 모습으로 비무에 나서 허무하게 목숨을 잃어버림으로써 그 길고 처절했던 전쟁에 종지부를 찍었다.

"물론 성주께서 돌아가시고 난 뒤에도 우린 필사적으로 싸웠단다. 하지만 전황은 이미 기울 대로 기울어 더 이상 싸울 의미가 없어져 버렸고, 결국 마지막까지 버티고 있던 네 아비가 무당제일검에게 패하면서 이곳에 갇히게 된 것이지."

그 말을 끝으로 폭마는 긴 한숨을 내쉬었다.

묵자후는 덩달아 한숨을 내쉬다가 고개를 갸웃하며 물어봤다.

"휴, 말씀만 들어도 정말 대단한 전쟁이었던 것 같아요. 그런데 그 이야기가 우리에게 수작을 부린 놈들과 무슨 상관이 있죠?"

폭마는 처연한 음성으로 대답했다.

"아까 전황이 한동안 교착 상태에 이르렀다고 했지? 그 세월이 무려 십오 년이란다. 그 긴 세월 동안 우리가 소림과 무당을 제외한 북무림 대부분을 장악하고 있었으니, 그쪽에 기반을 두고 있던 황보세가나 하북팽가 등의 처지가 어땠겠느냐? 거의 멸문지경에 이르지 않았겠느냐? 그러다가 마정대전 때문에 겨우 숨통이 트이게 됐는데, 만약 우리가 여기서 살아나간다고 생각해 봐라. 또다시 과거의 신세로 돌아가 버릴 게 아니냐? 그러니 놈들이 무슨 수작을 부렸을 것이라고 예상하는 거란다."

"그럴 수도 있겠네요. 그런데 방금 철혈마제께서 평소 같지 않은 모습으로 유명을 달리하셨다고 했잖아요? 그건 무슨 뜻이에요?"

"음? 그, 그건……."

폭마는 자기도 모르게 말을 더듬었다.

당시 철혈마제가 그렇게 허무하게 목숨을 잃어버린 이유.

거기엔 말 못할 의문과 비사가 숨어 있었다. 그래서 뭐라고 대답해야 좋을지 몰라 식은땀만 흘리고 있는데, 갑자기 등 뒤에서 싸늘한 음성이 들려왔다.

"성주께서 왜 그렇게 돌아가셨냐고? 그야 누군가의 암수(暗手)에 당하셨기 때문이지."

그 말과 함께 느닷없이 음풍마제가 나타났다.

묵자후는 한동안 어리둥절한 표정으로 음풍마제를 쳐다보다가 문득 그에게 질문을 던졌다.

"철혈마제께서 암습에 당하셨다고요? 그럼 누가 그랬는지 혹시 알고 계세요?"

음풍마제는 비릿한 표정으로 고개를 끄덕였다.

"알지. 알고말고. 그분께 암수를 가한 사람은 다름 아닌 혈영노조야!"

"뭐라고요?"

묵자후는 자기도 모르게 자리에서 벌떡 일어났다.

도저히 믿기지 않는 이야기였기 때문이다.

"말도 안 돼요! 대장로께서 그런 짓을 하셨을 리가 없어요!"

묵자후가 소리치자 음풍마제는 피식 웃으며 혼잣말처럼 중얼거렸다.

"그럴 리가 없다고? 그래, 다들 그렇게 생각하겠지. 아마 나라도 마찬가지였을 거야."

뭔가 의미심장한 말이었다.

묵자후는 한동안 입을 다물고 있다가 조심스럽게 물어봤다.

"혹시… 할아버지께서 뭔가 오해하고 계시는 게 아닐까요? 대장로께선 누군가를 등 뒤에서 해치실 분이 아니에요."

그러자 음풍마제가 싸늘한 눈빛으로 코웃음을 쳤다.

"흥! 원래 안 그럴 것 같은 놈들이 오히려 뒤통수를 치는 법이지."

그 말에 폭마가 인상을 찌푸렸다.

"말씀이 너무 지나치십니다! 아무 증거도 없이 대장로를 흉수로 몰고 가시다니, 그 뒷감당을 어찌하시려고 그러시는 겁니까?"

그러자 음풍마제가 비릿한 미소로 폭마를 쳐다봤다.

"아무 증거도 없이? 후후, 그럴지도 모르지. 그러나 막 당주, 내가 한 가지만 물어보지. 그때 성주께서 최후의 비무를 벌이실 때, 대장로를 본 적이 있나?"

"그, 그게……."

"그래, 없었지. 그는 성주께서 돌아가시고 난 뒤에야 나타났지."

"하지만… 그것만으론 설득력이 부족하오."

"설득력이 부족하다고? 그럼 이건 어떤가? 우리가 혈야평에서 한참 이기고 있을 때, 정확히는 놈들과 맞붙은 지 이틀째 되던 날 밤, 난 성주께 보고할 일이 있어 지휘 막사를 찾았지. 그런데 안에서 격렬한 고함 소리가 들리더군. 살짝 엿들어보니 성주께서 대장로와 격한 언쟁을 벌이고 계시더라구. 할 수 없이 뒤돌아섰는데, 다음날 아침 갑자기 대부인과 대공자께서 행방불명이 되어버리고 몇몇 장로가 시체로 변해 있더군. 그 사건은 자네도 기억하고 있을 텐데?"

"그, 그렇습니다만……."

폭마는 갑자기 등에서 식은땀이 흘러내리는 기분이었다.

갑자기 장로 중 세 사람, 그것도 칠대마가의 가주들이 참혹한 시체로 변해 버리고, 성주 부인과 대공자가 동시에 사라져 버려 얼마나 당황했던가? 그리고 그 일로 칠대마가 중 세 가문이 구심점을 잃고 우왕좌왕하는 바람에 결국 마정대전에서 참패를 당하고 말았다.

지금 생각해도 도저히 믿기지 않는 충격적인 사건이라 폭마는 일시지간 말을 더듬으며 연신 식은땀만 흘렸다.

그때 음풍마제가 재차 질문을 던져 왔다.

"그 당시 성주께서 우리에게 함구령을 내리셨지만, 우리끼리는 뭐라고 결론을 내렸었나?"

폭마는 한참 망설이다가 대답했다.

"성주께서 심마에 빠지셨을지도 모른다는……."

"그래, 해답은 바로 거기에 있네. 당시 성주께서는 이미 탈마의 경지를 넘어 초마(超魔)의 경지를 바라보고 계셨는데 왜 갑자기 심마에 빠져 우리 쪽 고수를 죽이셨을까? 그것도 세

가주만. 그리고 대부인과 대공자께서 사라져 버렸는데도 왜 찾을 생각을 않고 있었을까?"

"그럼 장로님 말씀은……?"

"대장로가 무슨 수작을 부린 거야! 그렇지 않고는 일이 그렇게 됐을 리가 없어!"

음풍마제가 눈을 부릅뜨며 소리쳤지만 폭마는 회의적인 표정으로 고개를 가로저었다.

"그래도 설득력이 부족하긴 마찬가집니다. 만약 대장로께서 암수를 쓰셨다면 성주께서 그냥 계셨을 리가 없지 않습니까? 그날 이후에도 모든 일을 대장로께 위임하고 계셨으니, 그것만으로는 대장로를 의심하기 힘들 것 같습니다."

"휴, 그래. 그게 문제야. 내가 보기엔 대장로가 무슨 음모를 꾸민 게 분명해 보이는데 성주께선 왜 그를 끝까지 신임하셨을까? 혹시 대부인과 대공자가 볼모로 잡혀 있어서 그러신 걸까? 그게 아니면 우리가 모르는 모종의 거래가 있어서일까? 하지만 그 어떤 이유가 있다 하더라도 마정대전을 포기하면서까지 응할 필요는 없었을 텐데… 끙! 도저히 모르겠군. 그러니 분명한 것은, 당시의 사건은 모두 대장로 때문에 벌어졌다는 거야. 그래서 그를 흉수라고 의심하고 있는 거고."

바로 그때였다.

"방금 자네가 한 말, 책임질 수 있나?"

갑자기 등 뒤에서 우울한 음성이 들려왔다.

혈영노조였다.

아무 기척도 없이 혈영노조가 나타나자 이제껏 언성을 높이고 있던 음풍마제는 머쓱한 표정으로 시선을 돌려 버렸다.

그런 음풍마제를 보며 긴 한숨을 내쉬던 혈영노조는 천천히 묵자후를 쳐다봤다.

"후아야, 어른들끼리 할 말이 있어서 그러니 잠시 자리를 피해주겠느냐?"

묵자후는 얼른 고개를 끄덕이려 했다. 그런데 음풍마제가 싸늘한 표정으로 말했다.

"흥! 그렇게 당당하시다면 저 녀석이 있는 자리에서 이야기해 보시오. 괜히 치부를 드러내 보이기 싫어서 엉뚱한 핑계 대지 말고."

"휴, 자네란 사람은 정말……."

혈영노조는 고개를 절레절레 저으며 저 멀리 보이는 언덕 위를 쳐다봤다. 그의 얼굴엔 왠지 모를 고뇌가 가득해 보였다. 마치 당시의 일을 이야기해 주는 게 과연 옳은 일인가 고민하는 듯했다. 그러다가 마침내 내키지 않는 표정으로 입을 열기 시작했다.

"철마성이라, 철마성……. 자네들은 그곳을 어찌 생각하고 있는지 모르겠지만, 내게는 참으로 괴롭고 고통스러운 곳이었네."

그렇게 운을 뗸 혈영노조는 아릿한 표정으로 과거의 일을 이야기하기 시작했다.

"이제 와서 이런 말을 하기엔 뭣하지만, 애초부터 철마성은 무너질 수밖에 없는 곳이었다네. 다들 순수한 목적으로 모인 게 아니었거든. 아, 저 사람들 같은 일반 무인들 말고 칠대마가 말이야. 그들은 대부분 목적을 갖고 성주께 접근했지. 그게 뭐냐 하면 천하제일의 무공, 아니, 고금제일의 무공일지도 모르지. 사백 년 전 천하를 호령했던 천마대제의 무공이었으니……."

"천마 이극창?"

"맙소사! 천마불사신공(天魔不死神功)? 그게 실제로 존재했단 말입니까?"

음풍마제와 폭마가 동시에 눈을 부릅떴다.

천마불사신공.

일도(一刀)에 하늘을 가르고 일수(一手)에 바다를 뒤집으며, 한 모금의 진기로 천 리를 날고 한 번의 눈빛으로 사람을 죽인다는 무공. 그래서 강호에서조차 허황된 전설로 치부해 버리는 무공이 실제로 존재하고 있었단 말인가?

"글쎄… 강호에서 이야기하는 것처럼 그렇게 가공스러운지는 모르겠지만 실재하는 무공이란 건 확실하네. 왜냐하면 성주께서 그 무공의 일부를 익히셨고, 나나 칠대마가의 가주 중에 몇 사람도 마찬가지였거든."

"맙소사!"

눈을 부릅뜬 채 말을 잇지 못하는 두 사람을 보며 혈영노조는 계속 말을 이어나갔다.

"자네들에겐 천마불사신공이 대단해 보일진 모르겠지만 성주나 나나 몇몇 칠대마가의 가주들에겐 저주나 마찬가지였지. 완전한 무공이 아니었거든."

천마불사신공에서 비롯된 저주.

그러나 다른 한편으로는 악마의 유혹이기도 한 그 무공 때문에 철마성이 산산이 갈라져 버렸다.

이제껏 강호의 중심에서 소외되어 있던 칠대마가.

그중 네 가문이 철마성에 합류하게 된 배경에는 철혈마제에게서 천마불사신공의 흔적을 발견한 때문이었다. 그것도 자신들처럼 치명적인 결함을 가진 게 아닌, 완전해 보이는 무공이었다.

그러다가 나중에야 알게 됐다. 철혈마제 역시 진정한 천마의 후인이 아니었다는 걸. 그저 우연한 기회에 천마의 유진(遺眞) 중 일부를 얻게 된 행운아에 불과하다는 사실을.

그런 그가 천마의 진정한 후인처럼 보인 이유는 자신들처럼 방계(傍系)의 무공이 아닌 진산절예(珍山絶藝)를 얻은 때문이었다.

"진산절예라구요?"

"그렇다네. 과거 천마께서는 세 분의 심복을 거느리셨다네. 각각 음마(陰魔), 혈마(血魔), 투마(鬪魔)라 불리셨는데, 칠대마가 중 네 곳이 그분들의 무공을 이어받았지. 그래서 방계의 무공이라고 한 것이고, 성주께서는 비록 몇몇 구결이 빠지긴 했지만 천마불사신공을 이어받으셨지."

"그랬군요. 그런데 네 가문이라면 혹시……?"

"그렇다네. 막 당주 자네 가문과 마뇌가 속한 가문, 그리고 귀검이 속한 가문을 제외한 네 곳이라네. 그중 음마 어르신의 무공은 본가인 음양밀밀가로 이어졌고, 혈마 어르신의 무공은 철혈폭풍가에, 투마 어르신의 무공은 개세패웅가와 흑룡노도가로 이어졌다네."

"아! 그래서 그들이 그렇게 강했었군요."

폭마가 은은히 탄성을 내뱉는 순간,

"흥! 강하긴 개뿔이 강해?"

음풍마제가 갑자기 코웃음을 쳤다. 그리고는 묵자후를 보며 들으라는 듯 이야기했다.

"난 칠대마가 출신이 아니다. 내 의제인 무풍수라나 흡혈시도 마찬가지고, 네 아비 역시 칠대마가 출신이 아니다. 그러니 괜히 그들을 우러러볼 필요 없다."

음풍마제가 갑자기 묵자후를 쳐다본 이유는, 칠대마가와 천마불사신공 이야기가 나오자 눈빛을 초롱초롱 빛내고 있는 묵자후 때문이었다.

그 모습을 보자 괜히 질투가 나서 미리 쐐기를 박아두는 것이다. 네 아비와 자신은 서로 비슷한 처지이니 동질감을 가져

달라고.

그러나 묵자후는 여전히 혈영노조의 이야기에 귀를 기울였다. 그것도 존경심이 듬뿍 담긴 눈으로.

그런 묵자후를 보며 음풍마제가 인상을 쓰는 찰나, 혈영노조가 다시 입을 열었다.

"하긴 마정대전 때 칠대마가만 공을 세운 게 아니었지. 자네나 후아 아비처럼 다른 이들도 많은 공을 세웠지. 그래서 그 위세 당당하던 정파 놈들을 궤멸 직전까지 몰고 갔는데, 결국 사건이 벌어지고 말았지."

그 말과 함께 혈영노조가 잠시 침묵을 지켰다. 그리고는 안색을 수없이 변화시키다가 '휴…' 하는 탄식과 함께 재차 입을 열었다.

"방금 전에도 말했지만 칠대마가나 성주께서 익힌 무공은 모두 불완전한 무공이었네. 그래서 다들 치명적인 부작용을 갖고 있었지."

혈영노조의 설명에 따르면, 음마의 무공은 한 달에 한 번 사지가 뒤틀리는 혹독한 고통을 겪어야 했고, 혈마의 무공은 가끔 적과 동료를 구별하지 못하는 기이한 현상을 겪는다고 했다. 그리고 투마의 무공은 외공만 기형적으로 발달해, 절정에 다다를수록 잦은 주화입마를 겪는다고 했다.

물론 철혈마제는 그 모든 부작용을 다 겪고 있었고, 대륙을 가로지르는 비무행을 시작한 이유도 바로 그 때문이라고 했다.

비무를 통해 불완전한 무공을 완성시켜 보려고.

"그런 노력 끝에 얼마간의 성취를 이루셨지. 아마 자네들도 알 걸세. 왜, 혈야평 전투가 시작되기 전에 성주께서 공언하시지 않았던가? 이제 당신은 탈마의 경지를 넘어 초마(超魔)의 경지를 눈앞에 두고 있다고."

"그러셨지요."

그날 일은 기억에도 생생했다.

철혈마제가 초마의 경지를 눈앞에 두고 있다고 선언하는 순간, 장내가 흥분의 도가니에 빠져들었으니.

하긴 그럴 만도 했다. 초마의 경지란 정파에서 말하는 초절정과 무아지경을 넘어, 무의 궁극을 깨닫게 된다는 황홀경(恍惚境)과 적막경(寂寞境)에 들어섰다는 말과 마찬가지 의미였으니.

그래서 다들 마공을 통해서도 무의 궁극에 도달할 수 있다는 희망에 젖어 사기가 충천했다. 그리고 그 기세를 빌어 혈야평의 첫 전투를 압도적인 승리로 장식할 수 있었으니 어찌그 선언을 잊을 수 있겠는가?

"그런데 그 때문에 참변이 벌어지고 말았지. 그날 저녁, 드디어 초마의 경지를 바라보게 된 성주께서는, 더구나 최후의 전쟁이 될지 모르는 전투에서 서전을 압승으로 장식하자흥이 오르신 성주께서는 그만 해서는 안 될 행동을 하고 마셨지."

혈영노조의 목소리가 워낙 비장해 이제껏 대화 형식으로 이야기를 주고받던 폭마조차 감히 입을 열지 못하고 가만히 그의 말에 귀를 기울였다.

"성주께서 무슨 행동을 하셨는가 하면… 술에 취하고 흥에 취하신 나머지 당신의 무공 비급을 꺼내놓고 이러저러한 해석을 덧붙이시면서 자랑을 하신 게야. 내가 이런 구결을 이렇게 해석했고 저런 구결은 저렇게 해석했다고."

"맙소사! 그럼 그 비급 때문에?"

"아닐세. 비급 때문에 벌어진 일이긴 하지만 그 비급 때문만은 아니었네. 비급 속에 숨겨져 있던 지도 때문이었지."

"예? 지도 때문이라구요?"

"그렇다네. 그 빌어먹을 지도 때문이었지. 그것도 보통 지도가 아니라 천마대제의 진정한 유품이 숨겨져 있는 곳을 알려주는 지도였다네."

"세상에! 그렇게 귀한 지도를 어찌 함부로?"

"허허, 그 지도가 그런 것인 줄 알았다면 어찌 경솔히 꺼내셨겠나? 성주께서도 그 지도가 천마 어르신의 유품이 숨겨져 있는 곳인지 모르고 계셨다네."

"말도 안 되오!"

"그렇지. 누구나 그렇게 생각하겠지. 그러나 사실이라네. 일이 그렇게 된 이유는 천마께서 지도를 조각조각 나눠놓으

섰기 때문일세. 성주께서 가지신 비급뿐만 아니라 칠대마가
의 가주들이 가진 비급에도 지도를 남겨 그 모두가 합쳐져야
만 위치를 알 수 있도록 해놓았지."

"맙소사!"

"그래도 그날 저녁까진 아무 문제가 없었다네. 나 역시 관
심은 있었지만 어쩌겠나? 정파 놈들과 전쟁 중인 상황이니 성
주께 비급을 내놓으랄 수도 없고, 함께 천마 어르신의 유품을
찾아보자고 건의할 수도 없고. 그런데 문제는 그다음날 터져
버렸네. 바로 자네가 말한 그날이지."

두 사람은 자기도 모르게 침을 꿀꺽 삼켰다.

묵자후 역시 마찬가지였다.

잔뜩 긴장한 세 사람을 보며 혈영노조는 떨리는 목소리로
말했다.

"내가 가장 저주스러운 건… 그날 그 참극을 주도한 사람
이 다름 아닌 성주의 부인이란 사실 때문이라네."

"예엣?"

세 사람은 누가 먼저랄 것도 없이 비명을 질렀다.

"그, 그, 그럼 성주 부인께서 무슨 음모를?"

어찌나 놀랐는지 폭마가 말을 더듬었다.

혈영노조는 충혈된 눈빛으로 고개를 끄덕였다.

"그렇다네. 그 계집이, 그 더러운 계집이 회식 자리에서 유
물 이야기를 훔쳐 듣고는 밤새 세 가주를 충동질했다네. 아마

성주께서 차기 후계자로 대공자를 책봉하지 않고 철혈(鐵血)의 법에 따라 비무대회를 열겠다고 하자 앙심을 품은 모양이야. 그래서 만일소혼단(萬日消魂丹)으로 성주를 잠재운 뒤, 비급을 훔쳐 달아나려고 한 게지. 그러나 성주께서 어떤 분이신가? 몸에 이상을 느낀 즉시 잠에서 깨셨지. 그런데 그 미친 것들이 감히 성주께 칼을 들이대고 만 거야."

"맙소사!"

그 소리밖에 나오지 않았다. 그만큼 이야기는 점입가경으로 흘러갔다.

"다행히 성주께선 치명상을 면하셨네. 그리고 그때 내가 들이닥쳤고, 성주와 힘을 합쳐 세 가주를 때려죽였네. 그런데 막상 그년을 죽일 차례가 되자 성주께서 손을 망설이셨네. 그런 개 같은 년에게도 정을 갖고 계셨던지 아들과 함께 떠나라고 하시더군."

"그래서 성주와 언쟁을 벌이신 것이로군요."

"그렇다네. 그러는 동안 그년은 아들과 함께 달아나 버리고 말았지."

"휴우! 정말 기가 막힌 이야기로군요."

폭마가 긴 한숨을 내쉬며 고개를 떨어뜨릴 때였다.

"그보다 더 기가 막힌 이야기가 있지. 그년은 그냥 달아난 게 아니었네. 알고 보니 비급을 훔쳐 가버린 거야. 그것도 성주의 비급과 세 가주의 비급, 거기다 언제 손을 썼는지 본가의 비급까지."

"헉?"

"세상에! 어찌 그런 일이?"

"난 그 사실을 알고 즉시 추격대를 편성하려 했지. 그런데 성주께서 말리시더군."

"왜요?"

"당신도 그처럼 힘들게 익히셨는데 무공에 별 자질이 없는 아들이 익혀봐야 아무 소용이 없다고. 대충 지도를 훑어보니 천마대제의 유품이 묻혀 있는 곳은 서역이나 천축쯤 될 것 같다시더군. 그러니 어느 천 년에 그들을 잡겠으며 또 어느 천 년에 그들이 유물을 발견할 것인가. 그러니 당면한 전투에나 신경 쓰시자더군."

"말도 안 되오! 그건… 그건… 그들에게 천마의 유진을 물려주겠다는 것과 마찬가지 이야기이잖소?"

음풍마제가 화난 표정으로 소리쳤다.

혈영노조는 힘없이 고개를 끄덕였다.

"그렇지. 그러나 어쩌겠나? 이제껏 무공에만 신경 쓰느라 가정을 전혀 돌보지 못하신 분인데. 그래서 그렇게라도 놓아주고 싶다는데 무슨 말을 할 수 있겠나?"

"그렇지만 대장로 가문의 무공도 있고 다른 가문의 무공들도……."

"허허, 그놈들이야 대역죄를 저질렀으니 가타부타할 권리가 없지. 그리고 내 무공이야 죽고 싶어도 죽지 못하는 저주받은 무공이 아닌가? 그래서 알아서 하시라고 나와 버렸지. 그러자 내게 미안하셨던지 사흘 뒤 지존령(至尊令)을 건네주시더군."

"지, 지존령을요?"

"그렇다네. 지존령 뒷면에다 당신의 무공을 모두 수록하셨다더군. 나중에 마정대전이 끝나면 은퇴하실 거라면서 나더러 후계자가 될 사람에게 대신 전해주라시더군."

"말도 안 돼. 지존령을 어찌 함부로……."

음풍마제의 눈빛이 새파랗게 변했다. 그도 그럴 것이, 지존령은 철마성과 철마성 휘하에 있던 모든 이들의 생사여탈권을 거머쥐고 있는 절대 권능의 신패였다.

모든 마인들이 지존령 앞에서 무릎을 꿇고 피로 맹세했으니 그보다 귀한 보물이 없다.

정사대전이 끝난 뒤 정파에서 수거해 간 줄 알았는데 그걸 혈영노조가 갖고 있었다니?

혈영노조는 질투에 휩싸인 음풍마제를 보며 허허롭게 웃었다.

"이 사람아, 그깟 지존령이 뭐라고 그렇게 새우눈을 치뜨는가? 자네나 나나 죽을 날이 멀지 않은 나이, 후인 하나 잘 키워 그에게 전해주고 웃으면서 죽으면 그만 아닌가?"

그러면서 슬쩍 묵자후를 쳐다보자 음풍마제는 급히 안색

을 누그러뜨렸다.

"그, 그, 누가 새우눈을 떴다고 그러시오? 큼, 큼, 갑자기 눈에 뭐가 들어갔나?"

짐짓 딴청을 피우는 음풍마제를 보며 희미한 미소를 짓던 혈영노조는 발아래를 내려다보며 다시 한숨을 내쉬었다.

"휴, 그날 일도 그날 일이지만 그보다 더 분하고 원통한 것은 정파 놈들 때문이라네."

"왜? 어제 있었던 일 때문에 그러시오?"

"그것도 그거지만, 이제껏 정파 놈들이 우릴 이곳에 가둬놓고 죽이지 않은 이유가 무엇 때문이라고 생각하나? 정말 우리 휘하에 있던 녀석들이 난동을 부릴까 봐 두려워서 그랬다고 생각하나? 아닐세. 지존령 때문일세. 지존령만 있으면 모든 마인들을 부릴 수 있으니 그 행방을 알 수가 없어 이제껏 놔두고 있었던 것일세."

"그, 그랬소? 어쩐지……."

"그런데 어제 일을 보니 괜히 불안한 기분이 든다네. 놈들이 전에 없이 살기를 드러내는 걸 보니 이젠 지존령이 나타나건 말건 아무런 상관이 없다는 뜻. 그렇다면 놈들이 이미 강호를 통일했거나 과거의 우리들과 맞먹는 다른 세력이 나타났다는 뜻이니 앞으로 우리 운명이 어찌 될까 그게 고민이라네."

"그렇구려. 놈들이 지존령 때문에 망설이고 있었다면 이젠 더 이상 망설일 필요가 없겠구려."

"그렇다네. 그러니 놈들이 또다시 쳐들어오기 전에 이런저런 준비를 해야겠어."

그 말과 함께 혈영노조는 긴 침묵에 잠겼다.

음풍마제와 폭마 역시 말을 잃은 채 어둠 속에 묻힌 빈 공간만 쳐다봤다.

그런 세 사람을 보며 묵자후 역시 깊은 상념에 빠져들었다.

제10장

급변

魔道天下

그날 이후 묵자후는 많이 달라졌다.

말투에서부터 행동에 이르기까지 점차 과묵해지고 신중해진 것이다.

드디어 철없던 소년기를 벗어나려는 것일까?

묵자후에게선 더 이상 예전 같은 게으름이나 반항기를 찾아볼 수 없었다.

착 가라앉은 눈빛에 무표정한 얼굴, 거기다 말문까지 닫아버린 채 오로지 수련에만 매달렸다.

이른 새벽부터 밤늦게까지 잠자는 시간마저 줄여가며 스스로를 혹사하기 시작한 것이다. 그로 인해 묵자후의 몸 상태가 점점 형편없이 변하자 묵잠과 금초초가 몇 번이나 설득을 했다. 그러나 그 당시에만 알았다고 할 뿐 뒤돌아서서 다시 수련에 몰두하는 묵자후였다.

묵자후가 갑자기 이렇게까지 변해 버린 이유는 그날의 참변과 과거의 비사를 들은 때문이었다.

특히 그날의 참변은 묵자후의 가슴에 말할 수 없는 자괴감을 안겨주었다. 차라리 그때 놈들과 당당히 싸워보기라도 했다면 그토록 괴롭진 않았으리라.

귀검이 말렸건 말건 전장 한구석에 숨어 부친이 피투성이로 변해가는 모습과 수많은 이들이 죽어가는 광경을 목격한 이후 모든 게 자기 탓인 것 같아 견딜 수가 없었다.

또 그런 생각에 골몰한 때문인지 밤마다 죽은 이들의 혼령이 꿈에 나타났다. 그리고 전대의 비사 역시 악몽으로 변해 밤마다 가위를 눌러왔다.

꿈속에서 묵자후는 언제나 철혈마제의 화신이었다. 그래서 자신을 배신하는 아내와 아들을 보고 치를 떨었으며, 눈앞에서 죽어가는 수하들을 보고 통한의 눈물을 흘렸다. 그러다가 치솟는 분노를 억누르지 못해 전장으로 뛰어들면 화끈한 통증과 함께 세상이 검붉게 변해갔다. 동시에 몸은 끝없는 무저갱 속으로 추락해 갔다.

무저갱 안에는 많은 사람들이 모여 있었다.

다들 먼저 죽어간 숙부들이었다.

그들은 자신을 보자마자 저주 어린 눈빛으로 달려들었다.

—물어내라! 물어내! 우리가 바쳤던 정열을 네 목숨으로 물어내라!

—이 비겁한 놈아! 우리가 너를 어떻게 키웠는데 우리가 죽는 순간에도 몸을 웅크릴 수 있단 말이냐?

그렇게 울부짖으며 모두 팔다리를 물어뜯어 왔다.

묵자후는 고통에 몸부림치며 목이 터져라 외쳤다.

아니라고, 자신도 싸우고 싶었다고, 함께 피를 흘리며 함께 싸우다가 죽고 싶었다고…….

그러나 아무리 소리쳐도 들은 척 만 척 악귀처럼 달라붙어 사지를 물어뜯어 왔다.

전신이 갈가리 뜯겨져 나가는 고통보다 더 괴롭고 힘들었던 건 아저씨들이 더 이상 자기 말을 들어주지 않는다는 사실 때문이었다. 그래서 참담한 심정으로 몸부림치고 있는데 눈앞으로 부친이 지나갔다.

'아버지! 도와줘요! 제발 저분들 좀 말려주세요!'

그러나 부친 역시 외면했다. 그는 갑자기 나타난 모친을 향해 마구 칼을 휘두르기만 했다.

'아아악! 아버지, 안 돼요!'

피투성이로 변해가는 모친을 보며 목이 터져라 비명을 지르다 보면 어느새 이른 새벽, 곤한 잠자리 속이다.

"휴우!"

묵자후는 긴 안도의 한숨을 쉬며 꺼져 가는 유등을 되살린 뒤 튕기듯 밖으로 나갔다. 비록 악몽에 불과했지만 나름대로 느낀 바가 적지 않았던 것이다.

'이렇게 넋 놓고 있을 수만은 없다. 그동안 아저씨들이 내게 어떻게 대해줬는데. 그리고 대장로 할아버지께서 말씀하셨듯이 놈들이 언제 다시 쳐들어올지 모른다. 만약 그때도 숨어 있어야 한다면 차라리 혀를 깨물고 죽으리라.'

그런 결심으로 묵자후는 스스로를 다그치기 시작했다.

하루 열 두 시진, 그중 열 시진을 수련에 매달렸다.

아저씨들에게 배운 만큼, 아니, 그 이상 해내야만 스스로 용서될 것 같아서였다.

물론 그렇다고 해서 막무가내로 수련에 임한 건 아니었다.

'배운 것부터 차례차례!'

이미 묵자후는 천 명에 가까운 마인들에게 무공을 배웠다. 그리고 뒤늦게 안 사실이지만, 이곳에 있는 마인들은 모두 강호에서 이름을 날리던 무인들이다.

정사대전에서 패하는 바람에 과거의 내공을 거의 잃어버리긴 했지만, 그리고 육신이 온전치 못해 옛 무공을 십분 발휘하지 못하고 있었지만 그들의 무공에는 그들만의 장기(長技)와 대적 경험이 고스란히 녹아 있었다.

'그런 소중한 무공을 건성으로 배우고 있었다니… 내가 어리석었다. 정말 바보 같은 짓을 했어.'

그렇게 뼈저린 후회를 하며 묵자후는 시간을 잊고 자신을 잊었다. 그러다 보니 몸이 하루하루 말라갔고, 그런 아들을 보며 묵잠과 금초초는 안타까운 심정으로 잠을 설쳤다.

아직 근골이 완전히 성장하지 않은 상태에서 스스로를 혹사하게 되면 오히려 역효과가 난다는 걸 알고 있었기에 애간장이 바짝 타 들어간 것이다.

그러나 때려도 소용없고 달래도 소용없으니 어쩔 도리가 없었다. 어차피 스스로 이겨내야만 하는 마음의 상처였기에 그저 바라볼 수밖에 없었다.

그런데 묵잠 부부와는 전혀 다른 생각으로 발을 동동 구르는 사람들이 있었다.

그들은 바로 음풍마제 일당이었다.

특히 무풍수라와 흡혈시마는 음풍마제를 흘겨보며 속상해했는데, 두 사람이 그런 눈빛으로 음풍마제를 훔쳐보는 이유가 있었다.

며칠 전, 정확히는 복면인들이 쳐들어오고 난 다음날, 세 사람은 다 죽어가는 몰골로 회의를 했다.

회의의 주요 안건은 당면한 현안, 즉 묵자후 때문에 엉망진창이 돼버린 내공을 어떻게 하면 되찾을 수 있을까 하는 것이었다.

세 사람이 풀 죽은 음성으로 장시간 논의해 본 결과, 창피스럽긴 하지만 현 상태에서는 묵자후의 도움을 받는 게 가장 빠른 길이라는 결론을 내리게 됐다.

결론이 그렇게 내려지게 된 이유는 두 사람에 비해 그나마 망신을 덜 당한 흡혈시마 때문이었다.

묵자후가 익힌 내공이 금강폭혈공에서 비롯되어서 그런지 흡혈시마는 약간이나마 내공을 쓸 수 있었다. 반면, 두 사람은 엉뚱한 경락이 확장되는 바람에 본연의 기혈이 짓눌려 버려 도저히 내공을 쓸 수 없었다.

따라서 최단시간 내에 내공을 되찾을 수 있는 방법은 묵자후에게 자기들의 무공을 가르쳐 주고 그 무공 기법에 따라 내공을 운기하라고 한 뒤 예전처럼 놈에게 찰싹 달라붙어 원래의 혈도를 뚫는 수밖에 없었던 것이다.

물론 그렇게 하기 위해서는 그 원수 같은 놈에게 자기들의 무공을 가르쳐 줘야 하는 원통한 일이 발생하겠지만, 그래도 혈도가 확장되기만 한다면 이전보다 더 성취가 높아질 것이라는 데 의견의 일치를 보게 된 것이다.

그래서 그날 오후 모두를 대신해 음풍마제가 묵자후를 찾아 나섰는데, 엉뚱하게도 혈영노조에게 과거 이야기만 잔뜩 전해 듣고 발길을 돌릴 수밖에 없었던 것이다. 그 바람에 음풍마제는 의제들에게 핀잔 아닌 핀잔을 듣게 되었고, 눈총 아닌 눈총을 받게 된 것이다.

그렇다고 해서 두 사람이 노골적으로 음풍마제를 무시를 했다거나 비아냥거렸다면 절대 그냥 넘어갈 음풍마제가 아니었다.

그저 눈에 안 보이는 곳에서, 또 안 그런 척하면서 은근히 말대꾸를 하거나 무시를 하니 체면상 따지기가 뭣해 애써 흘려 넘기고 있던 중이었다.

더욱이 현재 상황에서 중요한 것은 의제들의 눈총이 아니라 얼마 뒤에 있을 비무대회였다.

예상하건대, 앞으로의 비무는 이때까지의 비무와는 그 성격이 판이하게 달라질 것 같았다. 며칠 전에 벌어진 참변의 여파로 철혈의 법칙에 따른 공개 서열 싸움이 될 확률이 구할 이상이었다.

그런데 그 비무에서 가장 만만한 상대로 부상(浮上)하게 된 사람이 바로 자신들 세 사람이었다.

세 사람 다 그날 전투에서 형편없이 망신을 당했으니 모두들 만만하게 여기고 생사투를 신청해 올 것이 분명했다. 그러니 그때까지는 무슨 수를 써서라도 무공을 회복해 놔야 한다. 그렇지 않으면 상상도 하기 싫은 끔찍한 사태가 벌어질 수도 있다.

그런 이유로 얼른 묵자후를 꼬드겨야 하는데, 녀석의 하루 일과를 보니 도무지 끼어들 틈이 없었다. 이른 새벽부터 밤늦게까지 수련에만 몰두하고 있으니 회유는커녕 말 붙여볼 엄두조차 나지 않았던 것이다.

"이럴 바에야 우리도 훈련 과정에 끼워달라고 합시다."

무풍수라가 어쩔 수 없다는 듯 건의해 왔지만, 그건 말도 안 될 소리였다. 녀석이 애원해도 가르쳐 줄까 말까 한 비전의 무공을 어찌 자진해서 가르쳐 줄 수 있단 말인가?

"하지만 저놈 눈빛 좀 보십시오. 아무리 봐도 먼저 애원해 올 놈이 아닙니다."

"끙."

하긴, 그럴 것 같기도 했다.

예전에 놈과 잠깐 손을 섞어본 일도 있고, 또 저런 독기 어린 눈빛을 하고 있는 놈치고 고집 없는 놈 못 봤으니.

그래서 어찌할까 고민하고 있는데, 마침 녀석을 가르치고 있던 칠지추혼(七指追魂)이 잠시 자리를 비운다.

음풍마제는 그 틈을 이용해 재빨리 묵자후에게 접근했다.

"험, 험! 그동안 잘 지냈느냐? 우연히 지나가다가 네 얼굴을 보고 잠시 들러봤다."

"우리도!"

언제 따라붙었는지 의제 놈들이 끼어들었다. 그래서 불쾌하다는 표정으로 의제들을 노려본 뒤 다시 고개를 돌렸는데, 이게 어찌 된 일인가? 녀석이 들은 척 만 척 수련에만 몰두하고 있는 게 아닌가?

'이 녀석 봐라?'

음풍마제는 은근히 부아가 치밀었지만 애써 흥분을 가라앉혔다.

"허허, 보아하니 지풍을 수련하고 있는 모양이구나. 모름지기 지풍이란 하반신을 굳건히 한 후 내공을 튕기듯이 끌어올려 손가락 끝으로 바위를 뚫는다는 기분으로 해야 하는데, 기특하구나! 벌써 탄경(彈勁)의 묘리까지 깨우치고 있다니……."

"……."

그러나 마찬가지 반응이었다.

녀석은 마치 뉘 집 개가 짖느냐는 표정으로 수련에만 몰두하고 있었다.

'으드득!

그 모습을 보자 울화가 치밀 대로 치밀었지만 음풍마제는 극도의 인내심을 발휘했다.

"어흠, 흠! 이놈아, 아무리 수련 중이라지만 너무한 게 아니냐? 따지고 보면 나는 네 생명의 은인이나 마찬가진데, 어찌 어른이 조언을 건네는데도 들은 척 만 척 딴청만 피우고 있는 게냐?"

그제야 반응이 왔다.

"어? 언제 오셨어요?"

그 말과 함께 꾸벅 고개를 숙여 보이는 묵자후.

음풍마제는 어이가 없어 묵자후를 쳐다봤다.

그럼 이때까지 자신이 온 것도 몰랐단 말인가?

'저 동그랗게 뜬 눈을 보니 그런 것 같기도 하고…….'

아무튼 그게 중요한 게 아니었다. 녀석과 드디어 말을 텄으니 이 여세를 몰아야 한다.

'그런데 어떻게?

체면 불구하고 덥석 무공을 가르쳐 주겠다고 해?

아니면 녀석의 호기심을 부풀리며 살살 꼬드겨 봐?

그렇게 결정을 못 내리고 망설이고 있는데,

"어? 아저씨도 오셨네요?"

묵자후의 시선이 흡혈시마 쪽으로 넘어가 버린다.

묵자후가 쳐다보자 얼굴에 활짝 웃음꽃이 핀 흡혈시마.

그때부터 분위기가 이상하게 흘러갔다.

"움화화화! 그동안 잘 지냈느냐? 어디 다친 데는 없고?"

"예. 아저씨는 괜찮으세요?"

"아무렴! 나야 괜찮지. 괜찮고말고."

자신은 내버려 두고 서로 다정하게 이야기를 나누는 두 사람. 그리고 그 사이로 후닥닥 끼어드는 무풍수라.

"크하하! 후아야, 나도 왔단다. 나 알지? 응?"

"…네, 알아요."

시큰둥한 대답에도 입이 찢어지는 무풍수라.

그러나 중요한 건 놈들의 표정이 아니었다.

저 빌어먹을 놈들이 자기 눈앞에서 새치기를 해버렸다는 사실이었다.

저러다 혹시 저 꼬맹이가 의제들의 무공을 먼저 배우겠다고 해버리면?

그런 생각이 들자 마음이 조급해졌다. 그래서 체면이고 뭐고 따질 겨를도 없이 대뜸 묵자후에게 무공을 가르쳐 주겠노라고 선포해 버렸다. 그러자 선수를 빼앗겨 버린 두 사람이 눈을 부릅뜨며 자신들도 무공을 가르쳐 주겠노라며 앞 다퉈 언성을 높였다.

그때부터 옥신각신하던 세 사람.

급기야 화를 참지 못한 음풍마제가 주먹을 둥둥 말아 쥐는 순간,

"됐어요. 서로 싸우실 필요 없어요. 전 당분간 이대로 수련할 생각이에요."

그 말과 함께 휙 등을 돌려 버리는 묵자후.

세 사람은 닭 쫓던 개 지붕 쳐다보는 심정으로 멍하니 묵자후를 쳐다봤다.

그날의 실랑이는 그렇게 일단락됐지만, 그 후유증은 의외로 오래갔다.

성격이야 어떻든 간에 수십 년 동안 서로 의좋게 지내던 세 사람이 한동안 원수처럼 지내게 된 것이다.

그런데 묵자후는 왜 세 사람의 제안을 거절해 버렸을까?

이미 천금마옥 내의 무공 서열을 알고 있으니 그들의 무공이 얼마나 대단한지 알고 있을 텐데?

묵자후가 세 사람의 제안을 단번에 거절한 이유는 나름대로의 목표가 있기 때문이었다.

이미 저번 전투에서 남자답게 싸우지 못했다는 기억으로 인해 자괴감을 넘어 스스로를 자학하고 있던 묵자후였다. 때문에 우선은 이때까지 배운 무공을 복습해 완전히 자기 것으로 만들고 싶었다. 그리고 현재 배우고 있는 무공도 차근차근 배워 나가면서 스스로를 시험해 보고 싶었다.

며칠 전과 같은 피 튀는 혈투, 그 속에서 얼마나 싸울 수 있는지 알고 싶었던 것이다.

이미 상대도 점찍어뒀다.

어차피 아저씨들과는 아무리 싸워봐야 마지막 순간에 서로 사정을 봐줄 수밖에 없으니 차라리 만년오공과 싸워보기로 한 것이었다.

놈의 창칼 같은 다리는 복면인들의 칼날이라 생각하고, 쉴 새 없이 날아드는 독무는 격투 중에 날아드는 암습이라 생각하면서.

그런데 이 시점에서 세 사람의 무공을, 그것도 금옥 팔마존의 무공을 배우게 되면 도저히 개인 수련을 할 시간이 없어진다.

'그래선 안 돼!'

그렇게 되면 계획에 차질이 생겨 버린다.

이미 묵자후는 나름대로의 일정까지 정해두고 있었다.

'길어야 두 달, 그 안에 이때까지 배운 무공을 정리해 놈과 맞붙어봐야 한다. 그래야 내 진정한 실력을 알 수 있어.'

이제 두 달 뒤면 묵자후는 열세 살이 된다.

어른들이야 열두 살이 되건 열세 살이 되건 무슨 차이가 있겠는가 하겠지만, 묵자후 또래의 소년들은 나이를 한 살 더 먹게 되면 자신이 좀 더 어른스러워지고 남달라질 것이라고 기대한다.

그리고 또 얼마 전부터 갑작스럽게 늘어나기 시작한 공력.

그 공력으로 펼칠 수 있는 무공의 한계가 어느 정도인지 알아봐야 한다. 그래야만 자신의 현재 무위를 냉정하게 파악해 볼 수 있고, 또 그에 따른 다음 목표를 설정할 수 있게 된다.

그러니 지금 상황에서는 음풍마제 등에게 무공을 배우는 것보다 이때까지 배운 무공을 되짚어보는 것이 더 중요하다.

그런 이유로 음풍마제 등을 떠나보낸 묵자후가 다시 수련에 몰입하는 동안, 천금마옥 내의 분위기도 서서히 달아오르기 시작했다.

영웅성 놈들이 언제 또 쳐들어올지 모르고, 육 개월에 한 번씩 치러지던 비무도 단순한 비무가 아닌 철혈의 법칙에 따라 진행되는 생사투가 될 것이 분명하기에, 그리고 며칠 전부터 용암호를 이용해 철광석을 녹이는 데 성공했다는 소식까지 들려왔기에 모두 밤낮을 잊고 수련에 몰두하기 시작한 것이다.

물론 음풍마제 일당은 그때까지도 묵자후를 쫓아다니며 회유 아닌 회유와 협박을 일삼고 있었다.

그리고 두 달 뒤, 마침내 용암호에서 추출된 쇳덩이로 병장기를 만들던 날, 그래서 천금마옥 전체가 축제 분위기로 변해 버린 날, 묵자후는 굳은 표정으로 용암동굴을 찾았다.

허리엔 굵은 쇠사슬을, 손에는 검을 쥔 채였다.

그 무기들은 과거 돌잔치 때 혈영노조에게 받은 것들로, 만년오공을 상대로 비무를 벌이려 하는 묵자후의 결심이 어느 정도인지를 대변해 주고 있었다.

동굴 입구는 거대한 바위로 막혀 있었다. 그리고 주변에는 지형지물을 이용한 진법이 설치되어 있었다.

아마도 복면인들이 쳐들어오던 날, 용암동굴 근처에서 마무리 공사를 하고 있던 이들이 만년오공의 독에 당해 유명을 달리하고 말았기에 새로 조치를 취한 모양이었다.

그러나 이미 지둔술을 배운 묵자후에게 그런 것들이 장애가 될 리 없었다.

묵자후는 가볍게 진과 바위를 통과했다. 그리고는 동굴 중앙에 우뚝 서서 검과 쇠사슬을 부딪치며 만년오공을 자극했다.

챙! 챙! 챙!

"나와라, 괴물! 나와서 못다 한 승부를 다시 가려보자!"

끄끄끅?

만년오공은 기가 막혔다.

놈의 목소리를 듣는 순간, 예전에 다친 상처 부위가 쿡쿡 쑤셔와 울화통이 치밀었다.

성질 같아서는 이대로 달려가 놈을 짓이겨 놓고 싶었지만 화령신조가 또다시 끼어들지 몰라 왠지 망설여졌다. 그래서 천장 틈으로 스며드는 바닷바람을 맞으며 잠시 시간을 끌었다.

그러나 아무리 기다려 봐도 화령신조가 나타날 조짐을 보이지 않자, 그리고 저놈의 챙챙거리는 소리를 더 이상 듣고 있기가 괴로워 마침내 동굴을 기어 내려갔다.

끼아아아!

만년오공이 기음을 터뜨리며 다가오자 묵자후는 긴장한 표정으로 놈을 맞았다. 그리고 지난 두 달 동안 갈고닦은 무공으로 놈과 격전을 벌여 나갔다.

촤르르륵! 카앙!

쐐애애액! 카카캉!

쇠사슬이 날고 검이 날았다.

피가 튀고 살점이 뜯겨져 나갔다.

창칼 같은 다리와 시야를 어지럽히는 독무.

놈은 여전히 강했다.

그러나 묵자후는 애초의 계획대로 자신이 배운 무공을 하나하나 펼쳐 나갔다. 궁신탄영(弓身彈影)류의 신법부터 시작해 추혼색(追魂鏃) 같은 쇠사슬을 이용한 공격까지.

그러다 어느 순간 완전히 지쳐 버렸다.

물론 지쳤다고 해서 맥없이 드러누웠다거나 쓰러져 버렸다는 말이 아니었다.

분하다는 표정으로 만년오공을 쏘아본 뒤, 지둔술을 펼쳐 훗날을 기약했다.

끼아악?

자기 다리를 열 개나 잘라놓고 갑자기 달아나 버리는 묵자후를 보고 만년오공은 황당하다는 표정으로 마구 분통을 터뜨렸다. 그러나 그렇게 억울해할 필요까지는 없었다. 보름 뒤에 묵자후가 또다시 나타났으니.

"나와라, 이놈! 나와서 다시 승부를 가려보자!"

챙! 챙! 챙!

끼아아아악!

만년오공은 이를 부드득 갈며 미친 듯이 달려나갔다.

또다시 혈전이 벌어졌다.

그러나 결과는 이전과 비슷했다.

"훅, 훅, 기다려라! 며칠 뒤에 다시 오마!"

지친 표정으로 또다시 지둔술을 펼쳐 버리는 묵자후.

그리고 잘려 나간 열다섯 개의 다리를 내려다보며 망연자실한 표정을 짓고 있는 만년오공.

그날 이후부터 묵자후는 사흘이 멀다 하고 찾아왔다.

챙! 챙! 챙!

"나와라, 이놈! 이번엔 네 목을 따주마!"

끼아아아악!

그렇게 묵자후는 만년오공과 아홉 번에 걸친 생사의 결투를 벌였다. 마음 같아선 열 번을 마저 채우고 싶었지만 놈이 더 이상 상대를 해주지 않아 어쩔 수 없었다.

'끄으… 싸워봐야 뭐 해? 도저히 죽일 수도 없고 내 다리만 자꾸 축나는걸.'

잘려 나간 마흔아홉 개의 다리를 떠올리며 만년오공이 이렇게 중얼거렸는지는 모르겠지만, 아무리 고함을 지르고 욕을 해봐도 놈은 동굴 안에 틀어박혀 꼼짝도 하지 않았다.

묵자후는 할 수 없이 놈이 은신하고 있는 동굴 안까지 기어 들어가봤다.

하지만 동굴 안에선 몸을 주체할 수 없는 강한 바람이 불어왔고, 또 난생처음 보는 강렬한 빛이 새어 들어와서 도저히 견딜 수가 없었다.

고작 손톱만 한 틈새로 흘러나오는 광채인데도 눈알이 터져 나갈 것 같아 묵자후는 할 수 없이 뒤돌아섰고, 이로써 둘 사이의 결투 역시 막을 내리게 됐다.

그런데 그날 저녁, 묵자후는 금초초와 저녁을 먹다가 그동안에 있었던 모두 일을 털어놓게 되었다.

그런데 만년오공과 싸웠다는 말에 길길이 날뛰던 금초초
가 동굴 안에서 불어오던 세찬 바람과 난생처음 보는 강렬한
빛 이야기를 하자마자 놀란 표정으로 눈을 부릅뜨기 시작했
다.

"뭐, 뭐라고? 그게 정말이냐? 정말 동굴 안에서 빛이 새어
들어왔어? 그것도 눈을 뜰 수 없을 만큼 강렬한 빛이?"

그날, 묵자후는 엄마가 그렇게 놀란 표정을 짓는 걸 처음
봤다. 그리고 그렇게 빠른 신법으로 동굴을 나서는 것도 처음
봤다.

〈제1권 끝〉

입소문을 통해 아는 분은 다 알고 계십니다!
올 한해 공인중개사 최고의 화제작!

1~2권 합본 | 이용훈 지음
3~4권 합본 | 이용훈 지음
5~6권 합본 | 이용훈 지음
용어 해설 | 이용훈 지음

수험생 기본 필독서
만화 공인중개사

제목 : 만화공인중개사 쓰신 분에게 감사드립니다.

학원을 두 달 다녔어요. 근데 과연 그 숫자 외우기 그런 게 몇 문제나 나올까 생각을 했어요.
아니라는 생각이 드네요. 학원강의를 뒤로하고 서점을 갔어요. 내 머리에 가장 이해될 수 있는
책이 없나 하구요. 거기서 만화를 발견했어요. 무조건 세 번 봤어요. 3개월 걸렸어요. 문제집을 보라고
했는데 그건 시행을 못했어요. 근데 합격을 했네요.
어떻게 감사의 말을 해야 될지…….
도서관에서 만화책 들고 다니니까 사람들이 비웃더라구요. 만화책으로 공인중개사를 공부한다고
미친 사람처럼 보더라구요. 근데 그거 다 감수하고 했던 내가 자랑스럽습니다.
어떻게 감사의 말을 해야 할지… 정말 감사합니다.
부디 행복하세요. 제 나이 41살에 좋은 스승을 만난 것 같습니다.
엎드려 감사드립니다.

－본사 홈페이지에 독자분이 올린 메일 中 에서 발췌－